4

SCHERBENTANZ

Was tust du, wenn nichts mehr so ist, wie es schien?
Stellst du dich deinen schlimmsten Ängsten?
Überwindest du deine eigenen Grenzen?
Oder gibst du auf?

Ciara von den Schattenkindern steht einer dunklen Energie gegenüber, die ihr alptraumhafte Gegner schickt.

Bell, die Dryade, entgeht nur knapp einer tödlichen Falle. Sie wird von Visionen voll Lust und Tod verfolgt. Und wo ist ihre Freundin Cora?

Die Magierin Snow bemerkt erschreckende Veränderungen bei ihrem Verlobten Alec und entdeckt gefährliche magische Fallen. Der Konkurrenzkampf in der Gruppe wird härter.

Zara von den Kriegsgottpriestern bringt erst eine Rockergang und dann die ganze Stadt gegen sich auf.

Zweiter Teil der Reihe „4"

Kristin Wöllmer-Bergmann

SCHERBENTANZ

Bibliografische Information der Deutschen Nationalbibliothek: Die
Deutsche Nationalbibliothek verzeichnet diese Publikation in der
Deutschen Nationalbibliografie; detaillierte bibliografische Daten
sind im Internet über dnb.dnb.de abrufbar.

© 2022 Kristin Wöllmer-Bergmann

Herstellung und Verlag: BoD – Books on Demand, Norderstedt

Cover: George Mayer (Lizenz über Shutterstock)
Umschlag- und Buchgestaltung: Kristin Wöllmer-Bergmann unter
Nutzung der App „PicsArt"

ISBN: 9783754379493

2. Auflage

Eine Suche ist nicht nur der Weg zu einem Ziel.
Sie ist vor allem ein Weg der Erkenntnis, der jedem, der
aufmerksam ist, mehr über sich selbst verrät.

Sprichwort aus Starcity

Figurenverzeichnis

Die Schattenkinder:

Ciara, Anführerin, Schwester des Sippenoberhauptes
Nate, Krieger, ihr Verlobter
Shelley, Musikerin, ihre beste Freundin
Doria, Schneiderlehrling das jüngste Sippenmitglied
Ridelle, gen. **Ride**, Malerin, Ciaras klügste Freundin
Lucia, Schneiderin, Ciaras hemmungsloseste Freundin
Echo, Waffenschmied, Rides Geliebter, Shelleys ehemaliger Geliebter
Mason, Waffenschmied, Lucias Geliebter
Bevan, Krieger, Ciaras heimlicher Geliebter

Die Dryaden:

Belladria, gen. **Bell**, ihre liebste Tochter, eine Cellistin
Tyler, Bells Verlobter, ein Kontrabassist
Cora, Bells beste Freundin, eine Bratschistin
Helly, Bells jüngste Freundin, eine Violinistin
Feliné, eine Lyristin
Brooke, Bells lustigste Freundin, Gambistin
Saw, Coras Verlobter, ein Paukist
Cyntha, eine Ukulelistin
Albion, Coras heimliche Liebe, ein Gitarrist

Die Magier von Starcity:

Niva Nivea gen. **Snow**, Sonnenorden, Anführerin
Alec, Mondorden, ihr Verlobter, sieht sich als Anführer
Blanche, Sternenorden, ihre Freundin, sieht sich als Anführerin
Chelsea, Alchemieorden die ruhigste Magierin
Evelyn, Juwelenorden, die besonnenste Magierin
Kassie, Feuerorden, die emotionalste Magierin
Rain, Quellorden, Blanches fast-Verlobter
Savoy, Windorden, Kassies Schwarm, Vorzeigemagier
Damocles, Erdorden, ein unverschämter Außenseiter

Die Kriegsgottpriester

Zara, die Hohepriesterin und Anführerin
Cory, Zaras Geliebter, Heermeister
Madison, Spionin, ihre beste Freundin und Strategin
Candle, die ungeduldigste Kriegerin
Nadie, eine Spionin, die tödlichste Kriegerin
Sill, die verrückteste Kriegerin
Stroke, Madisons Geliebter, Heermeister
Morgan, die sanfteste Kriegerin
Gotham, Morgans Bruder, der vorlauteste Krieger

TEIL 5

SUCHE

*S*chüsse zerrissen die Nacht.

Ciara wirbelte herum und ging gleichzeitig in die Hocke. Die gerade verheilte Schusswunde in ihrer Schulter machte sich bemerkbar, Schmerz raste durch ihren Arm. Ihre Eckzähne verlängerten sich, als ihre wahre Natur die Oberhand gewann.

Erneute Schüsse. Schreie.

Ihr Blut floss schneller durch ihre Adern und ihre Sinne schärften sich. Sie war bereit, sich zu verteidigen. Sich für die schmerzhafte Wunde zu rächen. Das Blut ihres Opfers pulsierte in ihrem Körper.

Ein Knurren kam aus ihrer Kehle.

»Was war das?«, keuchte Doria hinter ihr.

Ciara suchte die Umgebung nach Feinden ab, nach dem Schützen. Wo lauerte er? Oder waren es mehrere?

Waren es die gleichen, die sie vorhin angeschossen hatten? Wenn ja und sie ihr in die Hände fielen, war dies ihre letzte Nacht. Doch vorher würden sie es bitter bereuen, dass sie Ciara und Nate über den Weg gelaufen waren.

Sie duckte sich und machte sich bereit zum Sprung. Ihre silbernen Augen glänzten im Licht der Straßenlaterne. Diese Stadt war ihr fremd, doch sie würde nicht zögern, sie auseinanderzunehmen, wenn sie es musste.

Und sie war nachtragend bis aufs Blut. Sie fing eine Duftnote auf und lokalisierte endlich die Richtung. Sie atmete ein und setzte sich in Bewegung.

»Ciara, warte«, hörte sie Nates Stimme hinter sich. Erneut waren Schüsse zu hören, jeder fuhr durch ihren Brustkorb wie ein Schlag. Sie knurrte tief in ihrer Kehle und verharrte. Eine warme Hand legte sich auf ihre Schulter.

»Wir waren nicht gemeint.« Sie drehte sich zu ihrem Verlobten um und sah in seine ruhigen braunen Augen. Doch auch in das Braun mischte sich Silber. Die Nacht ging nicht spurlos an ihm vorbei.

Er hatte recht, aber das änderte nichts an dem Adrenalin, das durch ihre Adern pumpte. Mühsam beruhigte sie ihren Atem und richtete sich wieder auf. Ihre Zähne zogen sich auf ihre normale Länge zurück. Wie sie es hasste, hier zu sein! Allem Ehrgeiz zum Trotz war ihre Mission bisher eine einzige Katastrophe: Sie wusste nicht, wo sie war, war bereits von einem Menschen verwundet worden und es fehlten vier Mitglieder ihrer Gruppe.

Von einem Anhaltspunkt auf die Energiequelle, die sich in dieser Stadt befinden sollte, ganz zu schweigen.

Sie fühlte sich hilflos und das machte sie wütend.

Am liebsten hätte sie nach dem Schützen gesucht und ihre Wut an ihm ausgelassen.

»Habt ihr Ride gesehen?«, fragte Echo und brachte sie wieder zurück. Ihn, Doria und Shelley, Ciaras beste Freundin, hatten sie gerade erst gefunden.

»Nein, wir waren nur zu zweit.« Nate suchte Ciaras Blick. »Wir suchten nach euch, doch uns kamen die schießwütigen Menschen in die Quere. Jetzt können wir uns auf die Fehlenden konzentrieren.«

Sie hielt sich an seinem schmalen Gesicht fest, an den braunen Augen, die sie beruhigend musterten.

Ihr Verlobter war nicht verunsichert, wütend oder ängstlich. Der Krieger tat das, was von ihm erwartet wurde: Er unterstützte sie.

Sie hätte aus der Haut fahren können, weil sie sich selbst so schlecht im Griff hatte. Ein Blick auf Shelley zeigte ihr, dass ihre Freundin alles registriert hatte. Ihr entging nichts. Und Nate sicher auch nicht. Sie musste sich zusammenreißen und sich auf ihre Mission konzentrieren: Die fehlenden vier Begleiter suchen, eine Unterkunft finden und einen Plan schmieden, wie sie die Energiequelle ausfindig machen konnten.

»Wir finden sie«, versprach sie Echo. Der Waffenschmied nickte mit schmalen Lippen. Die Sorge um seine Geliebte stand ihm ins Gesicht geschrieben.

»Die Stadt ist riesig, sie, Bevan, Lucia und Mason finden in jedem Fall ein Versteck, wenn die Sonne aufgeht«, sagte sie, doch ihre Worte beruhigten ihn nur ein wenig.

»Darum sollten wir uns auch kümmern«, sagte Shelley und sah zum Himmel. »Es ist zwar nicht gesagt, dass die Sonne hier für uns tödlich ist, aber das Risiko sollten wir nicht eingehen.«

Erneut zerrissen Schüsse die Ruhe der Straßen.

Die fünf Schattenkinder fuhren herum und lauschten mit angehaltenem Atem. Sie kamen näher. Viel näher.

Dennoch war niemand zu sehen. Die Straße war wie leer gefegt.

»Ob das hier öfter passiert?«, fragte Doria. Sie hatte ihren Dolch gezogen und hielt sich bereit. Wie sie alle.

»Wir sollten vorsichtig bleiben«, meinte Nate und wandte sich wieder an Ciara.

»In welche Richtung willst du gehen?« Sie war die Anführerin, es war ihre Entscheidung. Alle anderen mussten sich ihr fügen.

Obwohl ihre Rachsucht sie zu den Schüssen zog, sah sie ein, dass es unklug wäre. Auch die Vermissten würden nicht das Risiko in einer fremden Stadt suchen, sondern sich eher verstecken. Sie musste auf eine andere Gelegenheit warten.

»Nach Norden«, ordnete sie an und sie setzten sich in Bewegung. Nate und Shelley gingen mit ihr voran. Sie hätte gern mit Shelley allein gesprochen, doch sie brauchte Nate an ihrer Seite. Obwohl die Sorge um Bevan schwer auf ihrer Seele lag. Doch vor ihrem Verlobten über ihren heimlichen Geliebten zu sprechen wäre zu dumm. Also schwieg sie. Und hielt die Augen offen.

»Komisch, wie leer es hier ist«, sagte Doria. Ciaras Blick glitt über die dunklen Fenster der Häuser. Das hatte sie auch schon gedacht.

»Die Stadt ist riesig, es wird hier genug Menschen geben«, meinte Nate.

»Hoffentlich. Ich bin hungrig«, sagte Doria. »Können wir eine Mahlzeit in unsere Suche einbauen?«

»Nur, wenn es sich ergibt«, erwiderte Ciara. »Mir ist es wichtiger, dass wir uns einen Überblick verschaffen.« Doria verzog das Gesicht, sagte aber nichts. Ciaras Wort war Gesetz.

Sie gingen in nördliche Richtung und hielten die Augen offen.

Ciaras Sinne waren angespannt, ihre Augen zuckten von Fassade zu Fassade, von Fenster zu Fenster. Angreifer konnten überall lauern. Es mussten nicht nur Menschen mit Schusswaffen sein.

Sie wussten nichts über diese Stadt. Wussten nicht, ob es hier Jäger gab, die es auf sie abgesehen hatten.

Unwahrscheinlich, dass die ledergekleideten Männer, mit denen sie aneinandergeraten waren, zu den Jägern gehörten. Sie hatten sie und Nate nicht als Schattenkinder identifiziert, obwohl sie ihnen ihr wahres Gesicht gezeigt hatte.

Jäger waren eines ihrer Probleme zu Hause. Sie lauerten ihnen auf und waren mit tödlichem Silber bewaffnet. Das war bei den Angreifern vorhin anders.

Bei dem Gedanken daran, was diese ungehobelten Männer zu ihr gesagt hatten, wuchsen ihre Eckzähne zu Fängen.

›Komm mit mir und ich zeige dir einen richtigen Mann!‹, hatte einer gerufen. Als würde sie sich mit solchem Abschaum einlassen!

Der einzige akzeptable Kontakt zu ihm waren ihre Zähne in seiner Halsschlagader.

Mit seiner Schusswaffe hatte sie nicht gerechnet, als sie ihn daraufhin angriff. Sie und Nate hatten es nur mit Mühe geschafft, zu entkommen. Danach brauchte sie Blut, um ihre Wunde zu versorgen.

Das Blut ihres Opfers aus dem Tanzclub pulsierte noch in ihren Adern. Es schärfte ihre Sinne und mehrte ihre Kräfte.

Das Raubtier übernahm.

Doch das Raubtier war nicht, was Ciara brauchte. Sie musste einen kühlen Kopf bewahren.

Nate lief neben ihr. Er hatte einen Plan. Der Gedanke war beruhigend und ärgerlich zugleich.

Sie atmete tief ein und schüttelte den Ärger ab. Sie musste klug sein, eine kühle Strategin, überlegt wie ihr Bruder, den sie mehr als jeden anderen bewunderte.

Ohne Strategie kam sie nicht ans Ziel und dann waren Skyth und die anderen Sippenmitglieder, die auf sie zählten, verloren. Sie könnte niemals damit leben, an ihrem Tod schuld zu sein. Die Jäger und auch die Feinde aus den eigenen Reihen mussten aufgehalten werden.

Zwei Menschen kamen ihnen entgegen, Männer, die laut redeten und lachten. Doria schloss zu Ciara auf.

»Darf ich mir einen aussuchen? Ich habe solchen Hunger. Bitte, Ciara!«, bettelte sie und wollte schon zu ihnen hinüberlaufen, als Nate sie zurückhielt.

»Keine übereilten Aktionen. Erst denken, dann zuschlagen. In Ordnung, Ciara?«, fragte er. Ciara nickte. Das Zugeständnis war nur klein, doch so konnte sie sich die Unterstützung der anderen sichern.

Sie zogen sich in den Schatten eines Gebäudes zurück, wo sie mit der Dunkelheit verschmolzen. Der Name ihrer Art hatte seine Berechtigung.

Ciara beobachtete die Männer.

Sie waren anders als ihre Angreifer, gepflegter, trugen Anzüge. Und sie waren unbewaffnet. Die perfekte Beute. Genau das brauchten sie.

Die beiden Männer erreichten die Schattenkinder, ohne sie zu bemerken. Echo schlich sich in ihren Rücken und schnitt ihnen den Fluchtweg ab. Seine silbernen Augen glänzten im schwachen Licht. Er wartete auf Ciaras Kommando. Sie wartete noch kurz ab, dann hob sie die Hand.

Doria sprang auf den Ersten zu und riss ihn zu Boden. Ihr Opfer schrie überrascht auf, sein Begleiter versuchte, die beiden auf die Beine zu bringen, doch da griff Echo an und stürzte sich auf ihn.

Die Menschen hatten keine Chance.

»Bitte«, sagte der Mann, den Echo gefasst hatte, »bitte, lasst mich gehen. Ich habe Geld und ...«, weiter kam er nicht, Echo versenkte seine spitzen Zähne im Hals des Mannes und hielt ihm den Mund zu, damit man ihn nicht schreien hörte.

Doria jedoch stieß einen Fluch aus, sie hatte ihr Opfer nicht unter Kontrolle. Er stieß sie zurück, seine Panik machte ihn stark. Ohne das Überraschungsmoment auf ihrer Seite hatte sie Mühe, ihn zu bändigen.

Shelley trat aus dem Dunkel, packte seine Arme und bog sie ihm hinter den Rücken. Er stieß einen Schrei aus und versuchte, sie mit einem Kopfstoß abzuwehren, doch sie wich aus und riss ihn an den Haaren zurück. So entblößte er seine Kehle für Doria. Diese versenkte ihre messerscharfen Eckzähne in seinen Hals. Shelley hielt ihn fest, bis seine Gegenwehr schwächer wurde, dann biss sie ebenfalls zu.

Kurze Zeit später sanken die beiden blutleeren Körper auf das Pflaster.

Ciara sah sich um. Sie konnten die Leichen nicht liegen lassen, das erregte zu viel Aufmerksamkeit. Falls die Menschen hier ihre Art kannten, fiele der Verdacht sofort auf sie und man jagte sie schlimmstenfalls. In einer dunklen Gasse machte sie große Behälter aus. Müllcontainer.

»Nate, Echo, bringt sie hier herüber!«, rief sie und stieß den Deckel auf. Gehorsam schulterten die beiden Männer ihre Opfer und ließen sie hineingleiten. Abgesehen von winzigen Blutspritzern auf dem Gehweg hinterließen sie keine Spuren.

»Bist du jetzt zufrieden?«, fragte sie Doria.

»Fürs erste«, sagte diese. »Einer für mich allein wäre noch besser. Vielleicht könnten wir ...«

Nate warf ihr einen strengen Blick zu. Doria schlug errötend die Augen nieder und schwieg. Stumm schüttelte sie den Kopf.

Ciara wandte sich ab. Sie wusste, dass Doria eine Schwäche für ihren Verlobten hatte. Das ersparte ihr eine unnötige Diskussion.

Es war Zeit, weiterzugehen. Die Nacht dauerte nicht ewig. Sie setzten ihren Weg in Richtung Zentrum fort.

Plötzlich waren die Menschen überall. Die Straße war taghell erleuchtet. Die Menschen kamen aus Gebäuden, gingen auf der Straße spazieren und saßen auf Bänken rund um den Springbrunnen auf einem kleinen Platz.

»Oh!«, machte Doria und sah sich mit glänzenden Augen nach Ciara um. Die schüttelte den Kopf.

»Nein. Die Lage ist unübersichtlich und gefährlich.«

»Sie würden es nicht einmal merken, wenn ich mir einen schnappe«, widersprach Doria.

»Nein«, wiederholte Ciara und sah zu ihrem Ärger, dass die andere Nate hilfesuchend ansah. Ein Knurren bildete sich in ihrer Kehle. Wie konnte sie es wagen? Das kam einer Gehorsamsverweigerung gleich. Ihre Hände ballten sich zu Fäusten und ihre Eckzähne verlängerten sich. »Doria ... Ich warne dich.«

»Ciara hat nein gesagt.« Nate stellte sich neben sie. »Ihre Befehle sind für uns alle bindend.«

Dorias Gesicht wurde noch länger. Ihr Blick fiel wieder auf Ciara.

»Ciara, bitte. Ich habe solchen Hunger.« Sie machte einen Schritt in Richtung des Platzes, da legte Nate ihr die Hand auf die Schulter.

»Lass es, sonst wende ich Gewalt an.«

Doria überlegte kurz, ob ihr das recht wäre, gab aber mit einem frustrierten Seufzen nach. »Ist ja gut. Ich werde nichts tun.«

Nate lockerte den schmerzhaften Griff an ihrer Schulter.

Shelley stand neben Ciara, ihre Miene war unbeweglich. Sie mussten nicht darüber sprechen, was gerade geschehen war. Das war knapp. Jetzt schon.

Ciaras Stand in der Gruppe war wacklig. Ihr Ansehen musste erst noch wachsen.

»Du schaffst das«, sagte Shelley leise.

»Dank Nate«, knurrte Ciara.

»Dann sei dankbar dafür«, riet ihre beste Freundin.

»Ich kann nicht.«

»Versuchs. Oh.« Shelleys Augenbrauen ruckten hoch. »Sieh an, wer hier eine Party feiert.«

Ciaras Blick folgte ihrem ausgestreckten Finger. In einer abgelegenen Ecke des Platzes entdeckte sie Lucia und Mason. Das Paar saß eng umschlungen auf einer Bank und küsste sich wild. Lucia saß auf dem Schoß ihres Geliebten, dessen Hände unter dem Rocksaum verschwanden und ihre weiße Haut entblößten.

Ciara kannte die beiden nicht anders, aber dass sie selbst hier so agierten, gab ihr zu denken. Sie hätten nach ihnen suchen müssen, statt unter Menschen ihrer Lust nachzugeben. Sie waren unzuverlässiger als gedacht. Das konnte zum Problem werden.

»Siehst du Bevan und Ride?«, fragte sie Shelley. Die Freundin schüttelte den Kopf.

»Sie sind nicht hier.«

»Verdammt.« Sie brauchte beide, sowohl ihre magiebegabte Freundin als auch ihren Geliebten.

Shelley beobachtete sie. »Ich kann deine Gedanken sehen.«

»Weil du mehr weißt als die anderen«, gab Ciara zurück.

»Mag sein, aber unterschätze Nate nicht«, warnte Shelley. »Er sollte niemals erfahren, was du tust.«

»Dann lass uns aufhören, darüber zu reden«, versetzte Ciara. Shelleys Mundwinkel zuckten belustigt und sie drehte sich zu den Gesuchten um.

»Wo ist Ride?«, fragte Echo, der bereits eine Runde um den ganzen Platz gedreht hatte.

»Vielleicht ist sie an einem anderen Ort zu sich gekommen«, sagte Nate. Echos Hand fuhr an seinen Degen. »Lass das. Wir sind als Einzige bewaffnet. Lass die Menschen glauben, das sei eine Requisite«, warnte er den Schmied. Echos Mundwinkel zogen sich herab.

»Ich will wissen, wo meine Gefährtin ist.«

»Bei allen Geistern, Echo, sie wird in einem anderen Viertel sein!«, fauchte Shelley. »Sie hat Bevan bei sich, also beruhige dich.«

»Wir alle beruhigen uns«, unterbrach Ciara und bahnte sich ihren Weg hinüber zu Lucia und Mason. Die beiden ließen sich nur ungern stören, sahen aber ein, dass sie mitkommen mussten. »Schön, dass ihr es euch hier gemütlich gemacht habt«, sagte Ciara beißend.

»Was hätten wir denn sonst tun sollen?«, fragte Lucia und zupfte an ihrem verrutschten Mieder.

»Uns suchen«, knurrte Ciara.

Die Schneiderin zuckte mit den nackten Schultern. »Ihr habt uns doch gefunden.«

Ciara wandte sich ab, bevor sie die Beherrschung verlor. Es änderte nichts, sie hatte die beiden ausgewählt und jetzt am Hals.

»Ich will nach Ride suchen!«, verlangte Echo.

»Werden wir«, sagte sie über ihre Schulter.

Nate schloss zu ihr auf. »Wohin willst du gehen?«

»Weiter nach Norden«, erwiderte sie. »Die Stadt ist riesig, aber den sonnenärmsten Teil zu suchen, könnte auch Ride und Bevan eingefallen sein. Die beiden sitzen sicher nirgendwo herum.«

»Machst du dir Sorgen?« Er beobachtete sie genau. Wegen der Mahlzeit in dieser Nacht waren seine Sinne geschärft. Er roch ihre Emotionen, wenn sie stark genug waren. Ciara bekam Gänsehaut. Sie bewegte sich auf dünnem Eis.

»Natürlich«, antwortete sie deswegen. »Ride ist meine Freundin und wir brauchen jeden von uns. Skyth würde mir nie verzeihen, wenn wir jemanden verlieren.«

Sie sah ihm ins Gesicht und hoffte, dass er Unerschrockenheit erblickte. Er zögerte ein paar Sekunden, dann nickte er.

»Mir auch nicht.«

»Ich rieche den Sonnenaufgang«, verkündete Lucia hinter ihnen. Ciara presste die Zähne aufeinander. Auch das noch. »Ciara, Nate, sollten wir uns nicht um ein Quartier kümmern?«

»Wir suchen Ride!«, fuhr Echo die Schneiderin an. Ciara sah, dass Mason zu seiner Geliebten aufrückte. Er und Echo waren befreundet, aber das zählte nichts, wenn er Lucia beschützen wollte.

»Verdammt«, zischte sie und drehte sich um. »Wir werden Ride finden, Echo, versprochen. Aber wir müssen uns in Sicherheit bringen, damit wir noch nach ihr suchen können.«

»Tot sucht es sich so schlecht«, frotzelte Lucia und schnalzte mit der Zunge. Echo verzog wütend das Gesicht, doch Nate legte ihm die Hand auf die Schulter und schüttelte den Kopf. »Komm jetzt.«

Ciara drehte sich um und marschierte los. Ihr Kopf dröhnte, die Verantwortung drückte sie nieder. Ihre Sorge wuchs mit jedem Schritt. Sie musste die beiden finden. Sie musste eine Unterkunft finden. Sie musste die Energiequelle finden und ihre Sippe retten.

Das war viel Verantwortung. Zu viel.

Shelley schloss zu ihr auf. »Ist alles in Ordnung?«

»Ja.«

»Lucia ist eine Idiotin«, sagte ihre Freundin leise. »Sie macht nichts als Ärger.«

»Ich weiß.« Ciara mied ihren Blick.

»Warum hast du sie bloß ausgesucht?«, fragte Shelley.

»Ich dachte, es wäre eine gute Idee.« Ciara starrte finster in den Himmel. »War es nicht. Jetzt ist es zu spät.«

»Gib ihr und Mason einen Raum mit einer Matratze, dann sind sie fürs Erste beschäftigt«, schlug Shelley vor. Ciara nickte und beschleunigte ihre Schritte.

Auch sie roch die Sonne.

Die Schattenkinder verließen das belebte Zentrum der Stadt. Sie ließen die bunten Lichter hinter sich und gelangten in ein Viertel voller Geschäfte und Lagerhallen. Shelley und Ciara gingen voran. Ciara ließ sich von ihrem Instinkt leiten und suchte ein Gebäude, das sich gut verteidigen ließ.

Sie musste damit rechnen, dass es Probleme gab. Sie wusste zwar nicht, wie diese aussahen, aber sie wollte vorbereitet sein. Das hatte Skyth ihr beigebracht. Mit dem Rücken zur Wand kämpfte es sich schlecht. Sie wollte kein Risiko eingehen. Sie alle waren schnelle Jäger und konnten die Strecke zum Zentrum auf der Jagd schnell zurücklegen. Shelley stieß sie an und deutete auf ein Eckhaus. »Sieh mal.«

An der Eingangstür klebte ein weißes Blatt Papier. *Zwangsräumung wegen Verstößen gegen die Hygiene-Verordnung.*

»Also ist es leer«, stellte Ciara fest. Echo trat neben sie an die Tür und öffnete das Schloss, ohne es zu beschädigen.

»Mindere Qualität«, knurrte der Schmied und ließ sie vorbeigehen. Ciara trat ein und sah sich um. Sie stand in einem Empfangsbereich mit Tresen, der mit dunklen Fliesen ausgelegt war. Die Wände waren grau gestrichen und mit Bildern von seltsamen Götzen verziert. ›Buddha wacht über dich‹ stand auf einer der Leinwände.

Ciara wusste nicht, wer Buddha war, aber sie verzichtete auf seinen Schutz.

Shelley angelte ein buntes Stück Papier vom Tresen. »*Mis Wellnessoase*«, las sie vor und zuckte mit den Schultern. »*Massagen und Kosmetik.*«

»Menschen«, schnaubte Echo.

»Gegen Massagen ist doch nichts einzuwenden«, sagte Lucia und lehnte sich an Mason.

Ciara rollte mit den Augen und untersuchte die anderen Räume. Es gab sieben Behandlungszimmer, in denen gepolsterte Liegen, Stühle und Kommoden standen. Sie fand Waschräume und eine Küche. Außerdem gab es einen Keller, der mit der Aufschrift *Pool & Sauna* versehen war.

»Gut, wir haben eine Unterkunft«, bestimmte sie und rief die anderen im Eingangsbereich zusammen. Hier standen einige Stühle und zwei Sofas, die sie zusammenschoben. Sie sah zu den Fenstern an der Straßenseite, durch die bereits fahles Licht hineinfiel. Es dämmerte.

Echo stand auf und schob einen Paravent aus dunklem Holz vor die Fenster. »Wir haben Ride nicht gefunden«, sagte er finster.

»Ich weiß. Wir werden bei Sonnenuntergang weitersuchen«, versprach sie. Ihre Schulter schmerzte. Die Schusswunde war zwar verheilt, hatte aber Spuren hinterlassen. Es juckte ihr in den Fingern, sich zu rächen. Möglichst grausam.

Nate legte ihr die Hand auf den Arm.

»Wer hat dich verwundet, Ciara?«, fragte Mason.

»Menschen mit Schusswaffen«, erwiderte sie. Echos Kiefer spannte sich an. »Ich verstehe deine Sorge, aber Ride ist vorsichtig und klug«, sagte sie. »Und sie hat mit Bevan einen Begleiter, auf den das auch zutrifft.«

»Wenn er denn bei ihr ist«, beharrte er.

»Davon gehe ich fürs Erste aus.« Sie rieb sich die Schulter. »Wir suchen morgen nach ihnen. Und nach der Energiequelle. Wir werden uns eine Übersicht über die Stadt verschaffen und uns einen Plan zurechtlegen. Wie bei der Jagd. Es ist alles eine Frage der Strategie. Wir teilen uns auf«, legte Ciara fest. Der Ansatz der Jagd erleichterte es ihr, ihre Rolle zu übernehmen. Mit Jagdstrategien kannte sie sich aus.

»Wir untersuchen unsere Sektoren und halten Ausschau nach Besonderheiten.«

»Zum Beispiel?«, fragte Doria.

»Zum Beispiel besondere Orte. Wir müssen verstehen, wie die Menschen hier organisiert sind.« Sie lehnte sich auf dem Sofa zurück. »Wenn sie uns gehörte, wo würden wir eine solche Quelle verstecken?«

»Es gibt unendlich viele Möglichkeiten«, antwortete Mason und rieb sich den Nacken. »Es könnte in einem der hohen Gebäude im Stadtzentrum sein, oder an einem geheimen Ort am Stadtrand. Es kommt sicher darauf an, wer von der Quelle weiß.«

Er hatte vollkommen recht.

Ciara überlegte. »Wer sie besitzt, hat die Macht, Magie zu wirken«, sagte sie langsam. »Und Magie bedeutet, dass man die Kontrolle hat. Mächtige Magier verstecken sich selten in Schlössern auf Bergrücken wie Thoas. Sie leiten die Geschicke der Gesellschaft. Sicher wissen die Oberhäupter der Stadt, wo sie sich befindet. Vor allem, wenn sie sie auch für Magie nutzen.«

»Wäre ich das Oberhaupt der Stadt, würde ich sie in meiner Nähe aufbewahren, damit ich auf sie zugreifen kann, wenn ich sie brauche«, überlegte Shelley.

»Somit kennen wir unsere erste Aufgabe neben der Suche nach Ride und Bevan: Herausfinden, wo sich das Stadtoberhaupt aufhält.« Ciaras Blick glitt erneut zu dem fahlen Tageslicht, das sich seinen Weg durch die Ritzen des Paravents suchte. Sie hoffte, dass die Vermissten in Sicherheit waren. »Wir sollten uns jetzt ausruhen. Wir treffen uns eine Stunde vor Sonnenuntergang wieder hier.«

Sie erhoben sich und verteilten sich auf die Behandlungszimmer.

Nate folgte Ciara.

»Du hast dich gut geschlagen«, sagte er und schloss die Tür hinter sich. An seinem Duft erkannte sie seine Absichten sofort.

Ihre Haut reagierte unmittelbar und begann zu glänzen. Schwere Pheromone verbreiteten sich im Raum. Sie hatte so viele Sorgen. Die Last der Verantwortung wog so schwer. Sie verdiente ein wenig Ablenkung.

Nate zog sie an sich.

Ciara schloss die Augen und empfing seine Lippen auf ihren. Vergaß für einen Moment, warum sie ihn sonst ablehnte. Die unfreiwillige Verlobung zählte jetzt nicht. Nur der Druck in ihrem Inneren zählte. Und er musste raus.

Seine Finger fuhren durch ihr langes schwarzes Haar und strichen es zurück. Seine Lippen wanderten über ihren Kiefer zu ihrem Hals und bis zu der Stelle, an der die Kugel sie getroffen hatte. Ciara stöhnte auf, als er mit geschickten Fingern die Schnürung ihres Kleides öffnete und es von ihren Schultern strich.

Ihre Hände flogen zu seinem Gehrock, streiften ihn ab und verfuhren genauso mit seinem weißen Hemd. Sie kannte seinen Körper bereits, auch wenn es schon eine Weile zurücklag.

Heute zählte das alles nicht.

Heute brauchte sie ihn so, wie es vorgesehen war: als Partner. Als Stütze.

Seine Hände wanderten über ihren Körper und sie seufzte, als er sie auf die Liege setzte. Er drückte sie an sich und sein Körper versprach ihr, dass sie gleich jede Sorge vergessen würde.

Über die Konsequenzen konnte sie sich Gedanken machen, sobald die Sonne unterging.

*

*A*ls Bell erwachte, war sie orientierungslos.

Über ihr war ein Dach und sie roch totes Holz. Beklemmung breitete sich in ihr aus, da tastete eine Hand nach ihrer. Ihr Herzschlag beruhigte sich. Es war Tyler.

Sie drehte den Kopf und sah in seine grauen Augen. Ihre Blicke versanken ineinander. Sie könnte ewig hier liegen und ihn ansehen. Seine Hand tastete nach ihrem Gesicht, strich über ihre Wange. Hitze breitete sich in Bells Körper aus. Sie rückte etwas näher, sodass ihre Körper sich berührten. Tylers Atem strich über ihre Haut. Sie bekam Gänsehaut und streckte den Nacken.

Nur ein Kuss.

Nur ein ...

»Guten Morgen«, erklang Felinés Stimme. Bell zuckte zurück, ihre Wangen färbten sich flammend rot. Dann durchfuhr sie Schuld wie ein Nadelstich.

Sie war nicht hier, weil sie Zeit mit ihrem Verlobten verbringen wollte.

Sie war hier, weil ihre Göttin im Sterben lag.

Urania, die Sternenseherin, hatte sie davor gewarnt, sich in ihren Gefühlen für Tyler zu verlieren. Bell hatte diese Warnung abgetan, doch jetzt war sie sich ihrer nur zu bewusst.

Sie hatte Xarenia vergessen.

Nur kurz, aber die Aussicht auf einen Kuss hatte alles andere verdrängt.

Sie rappelte sich auf und fühlte sich schrecklich.

Feliné stand am Fenster neben der Tür und sah hinaus. Ihre Miene verbarg ihre Gedanken, doch Bell sah ihre Sorge. Sie hatte ihren Auftrag nicht vergessen. Sie kam auf die Füße und ging zu ihrer Freundin.

»Sieh dir das an«, sagte Feliné und deutete mit dem Kinn hinaus. Bell erblickte die hohen Gebäude der Menschen, die sich wie Berge in den Himmel bohrten. Kalt und abweisend überragten sie alles andere.

Und es waren so viele. Erneut breitete sich Gänsehaut auf ihrem Körper aus, doch dieses Mal hatte sie nichts mit Freude zu tun.

Irgendwo da draußen war die Energiequelle, die hoffentlich half, Xarenias Leben zu retten. Bell schluckte. Die Stadt war riesig, voller Menschen und anderer Gefahren. Voller Eisen, das tödlich für sie war. Sie und die anderen Dryaden kamen aus dem Wald, Metall war ihnen fremd und sie vertrugen es nicht.

Ihr Wald ...

Bell schloss die Augen und dachte an den Wald, in dem sie lebte. An die Eiche, die sie geboren hatte. Sie und ihr Baum waren miteinander verbunden. Er brauchte sie wie sie ihn.

Und sie brauchte ihre Göttin. Xarenia hatte ihr das Leben geschenkt und es war ihre Aufgabe, diesen Dienst zu erwidern.

Ihre Angst spielte keine Rolle. Sie musste gegen sie kämpfen und die Quelle finden. Etwas anderes kam nicht infrage. Und wenn sie dafür Abstand von Tyler halten musste, würde sie es tun.

Egal, wie schwer es ihr fiel.

Feliné atmete tief ein.

»Wir stehen noch ganz am Anfang«, sagte Bell.

»Ich weiß. Doch das Ende fühlt sich weiter weg an als der Mond.«

»Nur Mut«, sagte Bell. Feliné lächelte.

Langsam wurden auch die anderen Dryaden wach. Sie setzten sich auf und Bell sah in den Gesichtern den gleichen Schock, den sie beim Aufwachen empfunden hatte. Eine Nacht reichte noch nicht, um sich an die neue Umgebung zu gewöhnen. Womöglich kamen sie nie dazu. Das wäre Bell recht.

»Lasst uns draußen essen«, sagte sie und öffnete die Tür.

Der Park, in dem sich der Geräteschuppen, ihr Quartier, befand, war zwar von Menschenhand angelegt, doch er war das Natürlichste, was sie bisher gefunden hatten. Am Ufer des Sees stand die alte Weide, die sie gestern willkommen geheißen hatte. Bell lief zu diesem Baum, die anderen folgten ihr.

Sie ließen sich in den breiten Ästen nieder und verzehrten ihr Frühstück aus Nüssen, Früchten und Beeren. Eine seltsame Ruhe lag über der Gruppe. Normalerweise waren sie fröhlich, redselig und irgendjemand sang immer. Doch nicht hier. Hier erklang kein Gelächter und keine Melodie lag in der Luft.

Alle waren bedrückt. Immer wieder wanderten die Augen der Naturgeister zu den Häusern.

Keiner von ihnen war darauf erpicht, zurück in die Stadt zu gehen.

»Wir haben keine Wahl«, sagte Bell. »Die Quelle ist nicht hier im Park. Wir müssen dort suchen.« Sie deutete auf die Häuser.

»Wir haben den Park noch nicht vollständig abgesucht«, widersprach Saw. »Es besteht immer noch die Möglichkeit, dass sie hier ist.«

»Wir kommen ohnehin nicht darum herum, uns aufzuteilen«, sagte Tyler. »Die Stadt ist so groß, dass wir systematisch vorgehen müssen.«

»Ich will aber nicht allein gehen!«, rief Cora aus und klammerte sich an Saws Ärmel fest. »Niemals!«

»Brauchst du auch nicht«, beruhigte Bell ihre beste Freundin. »Aber wir können Dreiergruppen bilden. Das ist am sinnvollsten.« Cora schob die Unterlippe vor, in ihren braunen Augen glitzerten Tränen. Ihre Angst war so groß, dass sie sie beinahe lähmte, erkannte Bell. Sie musste ihr jemand Starkes an die Hand geben. »Du gehst mit Saw und Feliné«, sagte sie. »Die beiden werden auf dich aufpassen, wenn ihr den Rest des Parks absucht.«

»Auf mich muss niemand aufpassen«, sagte Cora gepresst, doch Bell sah ihre Erleichterung. Sie selbst bat Helly, sie und Tyler zu begleiten.

»Bitte geht nach Westen«, sagte sie zu Albion, der mit der dritten Gruppe ging. »Wir werden im Osten suchen.«

Das war für alle in Ordnung und sie trennten sich.

Sie ließen den Park hinter sich und Bell folgte ihrer Intuition. Ihre Sinne waren von der Größe der Stadt überwältigt, also konzentrierte sie sich nur auf das, was unmittelbar vor ihr lag. Ihr Blick glitt über die Straße, die Fassaden und verharrte interessiert an jeder Statue und jedem Haus, das anders als die anderen aussah.

Wo mochte die Quelle sein?

Woran erkannte sie sie?

»Wonach suchen wir eigentlich?«, fragte Helly nach einer Weile. Die junge Violinistin war voll Tatendrang, ihre Augen huschten überall hin. Sie war bereit, ihr Bestes zu tun. Wie die meisten von ihnen.

»Nach einem Anhaltspunkt.« Bell suchte nach den richtigen Worten.

Eine große Gruppe Menschen kam auf sie zu und sie wich in eine Nebenstraße aus. Tyler und Helly folgten ihr. Hier war es etwas ruhiger.

»Haben die Götter dir gesagt, wie die Quelle aussieht?«, fragte Helly.

»Nein, leider nicht.«

»Ob sie wirklich eine Quelle ist?«, überlegte die andere laut und sah sich um. »Das wäre doch gar nicht abwegig. Quellen haben viel Energie. Sie drücken das Wasser an die Oberfläche, damit es fließen kann.«

»Das mag sein, das bedeutet aber nicht automatisch, dass diese Energie magisch ist«, wandte Tyler ein. »Vielleicht wird die Energie auch in einem Tempel verwahrt.«

Bell dachte darüber nach. Beides ergab auf seine Art einen Sinn. Menschen liebten es, Göttern Häuser zu bauen, in denen sie sie verehren konnten, das wusste sie von Xarenia. Gleichzeitig waren besondere Plätze in der Natur meist voller Magie.

Sie sah an den steinernen Fassaden der Häuser hinauf und ihr Mut sank. Besondere Plätze der Natur waren hier schwer zu finden.

»Wir suchen zuerst nach dem Tempel«, legte sie fest. »Falls es einen Naturort gibt, werden Cora, Saw und Feliné ihn finden. Trotzdem sollten wir an die Möglichkeit einer richtigen Quelle denken. Wenn wir Wasser finden, schauen wir es uns an.«

Also hielten sie Ausschau nach etwas, das ihnen wie eine Pilgerstätte für einen Gott vorkam. Groß musste es sein, dachte Bell sich, und beeindruckend. Geschmückt und voller Menschen. Prunkvoll und weithin sichtbar. Vielleicht gab es dort Musik und Tanz.

Sie fanden nichts, was dieser Vorstellung entsprach, egal, wie lange sie durch die Straßen liefen.

Bells Füße schmerzten von den gepflasterten Straßen und auch Hellys Begeisterung nahm stetig ab. Sie hörte Wasser in der Nähe rauschen, dieses Geräusch war wie Balsam für ihre überfluteten Sinne. Die Gerüche der Stadt waren schwer und stickig, die Luft schlecht und der Platz trotz ihrer Größe beengt.

Ein Moment Ruhe am Wasser wäre genau das Richtige. Und bot vielleicht einen Hinweis. Sie hatte Hellys Idee nicht vergessen.

Sie liefen durch eine enge Straße und erreichten einen menschenleeren Platz, in dessen Mitte sich ein Springbrunnen erhob. An seiner Stirnseite war ein mächtiges weißes Gebäude mit hohen Säulen am Eingang. *Rathaus* stand über dem großen Portal, doch die Bezeichnung sagte Bell nichts. Sie war nur froh, den Menschenmassen zu entkommen.

Der Springbrunnen war eine große Schale aus weißem Marmor, in dessen Mitte eine Frauengestalt auf einer Säule stand. Sie trug ein langes Gewand, das bis in das Becken floss und hielt ihre Arme zu beiden Seiten ihres Körpers hoch. Das Wasser sprudelte aus ihren geöffneten Handflächen in hohem Bogen. Ihr Blick war streng, er erinnerte Bell an die Götterbotin Iris, die ihr ihren Auftrag gegeben hatte.

Ein glücklicher Zufall?

Sie steuerte auf den Brunnen zu. Er war nicht, was sie erhofft hatte, aber eine willkommene Abwechslung. Lieber etwas Menschengeschaffenes als Menschen selbst. Das Rauschen des Wassers übertönte die übrigen Geräusche der Stadt. Über ihr kreisten Vögel. Wenn sie die Augen schloss, konnte sie kurz vergessen, wo sie war.

Sie ließ sich auf dem Rand des Beckens nieder und genoss die Gischt, die ihre Haut besprengte.

Tyler und Helly folgten ihr und setzten sich neben sie. Die Statue ragte über ihr auf, ihr Schatten fiel in Bells Gesicht.

»Ich hatte gehofft, dass wir wenigstens einen kleinen Hinweis auf die Quelle finden«, sagte sie bekümmert. Sie sah hinauf zu der Statue, deren Blick finster auf ihr lag. Iris wäre enttäuscht von ihr. Ihr Auftrag duldete keinen Aufschub, sie durfte nicht versagen.

Ihr Herz krampfte sich zusammen, als sie an Xarenia dachte. Es lag in ihrer Verantwortung, ob ihre Göttin, ihre Mutter überlebte.

Aber wo sollte sie ansetzen? Sie suchte ein einzelnes Blatt in einem ganzen Wald.

Ratlos tauchte sie ihre Hand ins Wasser des Brunnens. Es war angenehm kühl.

Sie schloss die Augen und summte eine kleine Melodie. Musik konnte sie immer trösten, vielleicht auch jetzt. Sofort wurde ihr warm, als sie die Magie ihres Blutes aktivierte. Sie öffnete ihr Herz und floss aus ihr heraus. Nur ein kleiner Trost.

Das Wasser an ihrer Hand wurde heißer.

Erschrocken riss Bell die Augen auf und sah in das Becken. Es war aufgewühlt und dunkel, als habe etwas es eingetrübt. Gänsehaut überzog ihren Körper. Da stimmte etwas nicht.

Sie wollte die Hand zurückziehen, da zerrte etwas mit aller Gewalt an ihr. Sie schaffte es nicht einmal mehr, zu schreien, da kippte ihr Körper über die Brüstung und versank im Wasser des Brunnens. Über ihr schlugen die Wogen zusammen und sie verlor sofort die Orientierung.

Sie schrie auf und schlug wild um sich, doch das Wasser war stärker als sie, es drückte sie immer tiefer hinab.

So tief, wie der Brunnen eigentlich nicht sein dürfte. Es schlang sich um sie wie eine Ranke und drückte zu.

Bell verfiel in Panik, sie sah die Bläschen ihres Atems aufsteigen, als ihre Lunge immer weiter zusammengedrückt wurde.

Sie kämpfte gegen den Druck auf ihre Glieder, zappelte, stemmte sich mit aller Macht dagegen.

Die Kraft nahm zu, sie drückte sie immer weiter zusammen. Sie hörte ein Knacken.

Einer ihrer Knochen, der brach?

Schmerz raste durch ihren Körper und ihr wurde schwarz vor Augen. Ein letztes Mal mobilisierte sie all ihre verbliebene Kraft, drückte sich gegen den unsichtbaren Angreifer unter Wasser. Sie sank immer tiefer, ihr Widerstand wurde kleiner, ihre Muskeln erschlafften.

Da spürte sie, wie der Druck noch einmal zunahm. Sie öffnete den Mund, um zu schreien, da glitt etwas über ihre Zunge und ihre Kehle hinab. Ihr Brustkorb schien sich zu dehnen. Es war unerträglich und wurde immer schlimmer.

Tränen brannten in ihren Augen. Sie schaffte es nicht. Sie verlor den Kampf.

Das Gefühl wich aus ihrem Körper und ihre Sinne schwanden.

Es war vorbei.

Ihr letzter Gedanke galt Xarenia, die sie nicht retten konnte.

Erneut fuhr Schmerz wie ein zischender Blitz durch ihren Körper und riss sie aus der Ohnmacht. Es gab einen Ruck, plötzlich war ihre Fessel verschwunden. Sie trieb im Wasser und konnte sich nicht rühren, doch das Licht kehrte wieder zurück.

Hände packten sie an den Armen und rissen sie hinauf. Sie durchbrach die Wasseroberfläche und holte Luft.

Ihre Lungen explodierten vor Schmerz und sie krümmte sich zusammen, als sie das Wasser aushustete. Ihr Atem war unkontrolliert und obwohl sie nicht mehr im Wasser war, rang sie panisch nach Luft. Sie würgte und spuckte einen weiteren Schwall aus.

Jemand hob sie hoch und holte sie aus dem Brunnen heraus. Unter sich spürte sie die tröstliche Härte des Pflasters. Ihre Hände verkrampften sich an den Steinen, ihre Muskeln zuckten unkontrolliert. Ihre Brust brannte noch immer und fühlte sich an, als sei dort etwas, das nicht dorthin gehörte.

Es dauerte, bis sie wieder so weit bei Besinnung war, dass sie sich aufsetzen konnte. Ihre Augen flimmerten und ihr Blick war unscharf, doch sie erkannte Tylers rotes Haar, das sich gegen den blauen Himmel abhob.

Schluchzend sank sie in seine Arme. Ihr Brustkorb brannte und ein stechender Schmerz fuhr in ihre Seite.

»Tyler ...«, sagte Helly zaghaft. Ihre Stimme klang, als sei sie weit weg. »Was war das?«

»Ich weiß es nicht«, flüsterte Tyler und schlang die Arme fester um Bell. Ihr ganzer Körper wurde von Schluchzern durchgeschüttelt und sie zitterte wie Espenlaub. »Ich habe absolut keine Ahnung.«

Es dauerte, bis Bell sich beruhigt hatte und nicht mehr hustete. Ihre Kleidung war nass und klebte an ihrem Körper, sie fror erbärmlich. Ihr Haar roch merkwürdig, nach abgestandenem Wasser und noch etwas anderem, das sie nicht identifizieren konnte.

Tyler und Helly blieben dicht an ihrer Seite und behielten den Brunnen im Auge, doch dieser zeigte keine Anzeichen für eine weitere Attacke.

Die Falle war verschwunden.

Bells Brust schmerzte und ihre Arme und Beine waren voll blauer Flecken. Sie fühlte sich, als sei sie eine Klippe hinuntergestürzt. Vorsichtig betastete sie ihre Rippen und holte zischend Luft. Mindestens eine war gebrochen.

Erst langsam verstand sie, wie knapp sie entkommen war.

»Es fühlte sich an, als sei das Wasser hundert Meter tief«, sagte sie leise. Ihr Blick glitt aus sicherer Entfernung über den Brunnen. Die Statue, die sie an Iris erinnerte, schaute sie an. Ihr Blick war unerbittlich. Und, so kam es Bell jetzt vor, voller Hohn. Wer war diese Frau? Hatte sie die Falle dort gestellt? Es musste eine sein.

Tyler schüttelte den Kopf. »Das glaube ich dir. Es war beängstigend. In einem Moment saßest du da und summtest, im nächsten kämpften wir um dein Leben.« Er war bleich und in Hellys Augen schimmerten Tränen. Ihre Angst war fast so groß wie Bells.

»Hast du gesehen, was mich gepackt hat?« Bell schauderte und wandte den Blick ab.

»Nein. Es sah im ersten Moment so aus, als seist du von allein hineingefallen.« Tyler ergriff ihre Hand. Fest, als wolle er sie nie mehr loslassen. Bell schmiegte sich an ihn.

»Der Brunnen hat mich angegriffen«, sagte sie unglücklich.

»Was hast du vorher gemacht?«, fragte Helly. Sie war blass um die Nase, doch ihre Hände hatten aufgehört zu zittern. Jetzt blinzelte sie die Tränen fort.

»Ich summte, versuchte, den Ort auf mich wirken zu lassen«, antwortete Bell.

»Mit Dryadenmagie?«, fragte Helly. Sie blickte hinüber zum Brunnen, als erwarte sie, dass er aufsprang und sich auf sie stürzte.

»Ja.« Bell sah sie irritiert an. »Natürlich.«

»Vielleicht hat das die Falle ausgelöst. Vielleicht reagiert sie auf fremde Magie und verteidigt sich dagegen«, sagte die Violinistin nachdenklich.

Bell dachte darüber nach. Auf diese Idee war sie noch nicht gekommen, doch sie ergab einen Sinn. Auch wenn er furchtbar war und einen noch furchtbareren Schluss zuließ.

»Jemand bewacht die Energiequelle«, flüsterte sie. Tyler und Helly nickten. »Wir müssen vorsichtig sein.« Bell rappelte sich mit Tylers Hilfe auf und stöhnte wegen ihrer Rippen. Der grelle Schmerz zuckte durch ihren Körper. »Lasst uns die anderen suchen. Wenn Cora in eine solche Falle tappt ...« Sie brauchte den Satz nicht beenden, sie wussten, was sie meinte.

Bell biss die Zähne zusammen, ihr Körper schmerzte bei jeder Bewegung, doch die Sorge um ihre Freunde trieb sie voran. Tyler und Helly waren dicht hinter ihr, das tröstete sie. Ohne die beiden wäre sie tot. Sie musste unbedingt vermeiden, dass noch jemand in diese Gefahr geriet.

Sie erreichten den Park und Bell sah schon von Weitem, dass Cora, Saw und Feliné bei der Weide waren. Erleichtert lief sie zu ihnen hinüber, wurde aber langsamer. Was sollte sie ihnen sagen? Wenn Cora von dem Zwischenfall erfuhr, würde sie die Hütte bis zum Ende ihrer Mission nicht mehr verlassen.

Aber sie konnte sie nicht anlügen. Auch die Blutergüsse auf ihren Armen ließen sich nicht verstecken.

Feliné sah sie kommen und ging ihr entgegen. Ihre Miene verhieß nichts Gutes.

»Warte kurz«, sagte sie, als Bell zu Cora und Saw weitergehen wollte.

»Seid ihr in Ordnung?«, fragte Bell.

Feliné wiegte den Kopf. Ihre Miene war angespannt. »Ja. Wir haben den Park abgesucht, aber keine Spur von der Quelle gefunden. Dafür habe ich Menschen gesehen, die mir komisch vorkamen. Deswegen blieb ich stehen und beobachtete sie.«

»Was war seltsam an ihnen? Mir kommt jeder Mensch, den ich sehe, seltsam vor«, erwiderte Bell.

»Das geht mir genauso, aber diese waren anders. Sie trugen andere Kleidung und hatten lange Stäbe bei sich. Ich glaube, sie bewachen die Energiequelle. Ich hörte sie leise darüber reden.« Felinés Stimme war kaum noch ein Flüstern.

Bell schluckte. »Wie viele waren es?«

»Sie waren zu fünft, drei Männer und zwei Frauen.« Vier Personen weniger als sie.

»Und du bist sicher, dass es Menschen waren?«, fragte Bell nach.

Feliné zuckte mit den Schultern. »Das sagt mir mein Gefühl, aber ich kann mich irren. Wir müssen nicht die einzigen Naturgeister hier sein, doch ich habe kein Anzeichen dafür entdeckt.«

»Aber wenn sie über die Quelle sprachen, bedeutet das, dass sie wissen, wo sie ist«, schlussfolgerte Bell. »Wir können versuchen, sie zu finden, indem wir ihnen folgen. Das ist eine Spur! Erkennst du sie wieder?«

»Du würdest sie auch erkennen. Die langen Stäbe sind nicht zu übersehen«, entgegnete Feliné. Bell nickte müde und strich eine Haarsträhne zurück. Ein Hoffnungsschimmer war aufgetaucht, doch sie fühlte sich wie zerschlagen. Das seltsame Gefühl in ihrer Brust war verschwunden.

Nein, nicht ganz, aber sie ignorierte es.

Genau wie den Schmerz ihrer gebrochenen Rippe.

Feliné runzelte die Stirn, jetzt erst sah sie sich ihre Freundin genauer an. »Warum sind deine Kleider nass?« Ihre Augen weiteten sich. »Und was ist mit deinen Armen geschehen?«

Bell strich ihren Ärmel glatt und sehnte sich nach ihrer Eiche in ihrem heimatlichen Wald. Sie sehnte sich nach Xarenia und nach einer tröstenden Umarmung ihrer Göttin. Stattdessen war sie hier auf sich allein gestellt.

Saw und Cora kamen heran und auch Tyler und Helly schlossen zu ihnen auf. Tyler brachte Bells Ersatzkleidung mit, die sie dankbar entgegennahm. In den dichten Zweigen der Weide konnte sie sich schnell umziehen. Cora holte etwas zu essen und sie warteten auf Bells Rückkehr.

»Ich bin angegriffen worden«, berichtete sie. Coras Augen weiteten sich vor Horror, als sie die Attacke des Brunnens schilderte. Sie klammerte sich an Saw fest und schluchzte leise. Genau das hatte Bell befürchtet.

»Wir müssen vorsichtig sein«, sagte sie. »Es war zu befürchten, dass es nicht leicht wird.«

»Aber dass wir um unser Leben kämpfen müssen, hat uns niemand gesagt!«, beharrte Cora. Ihr Gesicht war tränenüberströmt. »Wie sollen wir gegen solche Fallen ankommen? Was sollen wir tun, wenn es einer von uns nicht schafft?«

»Weitermachen«, sagte Feliné nachdrücklich. »Und die Götter haben nie einen Hehl daraus gemacht, dass es gefährlich wird.«

»Das stimmt. Sowohl Urania als auch Iris haben mich gewarnt«, erinnerte Bell. Sie legte Cora die Hand auf das Bein. »Wir müssen trotzdem weitermachen, Cora. Für Xarenia. Wir können unsere Göttin nicht im Stich lassen.«

Cora nickte unter Tränen, dennoch konnte Bell nicht anders, als zu denken, dass sich die Freundin keinen Gefallen getan hatte, als sie mit den anderen aufgebrochen war. Und ihr auch nicht. Bell liebte Cora von Herzen, doch sie brauchte mutige Gefährten, die der Gefahr trotzten, statt sich vor ihr zu verstecken.

Sie wechselte einen Blick mit Tyler. Er ahnte, was sie dachte. Sie mussten gemeinsam einen Weg finden.

Später lief sie allein durch den Park. Die dritte Gruppe um Albion war zurückgekommen. Sie hatten nichts gefunden, waren aber auch nicht angegriffen worden. Immerhin.

Jetzt spürte Bell eine innere Unruhe, die sie aus der Hütte und auch von der Weide wegtrieb. Sie lenkte ihre Schritte zu der Stelle, wo Feliné die Menschen gesehen hatte, die über die Quelle sprachen. Es war niemand mehr da und Bell traute sich nicht, ihre Dryadenmagie zu entfalten, um den Ort zu spüren. Zu tief saß der Schock. Mittlerweile glaubte sie Hellys Theorie, dass ihre Stimmmagie die Falle ausgelöst hatte.

Sie biss sich auf die Lippe und kämpfte gegen ihre Angst. Sie durfte sie nicht beherrschen, doch sie war stark.

Der Tag neigte sich bereits dem Ende zu, doch sie konnte noch nicht zurück zur Hütte gehen, obwohl sie erschöpft war. Zuviel ging ihr durch den Kopf. Hier im Park fühlte sie sich sicher, also ging sie weiter. Sie durfte nur nichts riskieren, niemand konnte sagen, wo weitere Fallen lauerten. Sie war allein, deswegen musste sie vorsichtig sein.

Tappte sie in eine weitere Falle, war sie tot.

Menschen waren unterwegs und führten Hunde aus oder gingen spazieren. Sie schenkten der Dryade keine Beachtung.

Bell sah sie an, suchte nach Anzeichen für Magie oder nach langen Stäben, doch niemand passte zu Felinés Beschreibung.

Sie umrundete den See und sah eine kleine Brücke, die zu einer Insel führte. Diese lag abseits, sie war von der Weide aus nicht zu sehen. Müde überquerte Bell den Steg und fand sich auf einem kleinen Rundweg wieder. Die Insel war winzig, sie brauchte keine zwei Minuten, um sie zu umrunden. Bell fand eine Bank, von der aus sie zum Park schauen konnte, und ließ sich auf ihr nieder.

Die letzten Sonnenstrahlen des Tages wärmten ihre geschundene Haut.

Nachdenklich schob sie den Ärmel ihrer Tunika hinauf und betrachtete die Blutergüsse auf ihrem Arm. Es war so knapp. Gänsehaut überzog ihren Körper. Sie hätte tot sein können.

Vorsichtig betastete sie ihre Brust, versuchte, herauszufinden, ob sich etwas in ihr verändert hatte. Hatte sie sich den Eindringling nur eingebildet, weil ihre Panik übermächtig war? Oder hatte sie etwas bemerkt, das sich jetzt sorgsam versteckte?

Ihr Mund wurde bei diesem Gedanken staubtrocken.

Wenn es so war, was war es? Und was würde es mit ihr tun? Und das wichtigste: Wie wurde sie es wieder los?

Sie schauderte und verdrängte den Gedanken. Da war nichts. Die Angst hatte sie getäuscht.

Ihr Blick glitt hinüber zu den Hochhäusern und darüber zum Himmel. Die ersten Sterne waren bereits zu sehen, doch sie kannte sie nicht. Die Gestirne hier waren nicht die, die sie von zu Hause kannte.

Sie fragte sich, wie es Xarenia ging. Wie es ...
Jäh zuckte sie zusammen, es war, als fiele sie.
Sie klammerte sich an der Bank fest.
Eine Vision.

Vor ihr erschien eine große Wiese. Sie war voller Körper, die regungslos auf dem Boden lagen.
Gefallene Krieger.
Sie rannte los, doch da änderte sich die Szenerie und sie versank in Dunkelheit. Sie blieb stehen und wirbelte um die eigene Achse. Wo war sie?
Ein schwaches Licht glomm auf und wurde von weißen Hauswänden zurückgeworfen.
»Früher war es immer hell hier«, flüsterte eine Stimme an ihrem Ohr.
Sie schauderte, da löste sich die Szene auf und ein strahlender Sternenhimmel erschien über ihr. Sie sah hinauf und entdeckte eine Burg, die sich an einen Berghang schmiegte. Musste sie dorthin?
»Sei vorsichtig«, hauchte eine Stimme.
Warmer Atem strich über ihren Nacken. Ihre Gänsehaut intensivierte sich. Kühle Finger streichelten über ihren Hals und ihre Schulter. Sie holte zitternd Luft, als sie sich unter den Stoff ihres Oberteils tasteten.
Hitze sammelte sich in ihren Eingeweiden, als sich Lippen auf ihren Hals legten. Sie seufzte und lehnte sich zurück, erspürte einen starken Körper, der sie an sich schmiegte.
Ein Geruch drang in ihre Nase und erregte sie noch mehr.
Ein Tropfen traf ihr Gesicht. Sie öffnete die Augen zum Sternenhimmel. Regnete es?

Die Hand streichelte ihre empfindliche Haut und die Lippen wanderten zu ihrem Ohr.

Sie stöhnte auf, da traf sie ein weiterer Tropfen, dieses Mal auf dem Arm. Sie hob ihn und starrte auf ihre helle Haut.

Als sie den Blutstropfen erkannte, zuckte sie zusammen.

»Was …«

Weitere Tropfen trafen sie, gleichzeitig wurden die Berührungen drängender, das Feuer in ihrem Leib immer stärker. Es sammelte sich in ihrem Bauch und glitt tiefer.

Immer mehr Blutstropfen gingen auf Bell nieder.

Sie hörte jemanden schreien. Ein Weinen. Ein Verlust, so furchtbar, dass er ihr den Atem raubte, fuhr durch ihren Körper. Jemand, der ihr nahestand, verschwand.

Für immer?

Ihr Herz verkrampfte sich und sie wollte sich losmachen, doch da wurde sie herumgedreht und Lippen fanden die ihren.

Sie versank in dem Kuss.

Die Hitze gewann.

Ihr war alles andere egal.

An ihren Knöcheln spürte sie die Feuchtigkeit, als sie im Blut versank.

Mit einem Ruck kam Bell zurück. Ihr Atem ging heftig und sie war schweißgebadet. Sie hob ihre zitternden Hände. Das Blut war verschwunden.

Die Hitze in ihrem Körper war geblieben. Sie pulsierte und verlangte nach mehr.

Viel mehr.

Sie stand auf, doch ihre Knie zitterten, also setzte sie sich wieder. So hatte sich ihr Körper noch nie angefühlt. Vorsichtig strich sie über ihre Arme und Schultern.

Viel mehr.

Ihre Lippen spürten noch immer den Kuss aus ihrer Vision. Sie legte die Hände auf ihre Knie und fuhr über ihre Beine. Ihr wurde noch heißer und ihre Wangen röteten sich, als ihr ein unerhörter Gedanke kam.

Konnte sie das tun?

Langsam glitten ihre Hände hinauf. Sie holte tief Luft und schloss die Augen.

Viel mehr.

»Bell?«

Sie zuckte zusammen und sah Tyler. Er stand vor ihr und sah sie erschrocken an.

Erriet er, was sie gerade tun wollte?

Wenn ja, was dachte er darüber?

Sie stand auf, ihre Knie fühlten sich noch immer weich an, doch das Feuer trieb sie an. Blind schlang sie ihre Arme um Tylers Nacken und küsste ihn. Er versteifte sich in ihrer Umarmung, doch das währte nur kurz.

Ein Schauder fuhr durch Bells Körper, als er den Kuss erwiderte. Sie presste sich an ihn und spürte, wie ein Funken ihrer Hitze auf ihn übersprang. Und dann noch einer, bis er ebenso in Flammen stand wie sie.

Alles andere versank in der Bedeutungslosigkeit, nur noch er zählte. Seine Hände, die langsam, beinahe zögerlich über ihre Haut fuhren. Sie strich mit den Fingern durch seine Haare und zog ihn noch näher an sich heran.

Warum hatten sie das nicht schon viel früher getan?

Warum hatten sie diesen Kontakt bisher immer vermieden?

›Weil Xarenia es uns verboten hat‹, flüsterte eine Stimme in ihrem Kopf. ›Weil Xarenia weiß, wie unkontrolliert die Lust sein kann.‹

›*Du wirst in Versuchung kommen. Sie wird stark sein. Wichtig ist, dass du dein Ziel im Auge behältst.*‹

›*Wie könnte ich das Leben meiner Mutter aus den Augen verlieren?*‹

Bell zuckte zurück und schlug die Hand vor den Mund. Die Worte, die sie zu Urania gesagt hatte, trafen sie wie Keulenschläge. Die Muse hatte sie gewarnt. Sie hatte diese Warnung leichtfertig abgetan. Und hier stand sie, allen Sorgen zum Trotz, und warf alles über Bord.

»Bell?« Tyler verstand nicht, was in ihr vorging. Seine Wangen waren gerötet und er streckte die Hände nach ihr aus.

Sie wollte ihn wieder küssen. Seine Nähe spüren. In ihr brannte es.

So stark, dass sie kaum dagegen ankämpfen konnte.

›Warum sollte ich auch?‹, dachte sie trotzig. ›Es gibt nichts, was ich ansonsten tun könnte.‹

›*Es sind schon gewaltigere Ziele wegen der Aussicht auf Lust aus den Augen verloren worden.*‹ Uranias Gesicht erschien vor ihrem geistigen Auge. Die dunklen Augen betrachteten sie streng.

Bell biss sich auf die Lippe. Tyler zu küssen bedeutete nicht, dass sie ihre Göttin vergaß. Es bedeutete, dass sie endlich das von ihm bekam, was sie sich schon so lange wünschte.

Sie könnte Xarenia nie vergessen.

Doch jetzt brauchte sie Tyler.

Sie drückte sich erneut an ihn und legte ihre Lippen auf seine. Ein Seufzen entwich ihr und sie schmiegte sich so eng an ihn, dass sie nicht mehr wusste, wo sie aufhörte und er begann. Sie liebte ihn von ganzem Herzen und wollte ihm alles von sich schenken.

Er verdiente das. Und sie auch.

»Bei allen Göttern!«

Sie fuhren auseinander und Bell erblickte Cora. Sie stand mit weitaufgerissenen Augen vor ihnen, ihr Mund stand offen. Flammende Röte überzog ihr Gesicht. Hinter ihr kam gerade Saw den Weg entlang, er hatte sie nicht gesehen.

»Bell ...« Cora schüttelte benommen den Kopf und wandte den Blick ab.

Bell sah Tyler an. Er hob die Schultern. Was sollten sie jetzt tun? Es gab nichts zu sagen.

Saw kam heran und blieb mit gerunzelter Stirn stehen.

»Ist alles in Ordnung? Du hast sie doch gefunden. Cora?« Er machte Platz, als seine Verlobte an ihm vorbeistürmte, ohne ein Wort zu sagen. Fragend sah er seine Freunde an. »Was ist passiert?«

»Wir haben uns geküsst. Das hat Cora gesehen«, erwiderte Bell und mied seinen Blick.

»Sie ist wohl nicht einverstanden«, fügte Tyler hinzu.

Saw hob die Augenbrauen und sah seiner Verlobten hinterher. Bell entging nicht, dass Sehnsucht in seinem Blick lag.

Auch ihm fiel es schwer, sich an Xarenias Gebot zu halten. Wenn auch nicht ganz so schwer wie Bell, deren Leib sich langsam abkühlte.

Dafür klärte sich ihr Kopf. Erschrocken packte sie Tyler am Ärmel.

»Ich hatte eine Vision«, stieß sie hervor. Scham stieg in ihr hoch, weil ihr das passiert war, was sie nie für möglich gehalten hatte: Über ihr Verlangen nach Tyler hatte sie ihre Mission vergessen.

Absichtlich.

Es war schwierig, die Gefühle und Bilder ihrer Vision in Worte zu fassen. Vor allem, weil es Details gab, von denen sie nicht sprechen wollte. Was sie dabei gefühlt hatte, mussten die anderen nicht wissen. Nicht alles. Nur das wichtigste.

Sie mussten nicht wissen, welche Gelüste über sie gekommen waren und sie hatte auch nicht vor, den Kuss mit Tyler vor allen zu thematisieren.

Cora mied ihren Blick, das war schlimm genug.

Bell wusste nicht, wie die anderen reagieren würden, doch sie wollte es auch nicht herausfinden. Und mit ihrer Freundin wollte sie allein sprechen, sobald sich die Gelegenheit ergab.

»Eine ähnliche Vision hattest du auch zu Hause, oder?«, fragte Feliné. »Deswegen hat Iris dich mitgenommen.« Tyler hatte ihnen nach Bells Abreise davon berichtet.

Bell nickte. Die erste Vision hatte sie im Wald ereilt, als Xarenia zusammenbrach. Schon diese war erschreckend, doch sie hatte eine geringere Wirkung auf sie entfaltet. Ihr Körper brannte noch immer. Die Gefühle hallten nach. Sie wurde sie einfach nicht los.

»Eine Schlacht, ewige Dunkelheit und ein Schloss«, fasste Albion zusammen. »Klingt alles wenig erbaulich.«

Bell nickte und starrte auf ihre Hände. An Visionen erinnerte sie sich immer gut, sie brannten sich besonders tief in ihr Gedächtnis ein und verblassten erst nach mehreren Monaten. Sie hatte den Verdacht, dass diese ewig blieb. Sie spürte noch immer die Berührungen auf ihrer Haut, den Atem und hörte die Worte. Sie überlagerten sogar Tylers Kuss, dabei war dieser real.

»Was bedeutet der Verlust, den du kurz vor dem Ende gespürt hast?«, fragte Cora. Bell sah ihre Angst. Sie war so groß, dass sie sie sogar ihren Ärger vergessen ließ.

»Ich weiß es nicht«, antwortete sie. Über ihr verdunkelte sich der Himmel, doch es waren kaum Sterne zu sehen. »Meine Visionen sind vage, sie müssen nicht so zutreffen, wie ich sie sehe. Es kann auch etwas anderes bedeuten.«

Sie musste darauf hoffen, dass sie die Wahrheit sagte. Denn derjenige, der sie in der Vision geküsst und berührt hatte, war nicht Tyler. Der echte Kuss danach hatte ihr das gezeigt.

Sie fröstelte und starrte ans Firmament.

Sie durfte ihre Mission nicht aus den Augen verlieren.

Für Xarenia. Und auch für alle, die sie begleiteten.

Das schuldete sie ihnen.

Und sich selbst.

*

*S*nows Schädel fühlte sich an, als sei sie schwer gestürzt und mit der Stirn aufgeschlagen. Nur langsam kam die Erinnerung an das, was geschehen war, zurück.

Sie erinnerte sich an die Kanalisation und die magische Falle, die Alec und sie angegriffen hatte. Vorsichtig betastete Snow ihren Hals und ihre Brust, holte tief Luft. Es war alles in Ordnung. Sie konnte atmen.

Erleichtert sah sie um. Sie lag in einem Bett und war allein im Raum. Schummriges Licht tauchte ihn in ein angenehmes Halbdunkel. Durch die geschlossene Tür drangen gedämpfte Stimmen aus dem Nachbarraum.

Sie erkannte Alecs Stimme. Und Blanches.

Sie war nicht allein hier. Ihre Freunde waren da. Also stimmte ihre Erinnerung: Sie und Alec waren der Kanalisation entkommen und hatten die anderen Magier gefunden. Zum Glück.

Sie musste mit beiden sprechen. Mit ihrem Verlobten, um sich zu vergewissern, dass es ihm gut ging, und mit ihrer Freundin und Mitbewohnerin, weil ein ungeklärter Streit zwischen ihnen stand. Sie wollte Blanche die Möglichkeit geben, sich doch noch für ihre Tratscherei zu entschuldigen. Dann konnte sie die Sache abhaken und sich auf ihre Aufgabe konzentrieren.

Ihre Mission war das wichtigste, doch die anderen Dinge musste sie klären, um sich konzentrieren zu können. Sie brauchte Gewissheit, dann konnte sie sich mit vollem Herzen um die Rettung Starcitys kümmern.

Sie hörte eine weitere bekannte Stimme war zu hören.

Damocles.

Der Außenseiter und Neuling an ihrer Akademie, auf dessen Vorschlag sie hier waren. Seinetwegen waren die ganzen Unstimmigkeiten überhaupt erst aufgekommen.

Er war jemand, von dem sie sich fernhalten musste, wenn sie weiteren Streit vermeiden wollte. Er hatte sie einfach in seine Arme gerissen und nicht mehr losgelassen. Vor den Augen ihres Verlobten. Und ihrer Freundin, die nichts Besseres damit anzufangen wusste, als allen davon zu erzählen. Dass Snow unschuldig an der Sache war, ignorierte sie dabei geflissentlich.

Müde schwang sie die Beine über die Bettkante und setzte sich auf. Sie war noch etwas wacklig, doch ihr Kreislauf kam wieder in Ordnung.

Es gab wichtige Dinge zu tun, sie konnte hier nicht herumliegen.

Alec.

Blanche.

Einer nach dem anderen.

Sie zog ihr Kleid und ihre lange Jacke an, strich ihr schneeweißes Haar zurück und öffnete die Tür. Acht Augenpaare richteten sich auf sie, Alec sprang sofort auf und kam zu ihr herüber.

»Du bist endlich wach!« Er nahm ihre Hand und führte sie hinüber zum Sofa. Sie setzte sich neben Blanche, die ihr ein schmales Lächeln schenkte.

»Wie lange habe ich geschlafen?«, fragte Snow.

»Die ganze Nacht«, sagte Alec. »Du warst sehr erschöpft. Kein Wunder, nach der Aufregung.«

Ihre Freundin Evelyn brachte ihr etwas zu essen und Snow ließ ihren Blick über die versammelten Magier streifen.

Neun waren sie, aus jedem magischen Zirkel nahm ein Vertreter teil. Sie war froh darüber, dass sie alle heil hier angekommen waren. Die Erlebnisse bei ihrer Ankunft hatten sich nicht wiederholt, sie und Alec waren als Einzige angegriffen worden.

»Wir haben gerade darüber gesprochen, wie wir vorgehen sollen«, sagte Rain. Er und Blanche standen sich nahe, sie hatte ihn als Partner ausgewählt. Snow war sich nur nicht sicher, ob Rain das schon verstanden hatte. »Gut, dass es dir besser geht«, fügte er hinzu.

Sie lächelte und faltete die Hände. Es war gut, einen Plan zu schmieden. Die Energiequelle, die sie zur Rettung ihrer Heimatstadt brauchte, fand sich nicht von allein.

»Ich will noch einmal in die Kanalisation gehen und mir die Reste der Falle ansehen«, sagte Alec.

Snow holte tief Luft. Sie verstand, warum er das tun wollte, und es war auch sinnvoll, doch ihr graute davor, die feuchte Dunkelheit erneut zu betreten.

»Das ist eine gute Idee«, pflichtete Rain ihm bei. »Wenn wir es gemeinsam versuchen, können wir die magische Signatur sicher identifizieren. Das sollte uns weiterbringen und klären, ob es magische Zirkel in dieser Stadt gibt. Lass uns losgehen, Alec.«

»Moment mal«, schaltete sich Blanche ein und hob die Augenbraue. »Ich komme mit.«

»Wir können nicht alle gehen«, wehrte Alec ab. Sie maß ihn mit tödlichem Blick.

»Müssen wir ja auch nicht. Das wäre ineffizient. Aber ich komme mit in die Kanalisation.« Blanche warf ihr blondes Haar zurück und verschränkte die Arme vor der Brust.

Snow wusste, dass die Sache damit erledigt war. Sie würde nicht eher Ruhe geben, bis sie ihren Willen bekam.

»Dann gehen wir zu viert«, sagte sie. »Ich komme auch mit. Dann kann ich es leichter vergessen.« Sie sah die verbliebenen fünf Begleiter an. »Bitte sucht die nähere Umgebung nach Hinweisen ab. Damocles, kannst du sie führen und ihnen sagen, worauf sie achten sollen?«

Damocles zögerte, dann nickte er. »Natürlich.«

Damit war die Sache beschlossen, doch Snow bemerkte, dass sowohl Alec als auch Blanche nicht zufrieden waren. Gleichzeitig fiel ihr auf, dass sie einfach entschieden hatte. Sie hatte nicht darüber nachgedacht, sondern einfach gehandelt.

Der Rat der Neun Magischen Zirkel hatte sie zur Anführerin bestimmt. Es schien so, als fiele ihr die Übernahme dieser Aufgabe leichter, als sie dachte.

Sie sah über ihre Schulter zu Alec, der sich um ein Lächeln bemühte. »Eine gute Idee«, sagte er und legte seine Hand auf ihren Arm.

Sie drückte seine Hand und stand auf.

Es wäre ihr lieber, mit ihm allein auf die Suche zu gehen. Obwohl sie verlobt waren, kannten sie sich kaum, doch das wollte Snow ändern. Sie akzeptierte die Wahl ihres Vaters und wollte sich auf den Mann einlassen, den er für sie ausgesucht hatte.

Da war noch etwas: In der Kanalisation hatte sie Alec aus dem Affekt geküsst. Das war ihr im Nachgang peinlich und sie wollte unauffällig herausfinden, wie er dazu stand.

Diesen Versuch in Blanches Gegenwart zu unternehmen verbot sich von selbst, also musste sie warten.

Und sich auf das Wesentliche konzentrieren.

Der Weg zurück in den Park, in dem die Tür zur Kanalisation lag, war lang, sie mussten mit mindestens einer Stunde Fußmarsch rechnen, um dorthin zu gelangen.

Sie brachen nach dem Mittagessen auf und Snows Kopf ging es besser. Sie lief neben Alec, Blanche und Rain folgten ihnen dichtauf.

Sie wusste, dass Blanche am liebsten vorweg gegangen wäre. Ihre Freundin hielt nicht viel von Alec, doch sie kannte den Weg nicht und musste sich gedulden. Es war Snow immer noch nicht gelungen, mit Blanche zu sprechen. Sie wollte den Streit klären und die Angelegenheit hinter sich lassen, doch Blanche mied sie.

Sie beschloss, ihr noch bis zum morgigen Tag Zeit zu lassen und dann selbst die Initiative zu ergreifen. Die Freundinnen kannten sich ewig, eine solche Sache sollte nicht zwischen ihnen stehen. Das wäre zu dumm.

»Herrje, wie weit ist es denn noch?«, fragte Blanche und setzte ihren Magierstab auf den Boden auf. Er war türkis, wie ihre Robe, die sie als Mitglied des Sternenordens auswies. Jeder Magier besaß einen solchen Stab und trug ihn immer bei sich. Snow nutzte ihren weißen Stab wie einen Wanderstock, doch sie wusste, dass Blanche ihren meist trug. Vermutlich schmerzten ihre Arme bereits.

»Der Park liegt hinter dem Gebäude dort«, sagte sie und deutete mit ihrem Stab auf ein besonders hohes Exemplar. »Eine Viertelmeile noch.«

Blanche murrte leise, sodass Rain sich genötigt sah, ihr seine Hilfe anzubieten, die sie rundheraus ablehnte.

»Das schaffe ich allein, vielen Dank«, sagte sie hoheitsvoll.

Snow bemerkte Alecs Augenrollen und unterdrückte ein Seufzen. Zum Glück hatten sie es fast geschafft.

Im hellen Tageslicht und ohne die Hektik wegen der Falle konnte Snow den Park dieses Mal mehr genießen. Er war groß und bot eine willkommene Abwechslung zu den Häusern.

Der Eingang in die Kanalisation lag unter einer Brücke und war leicht zu finden.

»Ist die Tür noch offen?«, fragte Blanche. Snow sah die Anspannung in ihrem Gesicht, dabei wusste sie nicht, was sie erwartete.

Ihr eigener Magen krampfte sich bei der Erinnerung an die Schwärze hinter der Tür zusammen.

»Leuchtest du uns wieder den Weg?«, fragte Alec.

Snow konzentrierte sich und erschuf eine Kugel aus Sonnenlicht. Hier, über der Erdoberfläche und am Tag war das kein Problem für sie.

Sie breitete ihre mentalen Arme aus und reckte sich der Sonne entgegen, nahm so viel von ihrer Energie in sich auf, wie sie konnte. Je mehr sie speicherte, desto länger konnte sie ihnen gleich Licht spenden.

»Wie gut, dass du uns begleitest«, sagte Rain freundlich. »Mond und Sterne hätten uns nicht den gleichen Dienst erwiesen. Von mir ganz zu schweigen.«

»Wenn du uns das Wasser vom Leib hieltest, wäre das auch sehr hilfreich«, sagte Snow lächelnd und wandte sich Alec zu. Seine Miene war undurchdringlich, doch nun legte er die Hand an die Klinke der Tür. Sie ließ sich problemlos hinunterdrücken und gab die gähnende Schwärze dahinter frei. Alec trat beiseite und ließ Snow den Vortritt, direkt hinter ihr kam Blanche.

»Jetzt verstehe ich, was ihr meintet«, murmelte sie. »Das ist ...« Sie verstummte, aber Snow wusste, was sie sagen wollte: Beklemmend.

Ihr Widerwille, weiterzugehen, wurde immer größer.

Sie fürchtete sich vor weiteren Fallen.

»Wir müssen vorsichtig sein«, sagte sie leise. »Falls es weitere Gefahren gibt. Die erste Falle haben wir auch nicht erkannt. Wer weiß, wie viele dort noch sind.«

Die anderen nickten ernst. »Erinnerst du dich an den Weg?«, fragte sie Alec.

»Beinahe. Ich war sehr aufgeregt, aber zusammen schaffen wir es sicher.« Er strich mit den Fingern über ihre Hand, über der die kleine Kugel aus Sonnenlicht schwebte. Sie genoss die Wärme seiner Haut und lief los.

Es war, als wären sie in einer anderen Welt gelandet. In einer Welt, in der es nur Dunkelheit und das Tropfen von Wasser gab, sonst nichts. Sie hätte gern Alecs Hand gegriffen, doch ihr Stab war im Weg. Sie musste es allein schaffen.

Die vier Magier gingen dicht zusammen, Rain bildete das Schlusslicht. Sogar Blanche schwieg. Snow konnte es ihr nicht verdenken. Ihr war auch nicht nach Reden zumute.

Endlich erreichten sie die Stelle, an der die Falle platziert war. Das ungute Gefühl, das sie schon vom ersten Mal kannte, kam zurück. Es prickelte unangenehm im Nacken und verursachte ihr eine Gänsehaut.

»Hier sind wir richtig«, sagte Alec. »Bitte leuchte uns.«

Mit einem flauen Gefühl im Magen trat sie vor, während Alec und Rain mit konzentrierten Mienen in die Hocke gingen und die dunkle Ecke untersuchten.

Spuren wie von einer Verbrennung waren auf dem Boden, als sei hier ein Knallkörper explodiert.

»Es hat uns angegriffen«, sagte Snow leise. Blanche biss sich auf die Lippe.

»Die Falle ist inaktiv«, stellte Rain fest. »Hier sind nur noch Reste der Magie. Ich hoffe, sie reichen aus, um die magische Signatur sichtbar zu machen.«

Die beiden Oberschüler erhoben sich und richteten die Flächen ihrer linken Hände auf die dunkle Ecke, ihre Stäbe hielten sie in den Händen. Die Luft verdichtete sich, als sie ihre Kräfte sammelten und den Zauber ausführten.

Blanche sah gebannt über Rains Schulter, ihre Lippen waren leicht geöffnet. Diese Art von Magie hatten sie und Snow an der Akademie noch nicht gelernt und sie war wider Willen beeindruckt, was die beiden Älteren taten.

Der Zauber war nicht einfach, doch Alec und Rain zählten nicht umsonst zu den begabtesten Studenten der Akademie.

Snow jedoch spürte ihre Eingeweide wie einen Eisklumpen in ihrem Bauch. Genau dieser Zauber hatte beim letzten Mal die Falle ausgelöst.

Ihre Finger verkrampften sich an ihrem Stab und das Licht in ihrer Hand zitterte.

Alec sprach das Aktivierungswort und der Zauber schwappte wie eine sanfte Woge durch den Raum. Er streichelte Snows Haut und fühlte sich wie eine warme Brise an. Sie hielt den Atem an und betete, dass es keine weitere Falle gab.

Alles blieb still, doch langsam manifestierte sich ein feiner roter Nebel, der langsam aus der verbrannten Ecke aufstieg.

Die Signatur des Magiers, der die Falle geschaffen hatte.

Sie war wild und eckig, wie mit einem Dolch in die Luft geschnitten. Das Rot intensivierte sich mit jeder Sekunde und leuchtete wie frisches Blut.

Snow schluckte, als sie die magische Rune sah. Sie konnte sie nicht lesen, doch ihre Botschaft war eindeutig: Mit diesem Magier sollte man sich lieber nicht anlegen.

Die Rune leuchtete tiefrot auf, dann zerstob sie wieder in feinen Nebel. Der Zauber hatte seine Arbeit getan.

»Das war ja eine ziemliche Angeberei«, erklang eine neue Stimme. Snow fuhr alarmiert herum.

Hinter ihr stand Damocles mit einem verwegenen Grinsen im Gesicht.

»Was machst du denn hier?«, fragte Blanche spitz.

»Das frage ich mich auch. Du solltest doch mit den anderen nach der Quelle suchen.« Alecs Feindseligkeit war überdeutlich.

»Ich hoffe, du verzeihst mir, Frau Generalin«, sagte Damocles zu Snow und ignorierte die anderen geflissentlich. »Wir sind nicht allzu weit gekommen, da ging es Kassie nicht so gut. Die anderen sind umgekehrt, aber ich dachte, ich suche nach euch.«

»Was ist mit Kassie?«, fragte Snow. »Seid ihr angegriffen worden?«

»Glücklicherweise nicht. Sie klagte über Kopfschmerzen und ist etwas unpässlich, nichts Schlimmes«, entgegnete er leichthin.

Aber schlimm genug, dachte Snow. Sie konnte sich keine Ausfälle in der Gruppe leisten. Sie brauchte jeden ihrer Begleiter. Und dass Damocles auf eigene Faust hergekommen war, war trotz seiner Entschuldigung ein Affront.

Ein Blick zu Alec sagte ihr, dass er es auch so auffasste.

»Was meintest du mit Angeberei?«, fragte Rain.

Snow war dankbar für den Themenwechsel.

»Die Rune und auch die Falle, wie ihr sie beschrieben habt, wirken auf mich wie Drohgebärden«, erwiderte Damocles und nickte vielsagend in die dunkle Ecke.

Alec schnaubte. »Wie klug du bist. Darauf wären Snow und ich nie gekommen, nachdem der Zauber versucht hat, uns umzubringen.«

»Gern geschehen.« Damocles zuckte mit den Achseln. »Der Zauber war simpel und wie die Rune aussah, war im besten Fall altmodisch.«

»Altmodisch«, wiederholte Blanche stirnrunzelnd.

Damocles lächelte süffisant. »Ein Wort, das niemand für dich benutzen würde, aber ja. Ich vermute, dass die Falle schon sehr alt war.«

»Ein Relikt«, schlussfolgerte Rain. Er hatte sich demonstrativ neben Blanche gestellt, als Damocles ihr das Kompliment machte.

Blanches Augenbraue war indes hochgerutscht und sie legte den Kopf schief. »Vielleicht haben die ansässigen Magier sie vergessen«, schlug sie vor.

»Oder es gibt hier niemanden mehr, der sich darum kümmert«, hielt Damocles dagegen.

»Das würde bedeuten, dass die Quelle zumindest von keinen Magiern in Anspruch genommen wird«, sagte Snow und sah Alec an. »Das ist gut für uns.«

Alec nickte. »Zumindest eine Gefahr weniger. Wenn seine Theorie denn stimmt.«

Damocles lächelte provokativ und balancierte seinen Stab auf seiner Fußspitze. »Hast du eine bessere Idee, mein Freund?«

»Ich bin nicht dein Freund«, zischte Alec. Sein Blick zuckte hinüber zu Snow, die sich um eine neutrale Miene bemühte.

Sie wollte keinen Streit, sondern die Zeit und Energie lieber für Damocles' Theorie verwenden.

Trotzdem musste sie Alec zu verstehen geben, dass sie an seiner Seite war.

Obwohl sein Verhalten ihr Sorgen bereitete.

Sie kannten sich nicht gut, aber da war etwas an ihm, das vorher nicht dagewesen war.

Sie sah hinüber in die Ecke mit dem verbrannten Pflaster.

Hoffentlich war Alec nur gereizt.

Hoffentlich hatte die magische Falle keinen Schaden bei ihm angerichtet, als sie seine Brust traf.

Sie machten sich auf den Rückweg, die Stimmung war gedrückt. Snow und Alec liefen voraus, sie beobachtete ihn mit einem unguten Gefühl. Sein schmales Gesicht war angespannt, sie sah einen rauen Zug um seinen Mund, der bei ihrer ersten Begegnung noch nicht existiert hatte.

Das machte ihr Sorgen.

Sie blieb stehen und ließ die anderen passieren. Blanche warf ihr einen fragenden Blick zu.

»Geh du voran«, sagte Snow. »Ich komme sofort.«

»Ich warte bei dir«, bot Alec an. Blanche zuckte mit den Schultern und lief voraus.

»Ist alles in Ordnung?«, fragte er. Snow strich ihr Haar zurück und kämpfte mit sich. Sie musste mit ihm sprechen.

»Das Gleiche wollte ich dich fragen«, erwiderte sie leise.

»Mich? Wieso?«

»Geht es dir gut? Ich hatte Probleme, wieder in die Kanalisation zu gehen«, gestand sie.

»Es hat dir zugesetzt, oder?«, fragte er.

»Ja. Dir nicht?«

Er schüttelte den Kopf. »Mir ist nichts passiert. Das Fragment des Zaubers, das mich getroffen hat, konnte ich gleich entfernen.« Er streckte die Hand nach ihr aus und strich über ihre Wange. »Sorge dich nicht. Obwohl es mir ein wenig gefällt.«

Sie lächelte. Seine Berührung fühlte sich gut an. Sie gefiel ihr. Gleichzeitig fiel ihr der Kuss wieder ein. Röte färbte ihre Wangen. »Ich bin froh, dass es dir gut geht«, sagte sie und kämpfte ihre Sorge nieder.

Sie setzten sich wieder in Bewegung, doch ganz waren ihre Zweifel noch nicht ausgeräumt.

Snow beschloss, wachsam zu bleiben.

Kurz darauf erreichten sie die Wohnung.

Die anderen umringten sie neugierig, auch Kassie ging es wieder besser. Alec und Blanche berichteten von der Falle und was sie herausgefunden hatten.

Die Augen der anderen wurden immer größer.

»Ich schlage vor, dass wir uns vergewissern, ob es hier Magier gibt«, sagte Evelyn. »Wenn es so ist, sollten wir kein Risiko eingehen und eine friedliche Lösung suchen.«

»Wie friedlich kann jemand sein, der eine solche Falle installiert?«, fragte Blanche spitz. »Du hast es doch gehört, sie hätte Snow beinahe umgebracht.«

»Gerade deswegen«, sagte Evelyn nachdrücklich. Sie war für ihre Vernunft bekannt. »Ich kann einen *Luminato*-Zauber anwenden«, bot sie Snow an.

Dieser Zauber machte Energien anderer Magier sichtbar. Danach wussten sie mehr.

»Das ist eine ausgezeichnete Idee«, erwiderte Snow. Alec trat hinter sie und legte ihr die Hand auf die Schulter.

»Du hast recht«, sagte er und sah Evelyn an. »Bitte sei so gut und führe den Zauber durch.«

Die Juwelenmagierin holte vier grüne Kerzen und stellte sie in einem Viereck auf den Tisch. Mit magnetischer Kreide zeichnete sie einen Bannkreis, der ihr half, die richtigen Energien zu lokalisieren. Dazu nahm sie ein Lehrbuch der Akademie zu Hilfe, *Bannsprüche der Oktavia*.

Diesen Zauber kannte Snow.

Sie hatte ihn selbst noch nicht angewandt, doch er stammte aus der Stufe, die sie gerade besuchte. Er war kompliziert, aber sie war sich sicher, dass Evelyn das schaffte.

Ihre Freundin entzündete die Kerzen und begann mit dem Bannspruch.

Die magnetische Kreide auf dem Tisch zitterte leicht und ein magisches Summen erhob sich in die Luft.

Snows Haut prickelte. Für jeden Magier war die Anwendung von Zauberei elektrisierend. Das großartige Gefühl dabei hielt alle Lernenden und Anwendenden bei der Stange. Man bekam nie genug davon.

Evelyn rezitierte den Text und die Umstehenden sahen, wie sich ein Abbild der Stadt aus dünnem Nebel bildete.

»Können wir so auch die Quelle finden?«, fragte Kassie leise. Rain schüttelte den Kopf.

»Leider nicht. Dieser Bannspruch dient nur dem Aufspüren magischer Lebewesen«, sagte er.

»Das wäre ja auch zu einfach«, seufzte sie.

»*Luminato!*«, sprach Evelyn und aktivierte den Zauber. Auf der nebligen Karte erschienen neun Punkte. Das waren sie selbst. Sie leuchteten in den Farben der Orden.

Snow erkannte ihr Licht an dem weißen Funken. Hinzu kamen einige andere Pünktchen, die schwächer leuchteten.

»Menschen mit latenter magischer Begabung, keine echten Magier«, erklärte Savoy.

»Es sieht nicht so aus, als gäbe es ein magisches Gremium, an das wir uns mit unserem Anliegen wenden müssten«, sagte Evelyn.

Der Nebel löste sich auf und die Kerzen verloschen. Snow beobachtete, wie der Rauch vom Docht in die Luft stieg und sich dort ringelte.

Sie war erleichtert, dass sie niemanden bestahlen. Zumindest niemanden ihres Schlages. Der Kodex der Neun Orden sah vor, niemandem zu schaden. Diese Regel mussten sie auch hier einhalten. Sie stand über allem.

»Die Bewohner dieser Stadt wissen unter Umständen nichts von der Existenz der Quelle«, sagte Rain erstaunt. »Wie ungewöhnlich bei so einer starken Energie.«

»Dann hatte Damocles recht: Die Falle war alt und die Magier sind verschwunden«, sagte Blanche. Der Außenseiter zwinkerte ihr zu.

»Mag sein, aber zuerst müssen wir sie finden«, meinte Alec. »Erst dann wissen wir es mit Sicherheit.«

»Aber es ist gut zu wissen, dass diese Gefahr nicht droht«, sagte Evelyn.

Snow nickte »Ich danke dir.«

Sie war erschöpft von dem langen Marsch zurück zum Park und von der Aufregung, also entschuldigte sie sich und zog sich auf den Balkon zurück.

Mit schweren Gliedern ließ sie sich auf dem Stuhl nieder und sah hinaus auf das Panorama der Stadt.

Es dauerte nicht lange, bis die Balkontür wieder aufging und Blanche zu ihr kam. Snow sah ihre Freundin an. War sie gekommen, um sich zu entschuldigen?

»Hallo«, sagte Blanche abrupt. Ihr Gesichtsausdruck war seltsam.

»Hallo«, erwiderte Snow und wartete. Blanche lehnte sich an die Brüstung und starrte ebenfalls hinaus. Sie sah unzufrieden aus.

»Alles in Ordnung?«, fragte Snow, als ihr das Warten zu lang wurde.

Blanche zuckte mit den Schultern. »Ich wundere mich über dich.«

»So?«, gab Snow zurück.

»Ja. Seitdem dein Vater dir deine Verlobung verkündet hat, bist du nicht mehr du«, erwiderte Blanche.

»Das verstehe ich nicht, Blanche. Ich bin dieselbe wie zuvor«, widersprach Snow.

Blanche sah sie an, ihr hübsches Gesicht zeigte Zweifel. »Wirklich? Die Geschichte mit Damocles in der Großen Halle war alles andere als das, was ich von dir erwarte.«

»Ich habe dir schon gesagt, dass das ein Unfall war. Ich habe ihn vorher noch nie gesehen«, sagte Snow und spürte Ärger in sich aufsteigen.

»Er hielt dich in seinen Armen und eure Gesichter waren nur Zentimeter voneinander entfernt«, beharrte Blanche.

Snow biss die Zähne zusammen. »Das weiß ich, aber das ändert nichts an den Tatsachen«, erwiderte sie kühl. »Du hast ihn doch erlebt: Er ist unverschämt und meint, dass er sich solche Dinge erlauben kann. Das heißt nicht, dass ich etwas damit zu tun habe.«

Blanches Augenbraue hob sich spöttisch. »Das sieht Alec sicher anders.«

Snow schüttelte unwillig den Kopf. »Ich habe es ihm erklärt. Er ist auch der Einzige, der das Recht hat, sich darüber Gedanken zu machen.«

»Mach mal einen Punkt, meine Liebe«, sagte Blanche. »Ich bin seit Ewigkeiten deine Freundin und wenn du dich plötzlich vollkommen veränderst, darf ich dich darauf ansprechen, oder nicht?«

»Abgesehen von dieser Sache, was soll denn passiert sein?«, wollte Snow wissen.

»Du spielst dich ständig in den Vordergrund«, sagte Blanche, als wäre das eine Tatsache.

Snow riss die Augen auf. »Bitte?«

»Anscheinend merkst du es nicht einmal, aber es ist so. Kassie und Evelyn haben mich auch schon angesprochen. Deine Veränderung fällt auf, also liegt es nicht an mir. Du mischst dich plötzlich ein und erteilst den Leuten Arbeitsaufträge. Die Snow, die ich kenne, hätte das nie getan«, sagte Blanche vorwurfsvoll.

»Ich bin gebeten worden, die Mission anzuführen«, widersprach Snow.

»Das Nächste, was niemand versteht. Du bist die Letzte, mit der alle gerechnet haben«, konterte Blanche.

»Es war dein Vater, der mich angesprochen hat«, erinnerte Snow sie.

Blanches Gesicht rötete sich. »Ich weiß. Das ändert nichts daran, dass du mit einem Mal eine andere bist. Liegt es an Alec? Oder doch an Damocles?«, fragte sie gepresst.

»Weder noch«, erwiderte Snow.

»Und ich glaube doch, dass es an Damocles liegt. Ich habe beobachtet, wie er dich ansieht«, ließ Blanche einfach nicht locker.

»Das ist seine Sache. Ich habe mit ihm nichts zu tun«, sagte Snow. Ihre Stimme war kühl vor Ärger.

»Ich frage mich, ob Alec das genauso sieht«, schoss Blanche zurück. Sprachlos sah Snow ihre beste Freundin an. Sie konnte einfach nicht glauben, dass sie dieses Gespräch gerade führten.

»Blanche, was willst du denn von mir? Drohst du mir?«, fragte sie dünn.

Blanche sah sie verblüfft an. »Natürlich nicht. Ich sorge mich um dich. Ich frage mich, wo meine Freundin geblieben ist.«

»Sie sitzt hier vor dir«, sagte Snow und zuckte hilflos mit den Schultern. Sie wusste nicht, wie sie es ihr begreiflich machen sollte.

»Siehst du und davon bin ich nicht überzeugt.« Blanche sah durch das Fenster ins Innere und stutzte. »Und er offenbar auch nicht«, sagte sie und deutete mit dem Kinn hinein.

Snow folgte ihrem Blick und sah Damocles, der sie beobachtete. Diese Erkenntnis fuhr wie ein Blitz durch ihre Brust. Waren Blanches Worte doch nicht ganz abwegig?

»Ihr habt nichts miteinander zu tun, natürlich«, murmelte Blanche. »Vielleicht solltest du diese Aussage noch einmal überdenken.«

Ohne auf Snows Antwort zu warten stieß sie die Tür wieder auf und ging ins Wohnzimmer. Snow blieb auf dem Stuhl sitzen.

Sie hatte keine Ahnung, was sie dazu sagen sollte.

Sie blieb noch lange draußen sitzen und ließ das Abendessen aus. Die Ereignisse des Tages lagen ihr schwer im Magen und sie musste über Blanches Worte nachdenken.

Sie wusste nicht, was Blanche den anderen gesagt hatte, doch sie ließen sie in Ruhe.

Wenigstens etwas.

Schließlich öffnete sich doch die Tür und sie sah auf.

Doch statt Alec, mit dem sie gerechnet hatte, betrat Damocles den Balkon.

Ihre Mundwinkel sanken hinab.

Ausgerechnet er.

»Darf ich mich setzen?«, fragte er höflich.

»Wenn du möchtest.« Sie mied den Blickkontakt.

Die Sonne war mittlerweile untergegangen und der Himmel war nur noch am Horizont rotorange.

Der Nachthimmel nahm überhand, doch wegen der Beleuchtung der Stadt wurde es nicht richtig dunkel.

Snow war das gleich. Nach der Finsternis der Kanalisation erschreckte die Nacht sie nicht mehr.

»Ich musste mir noch einiges anhören, weil ich euch gefolgt bin«, sagte er, offenbar um Konversation bemüht.

»Ich hatte dich auch um etwas anderes gebeten.« Sie biss sich auf die Lippe und sah auf ihre Hände.

Hatte sie sich wirklich verändert?

So stark, wie Blanche es behauptete?

Das konnte sie nicht glauben, doch hätte sie vor einer Woche diese Erwiderung gegeben?

Wahrscheinlich nicht, lautete die Antwort, die sie erschreckte.

»Ich weiß. Es tut mir leid«, sagte er zerknirscht. Sie glaubte ihm seine Reue kein Bisschen und warf ihm einen langen Blick zu. Er winkte ab. »Schon gut. Es war Absicht.«

Sie nickte knapp und hatte keine Lust mehr, darüber zu sprechen. Es gab bedeutend wichtigere Themen. »Deine Idee mit dem Relikt war interessant. Darauf wäre ich nicht gekommen«, sagte sie deswegen.

Er zuckte mit den Achseln. »In Cloud hatte ich einen Meister, der sich für individuelle Runen begeisterte. Er hat uns verschiedene Epochen und ihre Stile gelehrt, obwohl das nicht im Lehrplan stand. Es war mühsam, aber offenbar ist etwas hängen geblieben. Wenn ich aber recht habe, erleichtert das vieles für uns.«

Snow nickte. »Das wäre zu schön, um wahr zu sein.«

»Ich bin schon gespannt, was hier noch alles wahr wird.« Er zwinkerte ihr zu.

»Damocles, ich bin mit Alec verlobt. Dein Verhalten gehört sich nicht.« Es kostete sie viel Mut, ihm das zu sagen. So geradeheraus zu sprechen fiel ihr schwer.

Egal was Blanche sagte, sie hatte immer noch die gleichen Schwierigkeiten wie zuvor. Aber sie sprach es aus. Darauf war sie stolz und wollte es sich nicht schlechtmachen lassen.

»Ich weiß«, entgegnete er.

»Was weißt du?«, fragte sie zurück.

»Beides, Verehrteste. Und natürlich hast du in beiden Dingen recht. Aber ...«, setzte er an, als sie schon aufatmen wollte. »Du bist ja noch nicht mit ihm verheiratet. Ihr seid natürlich ein reizendes Paar, aber ich kann den guten Alec noch ein wenig ärgern. Du bist eine Frau, die es verdient, dass etwas Trubel um sie gemacht wird.«

Snow schüttelte nachdrücklich den Kopf. »Darauf lege ich keinen Wert. Wir haben andere Probleme und sollten keine schaffen.«

»Auch damit hast du natürlich recht.« Er schenkte ihr wieder dieses schiefe Grinsen, das Unheil bedeutete. »Ich will dich auch nicht in Schwierigkeiten bringen. Aber Alec ist nicht halb so gut, wie er denkt, und ich kann euch helfen. Ich denke, du weißt das.« Er hielt sie mit seinen grünen Augen fest.

Am liebsten hätte Snow nein gesagt und ihn weggeschickt. Doch sie war schon immer ehrlich. Mit sich selbst - auch wenn es schwerfiel - und auch mit anderen. Deswegen konnte sie nicht anders, als zu nicken.

»Ich weiß, dass du hilfreich sein kannst. Aber ...«, begann sie.

»Ich weiß, was du sagen willst. Danke«, unterbrach er sie freundlich, stand auf und täuschte eine Verbeugung an. Anders als sonst hatte diese Geste nichts Spöttisches.

Dann ging er hinein. Snow folgte ihm mit ihrem Blick und sah Blanche am Fenster stehen.

Ihre Freundin hatte die Augenbrauen hochgezogen, in ihren Augen lag eine stumme Herausforderung.

Sie sah sich in ihrem Verdacht bestätigt.

Snow ballte die Hände zu Fäusten.

Sie war es leid, sich vor Blanche zu rechtfertigen. Dann musste die Freundin eben einen Weg finden, damit zu leben.

*

Zara und die Kriegsgottpriester

Zara saß auf dem Dach ihrer Unterkunft und sah blicklos in die Ferne. Die Sonne erreichte ihren Zenit, der Tag war schon halb herum, doch sie war keinen Schritt weitergekommen. Ihr lief die Zeit davon.

Nur noch fünfeinhalb Wochen, bis das Nachbarland seine Kriegserklärung in die Tat umsetzte und sie angriff.

Wenn Zara versagte, was dies das Ende ihres Landes.

Das Ende ihres Gottes.

Doch sie wusste nicht, was sie tun konnte.

Sie stand mit leeren Händen da.

Ihre Waffen waren verschwunden. Die Phiole, in der sie die rettende Energie transportieren sollte, war verloren.

Sie fühlte sich wie gelähmt vor Wut und Verzweiflung.

Es war ihre Schuld.

Sie enttäuschte ihren Gott.

»Zara?« Gänsehaut überzog ihre Arme, als sie seine Stimme hinter sich hörte.

»Komm zu mir«, sagte sie. Sie mied seinen Blick. Er sollte sie nicht so schwach sehen.

Cory ließ sich neben ihr nieder. Sein großer Körper strahlte Wärme aus, seine Muskeln die Stärke, die ihr gerade fehlte. Doch auch der oberste Heermeister ihres Landes konnte ihr nicht helfen.

»Du sorgst dich«, sagte er. Zara sah stur geradeaus.

»Dazu habe ich auch allen Grund«, erwiderte sie tonlos.

»Ich weiß. Aber davon dürfen wir uns nicht lähmen lassen.« Er strich sein Haar zurück und legte seine Hand auf ihre. »Wie kann ich dich unterstützen?«

»Hast du zufällig eine Energiequelle zur Hand, die uns rettet?«, fragte sie.

Er sah in seinen Taschen nach. »Ich fürchte, nein.«

Sie starrte auf die Hausdächer vor sich. Das Hotel, in dem sie Quartier bezogen hatten, besaß vier Stockwerke, trotzdem war ihr Blick beschränkt.

Die anderen Häuser waren noch viel höher. Die Masse der Menschen in dieser Stadt immens. Die Anzahl der Gebäude unübersichtlich. Die Chance, die Energiequelle zu finden, schwindend gering.

»Schritt für Schritt, Zara«, sagte Cory ruhig. Seine Hand lag noch immer auf ihrer. Sie atmete durch.

»Du hast recht.«

»Was brauchen wir?«, fragte er.

»Waffen und einen Hinweis«, antwortete sie.

»Waffen sollten wir beschaffen können.«

Endlich sah sie ihn an. »Du hast recht.« Sie beugte sich vor und küsste ihn. »Und den Hinweis gibt es vielleicht dazu.«

Sie kam auf die Füße und lief zurück zu dem Dachfenster, durch das sie gestiegen war. Cory folgte ihr. »Also konntest du doch helfen«, sagte sie über ihre Schulter.

»Zum Glück.« Er lächelte und ihr Herz machte diesen albernen kleinen Satz, wie immer, wenn er das tat.

Die anderen waren im Erdgeschoss. Den Speiseraum des Hotels hatten sie umfunktioniert, um sich zu besprechen.

Sieben Augenpaare richteten sich auf die Hohepriesterin und ihren Geliebten, als sie hereinkamen.

Erwartungsvoll.

Dieses Mal konnte sie ihnen etwas sagen.

»Wir brauchen Waffen«, sagte sie schlicht.

Sofort sprangen alle auf und holten ihre Jacken.

Madison kam zu Zara. Das Gesicht ihrer Freundin war hoffnungsvoll. »Geht es voran?«, fragte sie.

»Ich hoffe es«, gab Zara zurück.

»Du kannst auf mich zählen, weißt du? Auf jeden von uns«, sagte Madison ernst.

»Ich weiß.« Zara lächelte sie an. »Danke.«

Sie hatte ihre Gruppe mit Bedacht gewählt, diese Stärken musste sie nun nutzen.

Draußen teilten sich die neun Priester in drei Gruppen auf. Alle zusammen erregten zu viel Aufmerksamkeit, das hatten sie schon festgestellt.

Die Menschen wurden ihretwegen nervös. Wegen ihrer Körpergröße. Wegen der Lederjacken.

Es war einfacher, wenn sie nur zu dritt waren. Zara ging mit Madison und Cory voraus.

»Nadie und ich waren heute Morgen bereits unterwegs. Dabei habe ich auch ein Waffengeschäft gesehen«, berichtete Madison. Sie und Nadie waren die besten Spione des Ordens. Zara vertraute ihnen blind, also ließ sie ihre Freundin vorangehen.

»Was habt ihr noch gesehen?«, fragte sie.

Madison zuckte mit den Schultern und strich ihr Haar zurück. »Massen an Menschen.«

»Das hatte ich befürchtet. Aber auch einen Hinweis auf die Quelle?«, fragte Zara weiter. Doch Madison schüttelte den Kopf.

»Leider nicht. Wir haben eine Karte besorgt. Es gibt hier keinen Tempel. Keinen Gott. Dafür Tausende an besonderen Gebäuden, die infrage kämen. Ich verstehe die Gesellschaft hier nicht. Ich weiß nicht, welchen Gott sie anbeten. Oder wo etwas so Mächtiges verwahrt werden könnte.«

»Kein Tempel.« Cory schauderte.

»Immer noch besser als eine Gottheit wie Quies«, wandte Madison ein.

Zara schluckte.

Die Göttin des Todes hatte sie hierhergeschickt. Ihr Anblick verfolgte sie noch immer jede Nacht und auch tagsüber. Sie schüttelte die Erinnerung ab. Sie half ihr nicht.Die Priester des Kriegsgotts marschierten durch die Straßen und hielten die Augen offen.

Endlich nickte Madison und gab den folgenden Gruppen ein Zeichen. »Wir sind fast da.«

Zara war erleichtert. Die Aussicht, bald wieder Waffen in den Händen zu halten, war beruhigend. Das gab ihr das Gefühl, ihrem Ziel näher zu kommen.

Das Geschäft lag versteckt in einer schmalen Straße und war kaum beleuchtet. Die Schaufenster waren vergittert. Der Besitz von Waffen war hier schärfer reglementiert als in ihrer Welt, wo jeder wenigstens einen Dolch trug.

Zara blieb stehen und sah durch das Glas. Es gab Messer in verschiedenen Größen, doch hauptsächlich lagen hier Schusswaffen, wie jene, mit denen sie in der letzten Nacht angegriffen worden waren.

Die Schüsse hallten noch immer in ihrem Kopf nach. Die Flucht aus dem Einkaufszentrum war halsbrecherisch.

Beinahe hätte sie Madison verloren.

Sie hatten die Waffen ihrer Verfolger an sich genommen und im Hotel versteckt. Zwar hatten sie gesehen, wie sie benutzt wurden, doch sie hatte zu viel Respekt davor, um sie einfach auszuprobieren.

Es führte offenbar kein Weg an ihnen vorbei.

»Wenn man uns die Funktion erklärt, ist das kein Problem«, sagte Cory, der neben ihr stand.

»Wir können mit jeder Waffe umgehen. Schießen, nachladen, schießen. Wie bei Pfeil und Bogen.« Zara nickte. Er hatte recht. Es gab Komplizierteres als Pistolen.

»Sollen wir zusammen reingehen?"«, fragte Candle und linste durch das Gitter. Vor Aufregung raufte sie sich die Haare. Alle Priester waren das Warten leid. Sie waren es gewohnt, zur Tat zu schreiten. Die Ungewissheit nagte an ihnen, die Zeit saß ihnen im Nacken.

Zara verdrängte diesen Gedanken. Das erste Ziel war zum Greifen nah.

»Nein, wir gehen in Gruppen«, entgegnete sie. »Das Geschäft sieht klein aus und wir wissen nicht, wie der Mensch reagiert, wenn wir hineingehen.«

»Wie willst du bezahlen?«, fragte Madison.

Das nächste Problem. Sie hatten kein Gold. Nur ein Fundstück aus dem Hotel.

Während Zara auf dem Dach grübelte, nutzten die anderen den Vormittag, um das Hotel gründlich zu untersuchen. Sie fanden fließend Wasser, elektrische Geräte und, hinter einem Schrank versteckt, eine eiserne Truhe. Es hatte mehrere Stunden gedauert, doch ihr Ehrgeiz war geweckt. Schließlich war es Nadie, die mit einem Draht das Schloss öffnete.

Die Enttäuschung war groß, als sie nur Papierfetzen in der Truhe fanden. Ärgerlich griff Madison hinein und besah die Bündel. »Was soll das sein?«, fragte sie.

»Vielleicht Wechsel«, meinte Sill.

Madison zuckte mit den Schultern und reichte ihr den Fund. »Ein Schatz wäre mir lieber.«

»Irgendeinen Wert muss das Zeug ja haben, sonst wäre es nicht in dieser versteckten Truhe«, erwiderte Sill. Sie wog das Papier in den Händen.

»Außerdem ist das alles, was wir haben. Eine Galeere voll Gold ist hier nicht in Sicht.«

»Wegen der Galeere haben wir den ganzen Ärger überhaupt nur am Hals«, knurrte Madison. Denn der Diebstahl des Goldes war aufgefallen und die Bestohlenen hatten ihnen den Krieg erklärt.

Also packten sie die Bündel in eine Tasche und nahmen sie mit. In Kürze wussten sie sicher, was es mit ihnen auf sich hatte und ob sie als Zahlungsmittel akzeptiert wurden.

»Cory, Nadie, Madison und ich gehen rein. Ihr anderen wartet hier, wir holen euch nach«, entschied Zara.

Candle sah unzufrieden aus, sagte aber nichts. Zaras Wort war Gesetz und alle wussten, dass sie nicht leer ausgingen. Stroke reichte Cory die Tasche mit den Papierbündeln und die vier betraten das Geschäft.

Zara sah sich um. Die Gitterschränke an den Wänden waren voller Schusswaffen. Es wurde Zeit, dass sie sich damit anfreundete.

»Wir wollen die besten Waffen, die du hast«, sagte sie zu dem schmierigen Verkäufer hinter der Ladentheke. Dem kleinen kahlköpfigen Mann gingen fast die Augen über, als er die hochgewachsenen Priester sah. Er duckte sich hinter seine Theke, als Zara das Wort an ihn richtete.

»Was wünschen Sie denn genau? Pistolen? Gewehre? Und für welchen Zweck?«, fragte er und tastete nach etwas unter dem Ladentisch.

Zara überlegte schnell.

Es ging den Mann nichts an, was sie mit den Waffen vorhatten, aber wahrscheinlich würde er den Handel dann ausschlagen.

Vor allem, wenn sie zugaben, notfalls Menschen zu erschießen, wenn sie sich ihnen in den Weg stellten.

Sie mussten versuchen, harmlos auszusehen.

»Für die Jagd«, antwortete sie deswegen.

Der Ladenbesitzer nickte nachdenklich und schloss einen der Schränke auf. Er entnahm ein Gewehr und legte es auf den Tresen.

»Perfekte Präzision, auch auf mehrere hundert Meter. Einfach nachzuladen und zu reinigen«, leierte er herunter.

Zara ließ ihren Blick über die anderen Vitrinen gleiten und zeigte auf eine Pistole. So ähnlich sahen die erbeuteten Waffen im Hotel auch aus. Sie waren am richtigen Ort.

Jetzt musste sie alles aus dem Mann herausquetschen, was er wusste. »Was ist damit?«

»Wollten Sie nicht jagen?«, fragte der Mann misstrauisch und befingerte erneut etwas unter dem Ladentisch.

»Stimmt, aber ich interessiere mich auch für die Pistolen. Zur Selbstverteidigung«, erwiderte sie. Die Blicke des Mannes wanderten zwischen ihr und ihren Begleitern hin und her. Sein Gesicht zeigte tiefstes Misstrauen.

»Gehört ihr zu einer Gang?«, fragte er. »Ich will damit nichts zu tun haben. Wenn die Polizei die Seriennummern vergleicht, sitze ich in der Scheiße und darauf kann ich gut verzichten.«

Zara wechselte einen Blick mit Cory. Diese Welt hatte ein Kriminalitätsproblem, so wie jede größere Stadt. Auch in ihrer Heimatstadt gab es Gesindel, das wegen der kargen Lebensbedingungen anders nicht über die Runden kam. Anscheinend dachte der Mann, sie wären solche Leute, die hier ein eigenes Revier abstecken wollten.

»Wir gehören zu keiner Gang«, erwiderte sie und sah sofort den Unglauben im Gesicht des Mannes.

»Natürlich nicht«, sagte er leise. »Die Lederklüfte schließen das förmlich aus. Und eure Maschinen stehen sicherlich nicht vor meinem Geschäft.«

Zara wusste nicht, was das bedeuten sollte, aber sie verlor die Geduld mit dem Mann, der sich abermals unter der Theke zu schaffen machte.

Ein Blick zu Nadie reichte und die Spionin umrundete den Tresen mit zwei Schritten.

»Stehenbleiben!« Er riss die Hand hoch und richtete den Lauf einer Pistole auf Nadie. Sie blieb mit unbewegter Miene stehen. »Ihr verzieht euch hier jetzt, ist das klar? Und dann solltet ihr die Stadt schnellstens verlassen, denn die Kobras haben nicht gern Konkurrenz.«

»Kobras?« Zara tauschte erneut einen Blick mit Cory.

»Eine echte Gang«, sagte Madison. »Darüber wurde im Fernsehen berichtet.«

»Merkt euch den Namen«, zischte der Mann, seine Feuerhand zitterte. »Das werden die Kerle sein, die euch das Licht ausblasen, hübsche Mädels hin oder her. Da machen sie keinen Unterschied. Also haut ab, solange ihr noch könnt.« Zara jedoch kam zu dem Schluss, dass die Kobras ein Anhaltspunkt waren.

Doch was machte sie jetzt mit dem Mann? Sie konnte es auf den Tod nicht leiden, bedroht zu werden.

Seine Hand zitterte noch immer.

Nadie wartete auf ihren Befehl.

Sie würde ihn töten, wenn Zara es wollte. Nichts lieber als das, aber sie brauchten ihn noch.

Sie nickte knapp und die Spionin setzte zum Sprung an. Der Mann schrie auf und feuerte. Die Scheibe einer Vitrine zerplatzte und Scherben regneten zu Boden.

Zaras Herz pochte, doch Nadie war zu schnell für den Mann. Mit einem Satz sprang sie auf die Theke, noch bevor er abgedrückt hatte, und schlang ihre Beine um seinen Hals. Er stieß einen Schrei aus und ging mit einem dumpfen Poltern zu Boden.

Nadie kniete sich auf seinen Rücken und bog seine Hände zurück.

Die Tür ging auf und die anderen kamen herein.

»Ist alles in Ordnung?«, fragte Stroke alarmiert. Er war sofort an Madisons Seite. Die letzte Nacht steckte ihm noch in den Knochen. Sie nickte ihm beruhigend zu.

»Sichert das Gebäude«, sagte Zara. »Wir kriegen das hier schon hin.« Stroke nickte und sie postierten sich draußen.

Zara sah Gothams Kopf durch das Fenster. Der Krieger würde ihnen ein Zeichen geben, wenn sie sich in Gefahr befanden. Doch fürs Erste musste sie sich um ihren neuen Gefangenen kümmern, der winselnd auf dem Boden lag.

Zara umrundete den Tresen und besah seine Rückseite.

»Das war nicht klug«, zischte sie. An der Unterseite der Platte befand sich ein roter Knopf. Sie konnte sich denken, dass er damit einen Alarm auslösen wollte. Sie waren ihm gerade noch zuvorgekommen.

Keine Verfolgungsjagd heute. Oder?

»Hast du ihn gedrückt?«, fragte sie. Er wimmerte und kniff die Lippen zusammen. Nadie drehte den Arm weiter. Er schrie auf, schwieg aber beharrlich. Wütend nahm Zara die Waffe an sich und richtete den Lauf auf das Gesicht des Mannes.

»Nein! Bitte!«, quiekte der Mann.

»Sicher nicht?«, hakte sie nach.

»Oh bitte, nein, ich habe niemanden gerufen!«

»Wer wird davon alarmiert?«, fragte Zara. Die Pistole in ihrer Hand fühlte sich gut an, ihr Gewicht vertraut. Der Mann könnte ihre erste Schussübung werden.

»Wir brauchen ihn noch«, erinnerte Madison sie.

»Leider.« Zara ließ die Hand sinken, der Mann atmete sichtlich auf. »Du hast meine Frage nicht beantwortet.«

»Die Polizei«, erwiderte er.

Er log. Zara richtete die Waffe wieder auf ihn.

»Ich vermute eher, dass er seine Freunde, die Kobras, rufen wollte«, sagte Cory.

»Erzähl uns doch von ihnen«, forderte Zara ihn sanft auf. Der Mann mied den Blickkontakt mit ihnen und murmelte etwas Unverständliches.

»Noch einmal, bitte«, sagte Madison. Er schwieg beharrlich.

»Über die Kobras haben sie im Fernsehen berichtet«, sagte Nadie. Das Fernsehen hatten sie noch in der letzten Nacht für sich entdeckt, seitdem lief das Gerät beinahe pausenlos. Zara hatte sich damit noch nicht beschäftigt, doch anscheinend brachte es ihnen jetzt Glück.

»Das ist wahr«, sagte Madison. »Es ging um Mord und bewaffneten Raubüberfall. Diese Gruppe hält die Ordnungshüter in Atem. Anscheinend ist das hier ihr Waffenlieferant.« Sie warf einen verächtlichen Blick auf den elenden Wurm.

Zara nickte. Jetzt erinnerte sie sich an den Bericht im Fernsehen. Er lief während des Mittagessens und sie hatte nur mit halbem Ohr zugehört, zu sehr war sie in ihre Gedanken vertieft. Aber sie erinnerte sich daran, dass von einem großen Problem gesprochen wurde.

Sie hatte nicht vor, diesem Rockerclub über den Weg zu laufen, dessen Rachsucht ein großes Thema war. Entsprechend verzichtete sie auch darauf, dass der Waffenhändler die Kobras auf ihre Spur brachte.

Es sei denn ...

Sie riss die Augen auf, als ihr eine Idee kam.

Und wenn diese Gruppierung nun genau die war, die sie suchten? Sie hatten Macht, die Menschen fürchteten sie.

Erneut richtete sie die Waffe auf den Mann.

»Haben die Kobras das Energiezentrum?«, fragte sie harsch. Er sah sie an, als habe sie den Verstand verloren.

»Das was?«, fragte er kieksend und wehrte sich jammernd gegen Nadies fester werdenden Griff, der ihm langsam aber sicher die Luft abschnürte.

»Ein Energiezentrum«, wiederholte Zara. »Eine besondere Statue, ein Edelstein oder ein Altar.«

Der Mann wand sich verzweifelt, Schweiß sammelte sich auf seiner Stirn. »Ein Altar? Ich ... ich weiß es nicht ...«, stieß er schließlich hervor. »Bitte, ich weiß doch nichts! Ich habe mit den Typen nichts zu tun. Ja, sie kaufen manchmal Waffen bei mir, aber ich gehöre doch nicht zu ihnen! Ich mache das nicht freiwillig. Sie erpressen mich. Ich weiß doch gar nichts. Ich war erst einmal in ihrem Quartier und ...« Zara reichte es.

»Gut, wo ist es? Wir werden selbst nachsehen«, unterbrach sie ihn unwirsch.

Erregung machte sich in ihr breit und ihr Gefühl sagte ihr, auf der richtigen Spur zu sein. Endlich gab es einen Anhaltspunkt für die Quelle. Sie hätte gleich auf diesen Zusammenhang kommen können.

»Im zweiten Distrikt, in der Nähe der großen Brücke ist ihre Zentrale. Eine ehemalige Brennerei«, haspelte der Mann. »Etwa vier Kilometer von hier.«

»Gut, vielen Dank.«

»Lasst ... lasst ihr mich jetzt in Ruhe?«, fragte er zögerlich. Nadie lockerte ihren Griff und ließ ihn aufstehen.

»Wir brauchen immer noch Waffen«, erinnerte Zara ihn. Er wischte sich Schweiß von der Stirn. »Nehmt, was ihr wollt, und haut ab. Ich werde niemandem etwas sagen.«

Zara glaubte ihm keine Sekunde. Sie hatte das verschlagene Glitzern in seinen Augen gesehen. Sobald sie aus der Tür waren, rief er seine Freunde.

Zwar hatte sie vor, sie aufzusuchen, aber zu ihrer Zeit. Auf keinen Fall wollte sie sich eine Straßenschlacht mit ihnen liefern. So konnten sie nur verlieren. Madison nahm dem Mann die Schlüssel für die Vitrinen ab.

»Die Munition ist in den Schränken da.« Der Mann deutete mit der Hand. »Hinten im Lager ist der Rest.«

Cory holte die anderen herein. »Ist er jetzt kooperativ?«, fragte Sill gelassen und lehnte sich an eine Vitrine.

»Er weiß wohl, was gut für ihn ist«, grollte Stroke. Er bezog abermals Position neben Madison. Das Gesicht des Mannes wurde immer bleicher.

»Was wollt ihr hier eigentlich?«, fragte er. »So toll ist diese Stadt doch gar nicht.«

»Stimmt. Aber wir suchen etwas.« Zara beobachtete, wie die anderen die Vitrinen aufschlossen und die Waffen begutachteten.

»Die Energiequelle«, wiederholte der Mann. Sie reagierte nicht. »Ich weiß nicht, ob es hier so etwas gibt.« Aber er würde seine Freunde sicher danach fragen, sobald er die Gelegenheit bekam.

»Zara«, sagte Nadie leise. »Ich glaube, er kann uns nichts mehr sagen.«

»Du hast recht. Wir sind fertig.« Zara nickte Nadie zu, die ihren Griff lockerte. Der Mann entspannte sich ein wenig, doch da griff die Spionin nach seinem Kopf, drehte ihn so schnell herum, dass seine Halswirbel knackten und sein Genick brach. Mit leeren Augen sank er zu Boden.

»War das eine gute Idee?«, fragte Madison zweifelnd und sah auf seinen leblosen Körper. Sie ging neben ihm in die Knie und legte ihre Finger an seinen Hals. »Gute Arbeit, wie immer, Nadie. Aber wenn er zu diesen Typen gehörte, haben wir ihnen gerade einen Grund geliefert, uns anzugreifen.«

»Gehörte er, daran habe ich keinen Zweifel. Er hätte ihnen Bescheid gesagt, das steht fest. Ich bin lieber im Vorteil, als auf einen Angriff zu warten«, erwiderte Zara. »Du weißt selbst, dass es sein musste.«

»Ich weine ja auch nicht um diesen elenden Wurm, aber ich finde, dass wir uns innerhalb eines Tages bereits viele Feinde gemacht haben«, sagte Madison.

»Also wie immer«, meinte Sill frech. »Das kennen wir doch nicht anders.«

»Gerade jetzt ist es wichtig, klug vorzugehen«, widersprach Madison. »Mit Taktik und Strategie. Wenn uns die ganze Stadt jagt, finden wir die Quelle niemals.«

»Du hast ja recht«, gab Zara zu. »Aber wir hatten keine Wahl. Dafür haben wir endlich einen Anhaltspunkt.«

»*Wenn* diese Kobras überhaupt etwas damit zu tun haben«, hielt Madison dagegen.

»Das werden wir herausfinden. Aber zuerst nehmen wir die Waffen mit. Dann überlegen wir Strategie und Taktik, um uns um die Destillerie zu kümmern«, beschwichtigte Zara. Madison sah sie zweifelnd an, schwieg jedoch.

Die Krieger beluden sich mit allem, was sie tragen konnten: Pistolen, Gewehre, Messer und Munition verstauten sie in großen schwarzen Taschen und schulterten sie. Außerdem entdeckte Candle eine Tüte voll wohlbekannter Papierbündel.

»Ich schätze, wir haben das Zahlungsmittel identifiziert«, sagte sie zufrieden. »Wenn wir es mitnehmen, können wir ab sofort ehrbare Bürger sein und unsere Lebensmittel bezahlen.« Sie zwinkerte Madison zu.

»Mach dich nicht über mich lustig«, fuhr die Spionin sie an. »Ich bin deswegen noch am Leben, weil ich immer vorsichtig und bedacht bin. Willkür und Unüberlegtheit bringen uns nicht weiter. Schon gar nicht hier, wo wir uns nicht auskennen und nur zu neunt sind.«

»Du hast vollkommen recht«, kam Zara Candle zuvor. »Und ich bin froh, dich dabei zu haben. Wir machen es so. Heute Abend. Versprochen.«

Madison nickte und entspannte sich.

Sie waren alle schwer beladen und standen unschlüssig im Raum. Die Leiche des Mannes lag auf dem Boden. Sie konnten sie nicht einfach liegen lassen.

»Am besten wäre es, ein Feuer zu legen«, sagte Cory.

»Das meinst du doch nicht ernst!«, fuhr Madison auf und sah Zara an. Sie unterdrückte ein Seufzen. Spione und Heermeister konnten gut zusammenarbeiten, doch die Vorgehensweisen waren wie Tag und Nacht.

»Ruhig Blut, Maddy. Dieses Haus abzufackeln ist ein Ding der Unmöglichkeit«, meinte Stroke und tätschelte seiner Geliebten den Arm. »Alles Stein und Metall.«

»Aber wir müssen die Leiche verschwinden lassen, damit nicht so schnell Verdacht geschöpft wird«, sagte Sill vernünftig. Sie stemmte die Hände in die Hüften, während sie sich nach einem geeigneten Ort umsah. Nachdenklich öffnete sie eine der Vitrinen.

»Sill, du bist verrückt«, sagte Candle kopfschüttelnd. Sill zuckte mit den Schultern.

»Wir finden einen anderen Ort für ihn«, entschied Zara. »Hier kann er nicht bleiben.«

»Wir kamen über eine Brücke«, erinnerte Nadie sie.

»Gut.« Zara nickte Cory und Stroke zu, die Leiche hochzunehmen. Sie wickelten sie in eine Decke und trugen sie aus dem Geschäft, das Zara abschloss.

Sie wollte sich diese Option offenhalten, falls sie etwas vergessen hatten.

Nein, korrigierte sie sich, sie *mussten* zurückkommen und alles holen, was noch da war. Diese Waffen brachten ihnen im Krieg einen gewaltigen Vorteil. Mit ihnen waren sie den feindlichen Soldaten überlegen und die Energiequelle würde sie unbesiegbar machen.

Doch zuerst mussten sie die Quelle finden.

Die Priester machten sich auf den Weg zur Brücke und beschwerten die Kleider des Mannes mit Steinen, die sie unterwegs auflasen. Nadie und Madison gingen voran und sicherten den Weg, die Geschwister Morgan und Gotham bildeten die Nachhut.

Sie erreichten die Brücke. Zara blieb stehen und beobachtete, wie Stroke und Cory den Leichnam mit einem Platschen ins Wasser warfen.

Ein unwürdiges Ende für einen unwürdigen Menschen. In ihrer Heimat hätte ihn ein schlimmeres Ende ereilt. Diese Welt würde ihn nicht vermissen.

Das Geräusch schwerer Motoren ließ sie aufmerken.

»Auseinander!«, befahl Zara den Priestern und sie zerstreuten sich in drei Gruppen. Zara blieb auf der Brücke und beobachtete die zweirädrigen Maschinen, die an ihnen vorbeirasten. Die Fahrer trugen lederne Jacken und Westen. Auf deren Rücken waren aufgerichtete Schlangen eingestickt.

Kobras.

Zaras Mund wurde trocken und sie drehte sich um, um ihnen nachzusetzen. Corys Hand auf ihrer Schulter hielt sie auf. »Nicht heute«, sagte er warnend.

»Warum nicht? Hast du denn nicht gesehen ...«, fuhr sie ihn an und wollte sich losreißen.

»Doch, habe ich, aber das ist keine gute Idee«, sagte er ruhig und hielt sie weiter fest.

»Aber wir sind alle zusammen und bewaffnet. Das ist *die* Gelegenheit, Cory«, beharrte sie.

»Ist sie nicht.« Er sah in ihr Gesicht. Sie biss sich auf die Lippe und atmete durch. Neben Cory trat Madison auf die Brücke. Ihre Miene war angespannt.

»Das waren Kobras«, sagte sie.

»Wissen wir«, erwiderte Cory ruhig, sein Blick hielt Zaras fest.

»Was nun?«, fragte Madison. Corys Blick vertiefte sich, Zara sah nichts anderes mehr als das Grün. Er hatte recht, auch wenn es sie störte.

»Wir gehen zum Hotel«, sagte sie endlich.

Madison nickte und holte die anderen.

»Ich hoffe, wir bereuen das nicht.« Ihre Stimme war leise, doch Cory hörte sie trotzdem.

»Weniger, als wenn wir ihnen nachgegangen wären, dessen bin ich mir sicher. Klug und strategisch, erinnerst du dich?«, sagte er.

Ihre Mundwinkel zuckten. »Natürlich. Ich bin ja keine Närrin. Trotzdem ...«

Er zog sie an sich. Seine Stimme war sanft. »Ich weiß. Du willst einen schnellen Erfolg. Ich auch. Aber tot nützen wir Oran nichts mehr.«

Dem hatte sie nichts entgegenzusetzen, auch wenn ihr ganzer Körper danach schrie, die Feinde aufzustöbern. Ihre Muskeln brannten und ihre Hand zitterte, als sie seine ergriff. Sie musste sich zügeln. Diese Ungeduld stand ihr nicht. Und sie war gefährlich. Im schlimmsten Fall kostete sie wertvolle Leben. *Klug und strategisch.*

Cory hatte recht.

Sie kehrten ins Hotel zurück und versammelten sich im Speiseraum, um die Lage zu besprechen.

Alle hatten die Kobras gesehen. Allen ging es wie Zara. »Es wäre unklug gewesen, ihnen zu folgen«, räumte sie ein. »Aber wir wissen jetzt, dass der Waffenhändler die Wahrheit gesagt hat. Ihr Quartier muss in der Nähe sein.« »Ich frage mich, wie schnell sein Verschwinden auffällt«, sagte Madison. »Und ob jemand auf uns schließt. Wir haben schon viel Aufmerksamkeit erregt.«

»Sie wissen nicht, wer wir sind und was wir wollen«, meinte Stroke schulterzuckend. »Wenn wir vorsichtig sind, finden sie uns nicht.«

»Schalte den Fernseher an«, befahl Zara und Gotham kam dem nach. Er stellte den Ton leise, bis eine Sendung zu den Nachrichten kam.

Derweil besahen die Priester ihre Beute.

»Wir können hier nicht üben«, sagte Madison. »Die Schüsse sind ohrenbetäubend. Dann finden sie uns auf jeden Fall.«

»Aber wir müssen uns damit vertraut machen«, widersprach Candle. »Sonst können wir es gleich lassen.«

»Wir suchen uns einen geeigneten Ort«, unterbrach Zara die beiden. »Und wenn es das Waffengeschäft ist. Wir gehen nicht mehr gemeinsam los. In kleineren Gruppen fallen wir weniger auf. Lasst die Lederjacken weg. Wir müssen in der Menge untertauchen.«

»Leichter gesagt, als getan«, meinte Stroke. »Ich bin größer als jeder dieser Stadtzwerge.«

»Und dreimal so breit«, warf Candle frech ein.

Stroke warf ihr einen finsteren Blick zu, zuckte dann aber mit den mächtigen Schultern. »Auch das.«

»Wenn die Kobras etwas über die Energiequelle wissen, kommen wir nicht um sie herum«, sagte Madison. »Uns bleibt nichts anderes übrig, als nach ihnen zu suchen.« Sie griff nach einer Pistole und untersuchte sie sorgfältig. Mit einem Klicken rastete das passende Magazin ein, als sie es hineinschob. »Das funktioniert zumindest.«

Nadie, die neben ihr stand, nickte. »Ich ziehe nur ungern unbewaffnet los«, sagte sie.

»Wenn du willst, suchen wir morgen nach der Destillerie«, bot Madison an. »Zweiter Distrikt bei der Brücke. Das sollten wir finden.«

»Wir helfen euch, aber ja, das fällt euch zu«, sagte Zara. Sie vertraute beiden blind, obwohl es ihr nicht behagte, diese wichtige Aufgabe aus den Händen zu geben.

Doch beide Spioninnen bewegten sich lautlos wie Katzen, diese Fähigkeit hatte sie nicht. Sie verließ sich auf sie und sie würden sie nicht enttäuschen.

»Damit ist es beschlossen. Jetzt sollten wir uns ausruhen für morgen. Madison und Nadie suchen die Brennerei und wir anderen gehen in kleinen Gruppen zurück zum Geschäft. Wir werden einen Ort zum Üben finden.«

»Dann gehen wir auch als Erstes dorthin«, sagte Nadie. »Ich muss zumindest einmal geschossen haben.« In beiden Händen hielt sie Pistolen und Zara bezweifelte, dass sie die Übung nötig hatte. Nadie konnte mit allem töten, sogar mit einem Strohhalm. Trotzdem schlug sie diesen Wunsch nicht aus. Die anderen nickten. Sie aßen zu Abend und zogen sich dann in ihre Zimmer zurück.

Zara lag noch lange in Corys Armen wach. Der erste Schritt war geglückt. Der Zweite lag in greifbarer Nähe.

*

Ciara und die Schattenkinder

$\mathscr{E}$ndlich dämmerte es. Schon seit einiger Zeit hielt sich Ciara im Vorraum ihrer Unterkunft auf und wartete darauf, dass der schier endlose Tag verging. Neben ihr stand Echo, bereit loszustürmen und nach Ride zu suchen. Endlich trudelten als Letzte auch Mason und Lucia ein.

»Ihr habt euch Zeit gelassen«, rügte Ciara sie.

»Es ist noch nicht dunkel, oder?«, fragte Lucia provokant. Ciara bereute mittlerweile bitter, sie um ihre Begleitung gebeten zu haben. Wie hatte sie so dumm sein können? Sie war davon ausgegangen, dass Lucia, mit der sie befreundet war, ihr leicht und selbstverständlich folgen würde. Ein Trugschluss, wie sich jetzt herausstellte, denn die andere machte lieber, worauf sie Lust hatte. Ciara ahnte, dass das noch zu großen Schwierigkeiten führte.

Sie hasste es, aber sie musste auf Nate zurückgreifen, wenn das nicht schief gehen sollte. Zusammen mussten sie ihre Begleiter im Zaum halten.

»Wie willst du bei der Suche vorgehen?«, fragte Shelley.

»Wir teilen uns auf«, erwiderte Ciara. Darüber hatte sie sich bereits mit Nate Gedanken gemacht. »Doria kommt mit mir, du gehst mit Mason und Lucia. Nate und Echo bilden die letzte Gruppe.« Diese Aufteilung bereitete ihr Bauchschmerzen, musste aber sein. Echo würde auf keinen anderen Begleiter hören und es war besser, wenn Shelley mit dem Pärchen ging, als wenn sie das Doria überließ. Sie konnte die beiden antreiben.

Ciara hätte Shelley oder Nate als Begleitung bevorzugt, doch so war es am besten.

Doria freute sich wenigstens über die Aussicht, ihre Anführerin zu begleiten. »Ich gebe mein Bestes«, versprach sie. »Du wirst sehen, es lohnt sich, dass du mich mitgenommen hast.«

»Deine Einstellung stimmt schon mal«, stichelte Shelley. Sie war wenig begeistert und warf ihren Begleitern finstere Blicke zu. »Das kann man nicht von jedem behaupten.«

»Sollen wir unsere Einstellung mit dir teilen?«, fragte Lucia und klimperte mit den Wimpern. Mason schlang den Arm um ihre Taille und zog sie an sich. »Du könntest etwas davon vertragen, meine Liebe.«

Shelley schnaubte und wandte sich Ciara zu. »Wohin gehe ich mit den Einstellungs-Profis?«

»Ihr haltet euch östlich. Nate und Echo gehen nach Süden und suchen die Bereiche ab, in denen wir uns gefunden haben. Die Wahrscheinlichkeit, dass Ride und Bevan in der Nähe angekommen sind, ist hoch. Doria und ich gehen nach Westen«, legte Ciara fest. Sie wandte sich an alle, besonders jedoch an Echo. »Ich möchte auch, dass wir die beiden finden, aber ihr dürft kein unnötiges Risiko eingehen. Sollte etwas nicht in Ordnung sein, alarmiert uns. Gemeinsam sind wir am stärksten.«

»Amen«, murmelte Lucia. Ciara funkelte sie an. Am liebsten hätte sie der Schneiderin eine Abreibung verpasst. Das würde sie auf die richtige Größe zurechtstutzen.

»Hast du einen Verbesserungsvorschlag, Lucia?«, fragte sie scharf.

»Natürlich nicht. Der Plan hätte von Skyth nicht besser gemacht sein können«, erwiderte Lucia. Ciara registrierte den Rippenstoß, den sie von Doria bekam und auch den warnenden Blick ihres Geliebten.

Sie war nahe dran, den Bogen zu überspannen. Lucia biss sich auf die Lippe, dann wich sie Ciaras Blick aus.

Waffenstillstand.

Fürs Erste.

Ciara und Doria liefen eine lange breite Straße hinunter. Es war menschenleer und die Beleuchtung spärlich. Das machte den Schattenkindern nichts aus, doch Ciara wunderte sich über die menschenleeren Straßen. Es war ganz anders als letzte Nacht.

»Was denkst du, wo Bevan und Ride sind?«, fragte Doria. Sie hatte ihre Dolche griffbereit und sah sich unruhig um. Ciara verstand sie, es ging ihr genauso.

Etwas lag in der Luft, das ihre feinen Sinne stimulierte. Eine Spannung, die sie nicht greifen konnte. Die Luft war dichter als zuhause. Sie spürte eine unterschwellige Feindseligkeit, wusste aber nicht, woher sie kam.

Die Stadt war riesig. Unübersichtlich. Ein Ding der Unmöglichkeit, einzelne Personen zu finden.

Sie hatten keinen Anhaltspunkt.

»Ich hoffe, dass sie nach uns suchen«, erwiderte sie. Doria nickte und fuhr herum, als ein Geräusch zu hören war. Ein Röhren, metallisch und unangenehm laut. Eine Maschine bog um die Ecke und die beiden Frauen wichen zurück, als Scheinwerfer sie blendeten. Die Maschine schoss wie ein roter Pfeil an ihnen vorbei, der Motor dröhnte in ihren Ohren.

»Verdammt«, jammerte Doria und rieb sich die Schläfen. »Ich hasse Menschen.«

Ciara sah dem Ding nach. Darauf mussten sie achten. Die Technologien dieser Welt waren denen von Zuhause überlegen. Mit einer solchen Maschine könnte man sie verfolgen, zumindest, wenn der Platz reichte.

Ein weiteres Risiko.

Ihre Anspannung nahm zu. Sie fühlte den Druck unangenehm auf sich lasten. Sie durfte Ride und Bevan nicht verlieren. Sie musste die Gruppe in voller Stärke zurückbringen. Ihre Sippe brauchte jeden. Der Sippenrat konnte seine Drohung jederzeit wahr machen und sie angreifen. Sie wollten Skyth vernichten. Das durfte sie nicht zu lassen.

Ihre Haut prickelte beinahe schmerzhaft.

»Spürst du das auch?«, fragte sie. Ein Blick in Dorias rubinrote Augen sagte ihr, dass es der anderen genau so ging. Und sie sah Angst in diesen Augen. »Wir sind wachsam«, sagte sie laut und um Zuversicht bemüht.

Das Prickeln nahm zu. Gänsehaut bildete sich auf ihren Armen. Sie blieb stehen und schloss die Augen.

Aus welcher Richtung kam es?

»Ciara?«, fragte Doria und griff nach ihrem Arm. Ciara ignorierte sie und verwendete alle Sinne auf das Prickeln. Sie musste es finden, auch wenn es ihr Schauder über den Rücken jagte. Ihr Instinkt sagte ihr, dass es wichtig war.

Sie musste vorankommen. Bevan finden. Ride finden. Die Sippe retten.

Die Angst blockierte sie. Wütend kämpfte sie sie nieder.

Zitternd holte sie Luft. Sie musste ruhig bleiben. Angst und Wut halfen ihr nicht weiter.

›Konzentriere dich‹, beschwor sie sich selbst. ›Woher kommt es? Wo ist es am stärksten?‹

Sie drehte sich im Kreis und machte ein paar Schritte in jede Richtung. Nichts.

Halt!

Sie riss die eisblauen Augen auf und sah in Dorias ängstliches Gesicht. »Ist alles in Ordnung?«, fragte die Jüngere mit dünner Stimme.

»Wir gehen in diese Richtung«, legte Ciara fest.

»Warum?«, fragte Doria.

»Weil die dunkle Energie aus dieser Richtung kommt.« Sie lief los, Doria folgte ihr auf dem Fuß.

»Oh, ich glaube, das ist keine gute Idee«, jammerte sie. »Warum sollen wir dorthin laufen, wo sich meine Haut anfühlt wie ein Nadelkissen?«

»Es muss einen Grund dafür geben«, erklärte Ciara. »Eine Quelle für diese Energie. Vielleicht sogar die, die wir suchen.«

»Das wäre zu einfach, um wahr zu sein«, schmollte Doria. Wahrscheinlich hatte sie recht, aber Ciara wollte nach diesem Strohhalm greifen.

Sie durfte nichts unversucht lassen. Sie musste kalkulierte Risiken eingehen. Sie musste alles tun, um ihr Ziel zu erreichen.

»Und was ist mit Bevan und Ride?«, fragte Doria.

»Hast du eine bessere Idee?«, fuhr sie die Blonde an.

Doria schob die Unterlippe vor. »Nein.«

»Dann komm jetzt endlich und hör auf zu diskutieren.« Ciara sah stur geradeaus. Sie musste sich konzentrieren, Dorias Vorbehalte halfen ihr nicht. Und falls sie dabei die beiden Vermissten fanden, umso besser.

»Wenn mir die Energiequelle gehörte, würde ich sie verstecken«, überlegte Doria laut. »Wie unseren Opal, den zu finden auch nicht jedem gelänge.«

»Du hast recht.« Ciaras Blick ging hinauf zu den hohen Gebäuden, die sich in den Himmel bohrten. Wenn die Quelle - wie immer sie auch aussehen mochte - in einem dieser Häuser war, mussten sie lange suchen.

Das schlechte Gefühl in ihren Eingeweiden jedoch nahm zu und ihre Haut prickelte so stark, dass es schmerzte. Sie war auf dem richtigen Weg.

»Ciara!« Doria zeigte auf ein Straßenschild. Ciaras Herz machte einen Satz.

Rathaus.

»Würdest du nicht auch ...«, begann Doria.

»Die Energiequelle dort aufbewahren, wo die mächtigsten Menschen sind?«, beendete Ciara ihren Satz. »Ja, das würde ich.«

Endlich ein Anhaltspunkt. Auch der Opal bei ihnen Zuhause war so im Herrenhaus untergebracht, dass Skyth als Oberhaupt und Desmond, ihr Magiermeister, ihn nahezu immer in ihrer Nähe hatten. Die Menschen hier *mussten* einfach ähnlich denken.

Ihre Schritte wurden schneller. Ihre Kehle brannte.

Sie erreichten das Rathaus. Es war ein mehrstöckiger Bau im Zentrum des nördlichen Teils der Stadt mit weißer Fassade und einem großen Portal.

Das Dach wurde von Säulen gestützt, die menschlichen Körpern nachempfunden waren und aussahen, als trügen sie das Gewicht auf ihren Schultern. Vor dem Gebäude war ein großer Platz mit einem Springbrunnen, der von einer Frauengestalt gekrönt wurde.

Ciaras wurde heiß vor Aufregung. Sie war am richtigen Ort. Ihre Nerven waren zum Zerreißen gespannt und ihre Haut prickelte.

Doria sah sich suchend um. »Wie gelangen wir ins Innere?« Das Rathaus wirkte verlassen, alle Fenster waren dunkel und verschlossen.

Ciara betrachtete das massive Portal. Ohne Schlüssel hatten sie keine Chance. Neben der Tür hing ein Schild mit den Öffnungszeiten: Alle Angelegenheiten konnten zwischen acht und siebzehn Uhr geregelt werden. Fatale Zeiten für sie, denn zu diesen Stunden war es hell.

Es musste einen anderen Weg geben. Sie musste in dieses Gebäude. Unbedingt.

Die dunkle Energie war hier so stark, dass sie quasi aus den Poren des Marmors troff.

»Ich will da nicht rein«, flüsterte Doria. Sie sah sie flehend an. »Bitte, lass uns Nate holen und die anderen. Da stimmt etwas nicht.«

»Kämpf dagegen an«, sagte Ciara mit aller Ruhe, die sie aufbrachte. »Das ist eine magische Abschreckung. Nichts ist in dem Rathaus, Doria. Nur die Energiequelle. Und jemand macht sich die Mühe, sie zu schützen.«

»Auch dann wäre es besser, wenn wir die anderen holen. Falls derjenige da ist«, beharrte Doria.

»So viel Zeit haben wir nicht. Die Jäger lauern zuhause auf eine Gelegenheit, unsere Familie zu töten. Skyth braucht diese Energie, um uns zu schützen. Wenn sie uns schon bemerkt haben, könnten sie noch weitere Zauber installieren, damit wir gar nicht hinein kommen. Wir müssen es zumindest versuchen. Wachsam sein. Und falls es zu brenzlig wird, holen wir die anderen.«

Ciara sah zum Himmel. Es war schon nach Mitternacht, ihnen blieb nicht ewig Zeit. Aber sie brauchte Doria an ihrer Seite, denn auch ihr war unwohl. Allein wollte sie nicht in dieses Gebäude gehen.

Aber sie würde, wenn es nötig war.

Sie hörte Doria schlucken. Die junge Schneiderin kämpfte mit sich und ihrer Angst.

»Du wolltest dich beweisen«, erinnerte Ciara sie.

»Verdammt«, murmelte Doria und nickte. »Mutig sein ist schwerer, als ich dachte.« Ciara war erleichtert und gemeinsam umrundeten sie das Gebäude.

Es war riesig, viel größer als zunächst angenommen. Sie untersuchten jede Tür, jedes Fenster, doch sie alle waren verschlossen.

Die dunkle Energie wurde immer stärker.

Doria zeigte auf eine kleine Tür. Sie sah alt aus und weniger stabil als die anderen, die sie gesehen hatten. Ciara griff nach der Klinke und drückte sie, doch auch diese Tür war verriegelt.

»Beherrschst du den Aperir-Zauber?«, fragte Doria hinter ihr. Ciara fuhr herum. Ein Aperir-Zauber öffnete mechanische Türschlösser! Sie hatte einmal gesehen, wie Desmond diesen Zauber unterrichtete, doch sie machte sich wenig aus Magie, die viel Geduld und Konzentration erforderte. Sie beherrschte den Bannspruch nicht.

»Nein«, gab sie zu.

Dorias Lippen kräuselten sich wider Willen. »Dann freut es dich sicher, dass ich ihn beherrsche, nicht wahr?«

»Ja, allerdings«, gab Ciara zurück.

Doria trat an die Tür heran und strich ihr blondes Haar über ihre Schulter. Sie kämpfte mit ihrer Angst, die immer stärker wurde. Sie wollte nicht in dieses Gebäude. Sie wünschte sich, sie könnte weglaufen. Weit weg. In dem Gemäuer stimmte etwas nicht und sie hatte das Gefühl, in ein offenes Messer zu laufen.

Ihre Instinkte schrien nach Flucht. Doria war immer beigebracht worden, auf sie zu hören.

Diesmal nicht.

Diesmal handelte sie entgegen all ihren Instinkten und besseren Wissens. Sie hoffte, dass sie das nicht mit dem Leben bezahlte.

Sie flüsterte die Beschwörung »*Aperi!*«. Dabei beschrieb sie mit dem rechten Zeigefinger einen Kreis gegen den Uhrzeigersinn und hinunter, als drücke sie eine Klinke.

Mit einem leisen Klicken sprang der Riegel zurück.

Die Tür war offen.

Ciaras Herz schlug ihr bis zum Hals. Ihr ging es genauso wie Doria. Ihre Beine kribbelten. Sie wollte rennen.

Stattdessen drückte sie die Klinke erneut hinunter und öffnete die Tür. Im Inneren war es stockdunkel. Das machte ihnen nichts aus, doch zum ersten Mal fühlte sie sich der Dunkelheit ausgeliefert. Diese Schwärze war nicht ihre Freundin. Sie barg Tücke und Gefahren.

Vielleicht war sie tödlich.

Ciara legte ihre stählernen Krallen an. Sie musste auf alles gefasst sein.

Sie standen in einem Flur, von dem unzählige Türen abgingen, die mit Schildern versehen waren. Keines gab Aufschluss über das Energiezentrum.

»Lass uns gehen, Ciara«, flüsterte Doria erstickt. »Ich ... ich kann nicht weitergehen. Bitte.«

»Das ist der Abwehrzauber«, sagte Ciara. »Du musst dich dagegen wehren. Es besteht keine Gefahr. Hier ist niemand.« Doria schniefte, Ciara bemerkte ihr Zittern. Sie stellte sich dicht neben die andere. »Ich passe auf dich auf. Achte bitte auch auf mich, in Ordnung? Ich brauche dich.«

Doria nickte schwach.

»Wäre ich die Bürgermeisterin, läge mein Arbeitszimmer nicht hier im Erdgeschoss«, überlegte Ciara laut, um sich zu beruhigen. Logik half. Hoffentlich auch gegen Dorias Angst. »Ich würde das Beste im ganzen Haus nehmen. Oben, mit Ausblick über meine Stadt.«

Doria nickte zustimmend und rieb sich die Arme. Sie liefen den Flur entlang und erreichten eine große Halle mit einer breiten Treppe. Die dunkle Energie wurde immer stärker. Sie dröhnte in Ciaras Kopf. Ihre Haut fühlte sich an, als stieße jemand Nadeln in sie.

Sie fragte sich, wie lange sie das noch aushielt.

Neben ihr schnappte Doria nach Luft, da hörte sie es auch: Schritte. Ihre Finger verkrampften sich an ihren Klauen. Das konnten nur Menschen sein. Menschen waren keine Gegner für sie. Oder?

»Ciara«, flehte Doria und riss an ihrem Ärmel.

Ein Lichtschein tastete sich über den Boden, dann sah Ciara sie: Zwei Wachmänner in dunklen Uniformen.

Menschen. Sie registrierte keine Gefahr, wie sie von den Jägern zuhause ausging.

»Wir erledigen sie«, wies sie Doria an und ließ ihre wahre Gestalt zum Vorschein kommen: Ihre Augen wurden silbern, ihre Eckzähne wuchsen und ihre Haut schimmerte wie Perlmutt im fahlen Mondlicht, das die Halle erhellte. Neben Ciara schimmerten Dorias Augen silbern. Die Wachleute blieben stehen, als hätten sie es bemerkt.

Aber das war unmöglich! Da stimmte etwas nicht!

Im Zwielicht sah Ciara, wie sie sich nach ihnen umdrehten, obwohl sie sich im Schatten verbargen. Sie hatten sie gesehen. Aber ...

Ihre Augen weiteten sich, als beide Männer gleichzeitig an ihre Gürtel griffen und Klappmesser herausholten.

Warum? Sie hatte die Pistolen an ihren Hüften schon gesehen. Doch statt auf sie zuzukommen, legten beide die Klingen der Messer an - an ihre eigenen Kehlen!

Als das Metall in die Haut biss, schrie Doria auf.

Es war sowieso zu spät.

Mit Grauen erfüllt sah Ciara, wie Blut in einem weiten Schwall zu Boden spritzte.

Das machte alles keinen Sinn! Das war Wahnsinn!

Doria wich neben ihr zurück, doch Ciara packte sie. Sie durften sich nicht verlieren.

Der Mond tauchte hinter Wolken wieder auf und schien auf die Gesichter der Wachmänner. Sie waren zu Fratzen verzerrt und ihre Augen weiß.

Die dunkle Energie schwoll zu einem Fauchen an. Jetzt setzten die beiden Männer sich in Bewegung. Sie waren wie Marionetten, die an unsichtbaren Fäden hingen. Sie kamen direkt auf sie zu!

»Scheiße!«, schrie Doria, als der eine plötzlich verschwand. Ciara riss Doria herum und sie stellten sich Rücken an Rücken. Wenn sie sich nicht verstecken oder fliehen konnten, mussten sie kämpfen.

Adrenalin pumpte durch ihre Adern.

Die Energie hatte Besitz von den Menschen ergriffen. Sie müssten tot sein und doch ...

Ihre Sinne schlugen Alarm, als sie über sich eine Bewegung wahrnahm. Sie stieß Doria beiseite und sprang zurück, da stürzte der Körper schon auf sie herab. Ohne nachzudenken hieb sie mit ihren stählernen Krallen nach ihm. Doria schrie wie am Spieß, als die andere Wache vor ihr auftauchte.

Die Klinge des Messers zischte nur Millimeter an Ciaras Gesicht vorbei. Er bewegte sich viel zu schnell für einen Menschen.

Sie ließ das Raubtier die Kontrolle übernehmen und drückte sich vom Boden ab.

Volles Risiko.

Alles, oder nichts.

Er erwischte ihren langen Rock und änderte ihre Flugbahn. Ihre Kralle erwischte etwas, da schlug sie hart auf den Boden auf. Neben ihr fiel sein abgetrennter Arm auf den Marmor. Er schrie nicht einmal auf, sondern setzte ihr nach, das Messer noch immer in der Hand.

Ciara riss ihren Rock herunter, damit sie sich besser bewegen konnte. Neben ihr war Doria in höchster Not. Der zweite Mann hatte sie an den Haaren gepackt, das Messer zum tödlichen Stich erhoben. Sie warf sich in Dorias Richtung und hieb mit den Klauen nach ihm. Das Messer bohrte sich zwischen ihre Rippen und Doria schrie erneut auf. Der Kopf des Mannes knallte auf den Boden, sein Rumpf mehrere Meter daneben.

Doria fiel schluchzend auf die Knie, ihre Augen weiteten sich. Ciara war wie geblendet vor Schmerz, sie erahnte den anderen Mann mehr, als dass sie ihn sah. Erneut traf sie die Klinge eines Messers und sie schrie auf.

Sie fiel zu Boden und sah in seine dämonischen Augen. Das Messer glänzte im Mondschein und sein schwarzes Blut troff aus dem Kehlenschnitt auf sie herab.

»Ciara!«, schrie Doria. Sie stieß ihn von ihr herunter und Ciara wurde schwarz vor Augen. Es gab ein widerliches Geräusch, dann war alles still. Die dunkle Energie wurde leiser, sie pulsierte drohend.

Irgendwie kam Ciara hoch ins Sitzen und starrte Doria an, die dem Kopf des Mannes einen Tritt verpasste. Ihren langen Dolch hielt sie noch in der Hand, das schwarze Blut tropfte auf den Boden. Der abgetrennte Kopf flog in hohem Bogen weg. Jetzt stürzte sie zu ihr.

»Oh nein ... oh nein ...«, flüsterte sie, als sie Ciaras Stichverletzungen sah. »Oh, bitte nicht.«

»Halb so schlimm«, log Ciara. Doria schüttelte den Kopf.

»Wir müssen hier weg«, flehte sie.

»Wir müssen nach der Quelle suchen«, widersprach Ciara und versuchte, sich aufzusetzen. Der Schmerz raubte ihr fast das Bewusstsein und sie stöhnte auf.

»Was?« Über Dorias Wangen rannen Tränen. »Nein! Sieh dir das an! Was ist das? Das schaffen wir nicht.«

»Wir haben es ausgelöst, hast du das nicht gespürt?«
Mühsam kam Ciara auf die Knie und rappelte sich mit
Dorias Hilfe auf. Blut rann warm über ihre Seite.

»Du brauchst einen Wirt«, sagte Doria.

»Dann müssen wir einen suchen. Hier«, setzte Ciara
hinzu, als Doria sich in Richtung Ausgang wandte. Sie ließ
ihren Blick über die beiden Leichen schweifen. Der
metallische Geruch ihres Blutes hing schwer in der Luft,
doch sie konnte es nicht mehr nutzen. Sie wollte es auch
nicht. Ihre Fratzen würden sie noch lange verfolgen.

Sie wünschte sich, Nate wäre hier. Sie wünschte sich so
sehr, Skyth wäre hier.

»Und woher soll ich dann jemanden zaubern?« Doria
fischte die Fetzen von Ciaras Kleid vom Boden und legte
einen Teil des Stoffs wie eine Kompresse an. Das nützte
nicht viel. »Ich muss die Wunde nähen«, sagte sie tapfer.

»Keine Zeit.« Ciara fing ein schwaches Geräusch ein.
Einen Herzschlag in diesem Gebäude. »Hier ist noch
jemand.«

»Noch ein Monster?« Doria zitterte. »Ich will hier weg.
Bitte, Ciara, das ist doch Irrsinn!«

»Hilf mir.« Ciara machte ein paar Schritte und keuchte,
als der Schmerz durch ihren Körper fuhr. Sie hatte nichts
als Pech, seitdem sie hier war.

Sie biss die Zähne zusammen und folgte dem Herzschlag. Sie musste es riskieren. Und hoffen, dass ihre
nächste Transformation den Besitzer des Herzens nicht
auch zum Monster machte. Der Abschreckungszauber war
mehr als das. Oder war es keine Abschreckung?

Stand ein Magier auf der Brüstung und wandte den
schwärzesten Blutzauber an, den es gab?

Von so etwas hatte sie noch nie gehört, hätte man ihr nur
davon berichtet, sie hätte es nie geglaubt.

Und doch lagen die beiden kopflosen Männer hier in der Halle, ihr Blut breitete sich über den Boden aus. Zum ersten Mal wurde Ciara vom Blutgeruch schlecht. Sie fragte sich, wie schlimm es noch werden würde.

Sie fanden den dritten Wachmann in einem kleinen Raum voll flimmernder Bilder vor. Er schlief mit offenem Mund, vielleicht hatte die Energie ihn deswegen nicht erfasst. Ciara schlich direkt hinter ihn, fuhr ihre Zähne aus und versenkte sie in seinem Hals, noch bevor sie ihre volle Länge erreicht hatten. Noch nie hatte sie so hastig und so ängstlich getrunken.

Schon spürte sie, wie ihre Wunden zu heilen begannen und es ihr wieder besser ging, doch ihre Nerven waren zum Zerreißen gespannt. Sie lauerte auf das Summen der Energie. Bereit, ihre Mahlzeit zu unterbrechen, wenn sie wieder zum Brüllen anschwoll.

Doria stand zitternd neben ihr, die Dolche in den Händen und den Blick auf die Tür gerichtet.

Ciara trank den letzten Schluck und richtete sich auf. Es war nichts geschehen. Jetzt war das Gebäude menschenleer. »Zumindest kann uns jetzt kein Mensch mehr angreifen«, sagte sie. Doria schauderte.

»Kein Mensch vielleicht, aber du weißt nicht, was hier noch lauert«, gab sie kleinlaut zurück.

»Außer uns ist kein lebendes Wesen mehr hier. Wir müssen es riskieren«, beharrte Ciara.

»Ich will nicht.« Doria schlang die Arme um ihren Oberkörper, sie zitterte.

»Wir müssen.« Ciara trat zurück in den Flur und sah ein Notausgangschild, das in ein Treppenhaus führte. »Wir gehen hier hoch, dann meiden wir die Haupthalle.«

Doria nickte und schloss dicht zu ihr auf, als sie die Stufen erklomm. Die Treppe führte bis in den zweiten Stock und Ciara betrat einen weiteren Flur.

Hier war alles prunkvoller, der Teppichboden dicker und die Bilder an den Wänden prächtiger als unten. Und es war totenstill. Die dunkle Energie pulsierte drohend, als sei sie der Herzschlag des Hauses.

Die beiden Schattenkinder liefen weiter, wachsam wie nie. Sie kamen an Sitzungssälen vorbei, in denen schwere Holzmöbel standen und deren Wände vertäfelt und Decken stuckverziert waren.

Hier trafen sich die Leute, die etwas zu sagen hatten.

Ciara hielt inne und konzentrierte sich auf ihre Sinne. Sie musste an der Energie vorbeikommen. Sie hatte so was noch nie gemacht, Magie war nicht ihre Materie. Dennoch musste sie es zumindest versuchen. Ride hätte ihr helfen können, doch die Freundin war verschwunden. Hier in diesem Gebäude hielt sie sich nicht auf.

Doria blieb neben ihr stehen und beobachtete sie mit angespannter Miene. »Spürst du etwas?«, fragte sie leise.

»Ich versuche es«, erwiderte sie gepresst und kniff die Augen zusammen. »Aber diese Bösartigkeit überlagert alles. Ich habe keine Ahnung, woher sie kommt.«

»Dann lass uns bitte gehen«, sagte Doria leise.

»Nein. Wir suchen das Arbeitszimmer des Bürgermeisters und verschaffen uns Gewissheit.« Ciara biss die Zähne zusammen und setzte ihren Weg fort.

Endlich standen sie vor einer Doppeltür mit einem Schild. *M.C. Hall, Bürgermeister.*

Ciaras Herzschlag beschleunigte sich, als sie die Klinke hinunterdrückte. Die Tür war verschlossen.

»Der Aperir-Zauber?«, wisperte Doria.

»Nein. Ich will nicht riskieren, dass wir noch eine Falle auslösen«, erwiderte Ciara.

Doria schauderte und griff in ihr Mieder. Zu Ciaras Verwunderung zog sie eine lange Nadel hervor.

»Allzeit bereit. Halt mir bitte den Rücken frei, sonst drehe ich durch«, sagte sie und hockte sich vor das Schloss, um mit der Nadel darin herumzustochern. Ciara stellte sich neben sie und behielt den Flur im Blick.

»Warum kannst du das?«, fragte sie.

»Mason ist Schmied, erinnerst du dich? Lucia hat es mir gezeigt. Sie wollte ihn damit ärgern, dass seine Schlösser nicht gut sind«, erklärte Doria mit angespannter Miene.

»In diesem Fall hilft uns ihre Bösartigkeit«, sagte Ciara und blickte zur anderen Seite.

»Sie ist nicht bösartig. Sie ist ... anders.« Das Schloss schnappte auf, bevor Ciara noch etwas antworten konnte.

Vorsichtig öffnete sie sie, während Doria ihr Deckung gab. Gänsehaut überzog ihren Körper.

Hier war die Energie besonders stark.

Das Arbeitszimmer war imposant mit schweren dunklen Holzmöbeln eingerichtet. Ein großes Fenster bot einen atemberaubenden Blick über den Vorplatz und die Silhouette der Stadt. An einer Wand hing das Porträt eines Mannes im mittleren Alter. Er hatte sandfarbenes Haar und dunkle Augen, die den Betrachter forschend anblickten.

Ciara erkannte dieses Gesicht. Es war auf Plakaten zu sehen, an denen sie in der Stadt vorbeigekommen war. Sie hatte ihnen kaum Aufmerksamkeit geschenkt, doch jetzt verstand sie, dass er der Bürgermeister der Stadt war, der für sich selbst warb.

Eine Wahl stand bevor. Und wahrscheinlich nutzte er die dunkle Energie für sich. War er ein Magier?

Sie sah sich um. Das Porträt war nicht die Energiequelle. Aber was?

Ihre Haut fühlte sich an, als liefen Ameisenvölker hinüber, es kribbelte, brannte, juckte. Sie hatte sich noch nie so unwohl gefühlt. Es war furchtbar.

Sie war am richtigen Ort.

Sie suchte den Raum mit ihrem Blick ab, nach etwas, das geeignet wäre. Der Opal war ein faustgroßer Edelstein. Diese Energiequelle vielleicht auch. Doria schnappte nach Luft, als auf dem Vorplatz des Rathauses blaues Licht erschien. Das kannten sie schon. Die Polizei kam. Und sie hielten vor dem Portal.

»Ciara, wir müssen hier weg.« Doria ging ans Fenster und duckte sich. Sie zählte zehn Mann. Das waren zu viele für sie beide.

Ciaras Blick blieb an einer Büste hängen, die auf einer Stele stand. Sie war aus weißem Marmor und zeigte eine Frau, die grimmig schaute. Die Plakette wies sie als Mitgründerin der Stadt aus, berühmt für ihr politisches Geschick, mit dem sie Handelsbeziehungen aufgebaut und die Stadt zu Wohlstand geführt hatte.

Die Haare in Ciaras Nacken standen zu Berge und sie stürzte zu der Skulptur. Ihnen lief die Zeit davon. Sie hatte Angst, was passierte, wenn sie den Marmor berührte.

»Sie sind im Haus«, keuchte Doria. Sie hörten Rufe, als die Polizisten die toten Männer fanden. »Ciara, wir müssen hier weg.«

Ciara ignorierte sie und nahm all ihren Mut zusammen. Sie streckte die Hand aus und berührte den Marmor. Die finstere Energie röhrte auf - und verschwand.

Fassungslos starrte sie auf ihre Finger. Der Marmor war warm, als habe er am Feuer gestanden, doch der Rest des Zimmers war eiskalt. Das Summen war weg.

»Ciara!«, zischte Doria.

»Es ist die Büste. Wir müssen sie mitnehmen.« Sie versuchte, sie anzuheben, doch sie war viel zu schwer für ihre Größe. Ciara unterdrückte einen wütenden Schrei. Noch ein Zauber!

»Nicht doch! Sie wird uns behindern!«, sagte Doria verzweifelt. »Wir müssen hier raus! Jetzt!«

»Nicht ohne die Büste!«, beharrte Ciara.

»Aber ...« Doria rang hilflos die Hände.

»Wenn sie bemerken, dass wir hier waren, könnten sie sie wegschaffen. Das will ich nicht riskieren. Hilf mir, sie zu tragen!«, befahl Ciara mit zusammengebissenen Zähnen. Doria legte ihre Finger an den glatten Stein und zuckte erschrocken zurück. Sie fühlte die Energie auch.

»Das ist ja wirklich ...«

»Ich weiß. Beeile dich!« Ciara hörte Schritte im Flur. Jetzt wurde es brenzlig. Sie trieb Doria an und zerrte sie ins Nebenzimmer. Dieses hatte nur ein kleines Fenster und lag im Dunkeln. Sie verschmolzen mit den Schatten, wussten aber, dass die Menschen jederzeit elektrisches Licht nutzen konnten.

Ciaras Blick fiel auf das Fenster. Es lag in einer Dachschräge, die seitlich vom Vorplatz des Rathauses weg zeigte. Sie stieß Doria an. Das war ihre letzte Möglichkeit, bevor sie entdeckt wurden.

Angst schnürte ihre Kehle zu, dass die anderen Menschen so wie die beiden Angreifer sein könnten. Doria erriet ihren Gedanken und nickte. Es war riskant, vor allem mit der schweren Büste. Sie tastete sich zum Fenster und griff nach dem Riegel. Er ließ sich problemlos öffnen. Ciara atmete auf. Ein Fluchtweg. Die Schritte auf dem Flur wurden immer lauter und sie hörte, wie Türen aufgestoßen wurden. Jetzt mussten sie schnell sein.

Katzengleich kamen sie auf die Beine und hievten den Marmor hoch. Ciara kletterte als erste durchs Fenster, durch ihr zerrissenes Kleid hatte sie mehr Beinfreiheit. Doria reichte ihr die Büste und sie sah hinab. Das Dach endete über einer Gasse, es waren mindestens fünf Meter bis zum Boden. Sie musste es riskieren. Doria stieg auf das Dach und schloss vorsichtig das Fenster.

Zentimeter für Zentimeter bewegten sie sich auf die Kante zu, ihr feines Gehör nahm die Bewegungen der Menschen im Gebäudeinneren wahr. Sie kamen immer näher. Ciara zuckte zusammen, als sie die Stimmen im Büro des Bürgermeisters hörte.

»Die Tür dürfte nicht offen sein!«

»Absuchen!«

Jemand kam in das Büro, aus dem sie geflohen waren. »Hier ist niemand.« Eine Tür schlug zu. Über ihnen öffnete sich das Fenster einen Spaltbreit und knarrte. »Moment!« Ciara und Doria erreichten die Dachkante. Ciara wickelte die Büste in die Fetzen ihres Kleides. Unter ihnen war nur der Asphalt. »Das Fenster ist offen!«

»Spring!«, zischte Ciara und Doria schwang sich über die Kante. Sie barg die Büste in ihren Armen, holte tief Luft und setzte ihr nach.

Sie fiel unkontrolliert, das Gewicht des Marmors nahm ihr den Halt und das Gleichgewicht. Der Boden kam immer näher. Sie hatte keine Chance, auf den Füßen zu landen. Ihre Hände krallten sich in den Stoff und sie schloss die Augen, bereit für den Schmerz.

Etwas rammte sie von der Seite und bremste ihren Fall. Sie kam auf die Füße und rollte sich über den Rücken ab, die Büste fest an sich gepresst.

Sie schlug ihr gegen den Magen und ihr blieb die Luft weg. Vor ihren Augen tanzten Sterne.

Sie starrte in den Nachthimmel, doch ihr blieb keine Zeit. Japsend kam sie wieder auf die Knie und rieb sich die Stirn. Jemand packte sie an der Schulter und riss sie hoch.

Knurrend ging sie in Angriffshaltung, erkannte aber Doria. Jetzt verstand sie auch, warum sie sich auf sie gestürzt hatte.

»Danke«, sagte sie rau und bückte sich nach ihrer Beute. Doria spähte um die Ecke zum Vorplatz des Rathauses, oben hörten sie noch immer die Einsatzkräfte. Sie suchten nach ihnen, aber sicher rechneten sie nicht mit einem so tollkühnen Manöver.

Ciara schlug das Herz noch immer bis zum Hals.

»Wir gehen in die andere Richtung«, sagte sie leise.

»Das dachte ich mir schon.« Doria ging neben ihr in die Knie und half ihr, die Büste wieder hochzuhieven. Sie stöhnte. »Wir werden ewig brauchen.« Weitere Fahrzeuge mit Blaulicht hielten auf dem Platz. Ciara und Doria drückten sich an die Hauswand und tasteten sich Schritt für Schritt vor, immer bereit, sich zu verteidigen, wenn es sein musste. Stimmen waren zu hören, Flüche.

Die Menschen rätselten darüber, was mit den Wachleuten geschehen war.

Das interessierte Ciara auch, aber sie hatte nicht vor, hier auf die Antwort zu warten. So leise wie möglich schlichen sie weg vom Rathaus. Ciara biss die Zähne zusammen und versuchte, sich daran zu erinnern, wie weit es bis zu ihrer Unterkunft war.

Ihre Arme wurden schwer.

Es wurde ein langer Rückweg.

*

TEIL 6

SEHNSUCHT

Ciara und die Schattenkinder

$\mathcal{D}$ie anderen fuhren hoch, als Ciara und Doria durch die Tür der Unterkunft stolperten. Die beiden Frauen waren schweißgebadet und den anderen stieg sofort der Geruch von Ciaras Blut in die Nase. Shelley und Nate sprangen auf und eilten zu den beiden. Die anderen folgten.

»Bei allen Geistern, was ist passiert?«, stieß Shelley aus. Echo und Mason nahmen ihnen die Büste ab.

Ciara rang nach Luft und suchte nach den richtigen Worten.

»Was ist das für eine Skulptur?«, fragte Lucia mit hochgezogen Augenbrauen. »Dein Kleid, Ciara ... Das müsst ihr erklären.«

»Ich bitte darum«, sagte Shelley. Nate half Ciara zu einem der Sofas. Sie fühlte sich wie zerschlagen. Der Weg hatte ewig gedauert, über zwei Stunden, und es dämmerte bereits.

»Es war wie ein Horrorroman«, meldete sich Doria zu Wort, bevor Ciara beginnen konnte. »Wir waren im Rathaus und die Atmosphäre war beängstigend. Ich bat Ciara, dass wir gehen, aber sie sagte, wir hätten keine Wahl. Und dann kamen sie. Sie haben sich die Kehlen durchgeschnitten und uns angegriffen. Dabei wurde Ciara verletzt, wir haben sie geköpft und sind zur Büste. Dann kamen die blauen Lichter. Sie haben uns gejagt und wir sind übers Dach geflohen.«

Sie schnappte nach Luft und sank gegen Lucia.

»Ich verstehe gar nichts«, sagte Nate.

»Das geht uns allen so.« Shelley schüttelte den Kopf.

»Sie hat recht«, sagte Ciara und bemühte sich, die fehlenden Informationen zu ergänzen. Die Gesichter der anderen wurden immer entsetzter. Echos Hand fuhr an seinen Degen.

»Ich gehe jetzt und finde Ride«, sagte er und war schon an der Tür. Erst jetzt fiel Ciara auf, dass die Freundin und auch Bevan immer noch fehlten. Nate und Mason setzten ihm nach.

»Es dämmert gleich«, sagte Nate ruhig. »Bleib hier. Wir suchen sie in der nächsten Nacht gemeinsam.«

»Aber ihr habt doch gehört, was Ciara und Doria passiert ist!«, fuhr der Schmied auf. »Ich kann meine Geliebte nicht allein dort draußen lassen!«

»Tot nützt du ihr auch nichts«, sagte Nate und legte seine Hand auf Echos Arm.

»Würdest du Ciara allein dort draußen lassen? Könntest du einfach hier sitzen, während sie allein in solcher Gefahr schwebt?« Echos blasses Gesicht war gerötet.

»Sie ist ja nicht allein«, sagte Mason. »Bevan ist bei ihr. Er wird sich um sie kümmern. Sicher in jedweder Hinsicht.«

Ciara sah sofort, dass der Scherz sein Ziel verfehlte. Echo ballte die Hand zur Faust und schlug Mason ins Gesicht. Lucia kreischte und stürzte auf die beiden Männer zu, Nate musste sie packen und wegreißen, damit sie Echo nicht angriff.

»Scheiße«, zischte Shelley und setzte ihr nach. Ciara kam mühsam auf die Beine, doch da hatte Mason seine Geliebte schon eingefangen. Ein Veilchen zeichnete sich unter seinem linken Auge ab, wo Echo ihn getroffen hatte.

»Du Idiot!«, keifte Lucia. »Du dämlicher Idiot!«

»Lucia, beruhige dich!«, sagte Mason und packte ihre Schultern. Sie fauchte und betastete sein Gesicht.

»Sieh doch, was er getan hat!«

»Lass mich.« Er wich zurück. »Das habe ich verdient. Tut mir leid, Mann. Ein dummer Zeitpunkt für einen dummen Witz.«

Echos Gesicht war finster wie eine Gewitterwolke, doch er nickte. Nate stand dicht bei ihm, bereit, notfalls wieder einzugreifen.

Ciara verstand ihn ja. Seine Sorge. Auch sie machte sich Gedanken, was Ride und Bevan zugestoßen sein konnte.

»Ihr habt überall nach ihnen gesucht?«, fragte sie Shelley, die zu ihr zurückkam.

»Wir haben das ganze Viertel abgeklappert. Natürlich ist das nur ein Bruchteil der Stadt, aber wir haben keine Spur von ihnen gefunden«, sagte ihre Freundin. Sie warf Lucia und Mason einen giftigen Blick zu. »Mit den beiden als Begleitern hast du mir keinen Gefallen getan.« Das konnte Ciara sich denken. Für die nächste Nacht musste sie sich etwas anderes einfallen lassen.

»Ich kann es kaum glauben, dass diese Büste das Energiezentrum ist«, sagte Shelley und hockte sich vor die Skulptur. »Ich hatte etwas anderes erwartet.«

»Und was?«, fragte Ciara pikiert.

»Es erscheint mir fast zu einfach, wie ihr sie gefunden habt.«

»Das würdest du nicht sagen, wenn du angegriffen worden wärst.« Ciara schauderte und betastete ihre Rippen. Der Stoff war zerrissen, das Kleid nicht mehr zu retten. Sie sah aus wie eine Bettlerin. Ihre weiße Haut schimmerte durch die Risse und sie sah frische Narben. Sie biss die Zähne zusammen.

Noch zwei neue Narben zu der Schusswunde. Diese Reise zeichnete sie für ihr Leben. Sie schloss die Augen und sah wieder die leeren weißen Augen vor sich. »Diese Fratzen werde ich niemals vergessen.«

»Ihr werdet nicht mehr allein gehen«, sagte Nate. »Ich möchte nicht, dass ihr noch einmal in solche Gefahr geratet.« Er hielt inne. »Wenn du das zulässt. Ich bitte dich darum«, fügte er hinzu. Ciara nickte langsam.

»Wir müssen alles überdenken«, sagte sie. »Aber wenn Ride und Bevan gefunden sind, können wir zurück nach Hause.«

Shelley befühlte den Marmor. Ihr Gesicht war angespannt und sie schüttelte den Kopf.

»Was ist?«, fragte Ciara gereizt.

»Ich bin zwar keine Magierin, aber ich spüre nichts«, sagte Shelley vorsichtig. »Der Opal zuhause hat eine Aura, man spürt die Magie in seiner Nähe. Aber hier ...«

»Die Magie war da!«, begehrte Ciara auf. »Doria hat sie auch gespürt!« Die Schneiderin nickte nachdrücklich.

»Was auch immer es war, jetzt ist es weg.«

Ciara funkelte ihre beste Freundin wütend an, dann fühlte sie sich, als wiche alle Energie aus ihr. Sie sank zurück auf das Sofa. »Das darf doch nicht wahr sein«, murmelte sie. »Als ich sie berührte, verschwand die dunkle Energie. Aber damit kann ich die Quelle doch nicht zerstört haben, oder?«

»Ich glaube nicht«, sagte Nate sanft. »Aber das bedeutet wohl, dass wir noch nicht so weit sind, wie wir hofften.« Sie mied seinen Blick und sah in Richtung des Fensters. Fahles Morgenlicht fiel durch die Scheibe.

Sie war gefangen. Wieder einmal.

Sie verfluchte ihr Blut. Was nützten all ihre Fähigkeiten, wenn sie sie nur nachts einsetzen konnte?

Sie waren gefährliche Jäger, doch die Hälfte des Tages harmlos und eingesperrt. Ihr Magen fühlte sich wie ein Eisklumpen an, von dem bitte Enttäuschung aufstieg. Am liebsten wollte sie alles hinschmeißen, doch das war keine Option.

»Morgen Nacht werden wir das Rätsel lösen«, sagte sie finster. »Wir werden Ride und Bevan finden und wir werden herausbekommen, was mit der Büste passiert ist.« Sie verließ das Wohnzimmer und ging in ihr Zimmer.

Nate erhob sich. »Wir können uns durch euren Fund motiviert fühlen, er ist der Beweis für das Vorhandensein der Energie. Wir kennen jetzt die Gefahr, die damit verbunden ist, aber ihr habt es dennoch geschafft. Wir sind stärker als die finstere Macht, die euch angegriffen hat. Ruht euch jetzt aus. Wir haben morgen viel vor.«

*N*ach dem Frühstück setzte Snow sich mit einem ihrer Lehrbücher auf das Sofa im Wohnzimmer und überflog die Seiten. Sie hoffte, einen Zauber zu finden, mit dem sie das Energiezentrum ausfindig machen konnte.

Irgendwo musste es doch etwas passendes geben. Evelyns Zauber hatte ihr nur bewiesen, dass es keine Magier mehr in der Stadt gab. Das hieß nicht, dass es keine weiteren Fallen gab, die ihnen gefährlich werden konnten.

Bisher hatten sie Glück im Unglück, aber sie spürte, dass das nicht ewig so blieb. Und sie brauchten die Energiequelle, um Starcity vor der ewigen Dunkelheit zu retten. Die Nacht schreckte sie nicht mehr, doch sie sehnte sich nach dem Tag. Ein Leben ohne Licht war undenkbar.

Sie musste sich mehr anstrengen.

Stirnrunzelnd blätterte sie immer weiter, doch es war nichts zu finden.

Nichts.

Frustriert zog sie die Beine unter und fing noch einmal von vorn an. Das war doch unmöglich. Es musste Zauber geben, die das Aufspüren von Energien ermöglichten!

Die anderen waren in der Wohnung, einige hatten sie auch verlassen und erkundeten die nähere Umgebung, in der Hoffnung, dass sie etwas fanden.

Snow sah, dass Chelsea und Rain mit Evelyn auf dem Balkon saßen. Sie wälzten ebenfalls Bücher aus unterschiedlichen Jahrgangsstufen. Vielleicht fanden sie etwas.

Sie blätterte weiter und lehnte ihren Kopf gegen das Polster des Sofas, da spürte sie plötzlich eine Berührung an ihrem Hals. Jäh zuckte sie zusammen.

Das durfte doch nicht wahr sein! Sie hatte ihm doch gesagt, dass er sie in Ruhe lassen sollte.

»Was soll das?«, fragte sie und wandte sich um.

Doch statt Damocles stand Alec hinter ihr und zog entschuldigend die Hand zurück. Snows Wangen röteten sich, doch sie durfte jetzt nichts Falsches sagen. Sie durfte ihn nicht noch mehr verärgern.

»Ein Impuls, verzeih mir«, sagte er.

»Verzeih du mir, ich war nur erschrocken.« Sie lächelte zaghaft.

»Das habe ich bemerkt. Du bist zusammengezuckt wie eine Katze.« Er sah ihr über die Schulter. »Was tust du? Suchst du einen Zauber?«

»Leider erfolglos. Ich kann einfach nichts finden, was mir weiterhilft«, seufzte sie. Er umrundete das Sofa und setzte sich neben sie. Heute hatte er seinen hellblauen Gehrock abgelegt und trug nur ein Hemd mit dem Emblem des Mondordens auf der Brust. Snows Mutter gehörte dem gleichen Orden an.

»Sollen wir es uns zusammen ansehen?«, bot er an.

»Gerne.« Sie wagte ein Lächeln.

»Woran hast du denn gedacht?«, fragte er weiter.

»An einen Suchzauber, der Energien kenntlich macht. Wenn wir zumindest das Stadtgebiet ein wenig eingrenzen könnten, wäre das ein enormer Schritt«, sagte sie.

»Das ist eine ausgezeichnete Idee«, lobte Alec. Snow lächelte, zuckte aber mit den Schultern.

»Sie lässt sich nur leider nicht umsetzen.«

»Abwarten. Ich kenne einen Zauber, der Dinge aufspürt, und einen Zauber, der Energien kenntlich macht«, sagte er.

»Du meinst den, den du gestern mit Rain in der Kanalisation verwendet hast?«, fragte sie.

»Ja. Den anderen habe ich schon mehrmals angewandt. Ich denke, ich kann die beiden kombinieren.« Alec blickte konzentriert auf das Buch in ihrer Hand.

Snow sah ihn erstaunt an. »Das kannst du?«

»Snow, ich bin immerhin Tutor für Zauberbanne. Ich bin nicht schlecht darin«, erwiderte er achselzuckend.

Das wollte Snow auch nicht bestreiten, doch ihr Vater, dessen Steckenpferd ebenfalls Banne waren (schließlich war er Alecs Professor), hatte ihr immer gesagt, wie heikel solche Dinge waren.

Ihr Respekt war dementsprechend groß. Alec war zwei Klassen über ihr und hatte mehr Erfahrung, doch reichte diese aus, um eine Kombination hinzubekommen?

Sie versuchte, ihre Zweifel nicht zu zeigen. Als seine Verlobte musste sie an ihn glauben und ihn unterstützen. Das war ihre Aufgabe, wie seine umgekehrt auch.

In der Kanalisation hatte sie auch an ihn geglaubt und er hatte alles getan, um sie heil herauszubringen. Und nur dank seiner Unterstützung konnte sie den komplizierten Lichtzauber wirken, der Sonnenlicht sammelte und ihnen den Weg leuchtete.

Sie waren ein Team und mussten zusammenhalten. Das galt nicht nur für sie zwei, sondern die ganze Gruppe.

Wenn Blanche schon nicht an ihrer Seite war, dann musste Alec ihren Platz einnehmen.

»Wie kann ich dir helfen?«, fragte sie.

»Ich schreibe auf, was wir an Utensilien brauchen«, erwiderte Alec. »Es dürfte recht umfangreich sein und ich habe sicher nicht alles dabei. Dann sehen wir weiter.«

Sie nickte und wartete, während er sein Gedächtnis durchforstete.

Die Liste war in der Tat lang, doch sie konnte alles auftreiben. Sie suchten die Utensilien zusammen und setzten sich an den Esstisch. Snow legte alles auf seine Anweisung zurecht. Auch die anderen bemerkten es, warteten aber noch ab.

Alec saß mit konzentrierter Miene am Zauber, er musste die Komponenten der Grundlagenzauber so verknüpfen, dass es keine unerwünschten Reaktionen oder Einschränkungen gab. Snow sah ihm gebannt zu. Diese Art von Magie war gehoben und es gab viele erfahrene Magier, die sich nicht herantrauten.

Ihr Verlobter schon.

Schließlich war Alec zufrieden und zeigte ihr seine Aufzeichnungen. Snow studierte die komplizierte Zusammensetzung und war froh, dass nicht ihr diese Aufgabe zugefallen war. Sie konnte nicht beurteilen, ob es funktionierte, aber sie war bereit, ihm vollkommen zu vertrauen.

»Ich bin beeindruckt«, sagte sie und wagte ein Lächeln. Alec erwiderte es, sie sah den Stolz in seinen Augen. Er wusste, was er konnte, ihr Lob gefiel ihm trotzdem.

Blanche hatte recht: Er wäre der richtige Kandidat für die Rolle des Anführers, doch der Rat hatte sich für sie entschieden. Sie erinnerte sich noch genau an das eiskalte Gefühl im Magen, als Blanches Vater ihr die Aufgabe anbot. Sie hatte einfach zugesagt, ohne darüber nachzudenken. Unter den bangen Blicken ihrer Eltern wollte sie nicht schwach erscheinen.

Also war sie es, auf deren Schultern die Verantwortung lastete. Damit mussten sie alle zurechtkommen. Sie ahnte, dass Alecs Ego nicht minder ausgeprägt als Blanches war und dass die Entscheidung ihn verletzt hatte, doch er hatte offenbar entschieden, sie dennoch zu unterstützen.

Zum Glück.

Wenn sie das Verhältnis zu Blanche klären könnte, wäre sie einen großen Schritt weiter. Zumindest was ihre innere Balance anging. Sie war bereit, zu teilen, und wollte nicht alles allein entscheiden.

Blanches harsche Worte hatten sie gekränkt und sie dachte seit dem Gespräch ständig daran.

Doch jetzt konzentrierte sie sich auf Alec.

»Wie kann ich dich unterstützen?«, fragte sie.

»Du kannst mir die Komponenten reichen«, sagte er. »Sie stehen in der entsprechenden Reihenfolge auf dem Papier.« Snow nickte und legte sie zurecht, sodass sie keinen Fehler machen konnte.

Alec begann mit dem Zauber. Es war mittags und der Mond, von dem er seine Kraft bezog, weit weg, doch das machte einem erfahrenen Magier wie ihm nichts aus.

Snow spürte ein Prickeln, als er die Energie aus der Umgebung sammelte und sie mit seiner eigenen anreicherte. Sie reichte ihm die silberne Schale und die magischen Steine, die er zuerst brauchte.

Alec summte leise vor sich hin und führte die entsprechenden Gesten aus. In seiner rechten Hand hielt er seinen Magierstab, an dessen Spitze der gelbe Edelstein sanft glühte.

Sie reichte ihm der Reihe nach alle Komponenten und beobachtete, wie sie miteinander in der Schale reagierten: Ein feiner Nebel stieg auf, der sich zu einem kleinen Luft-strudel komprimierte. Er bewegte sich sanft hin und her.

Snow hielt den Atem an. Die Vorbereitungen waren abgeschlossen, es fehlte nur noch das Aktivierungswort.

Gleich wusste sie, ob Alecs Bemühungen erfolgreich waren. Undeutlich hörte sie eine Tür, die geöffnet wurde, und Schritte.

»*Indaga*!«, sagte Alec nachdrücklich. Der Luftwirbel wurde größer und tanzte über den Tisch. Er verwirbelte die restlichen Utensilien und fegte die Papierbögen hinunter. Dann verpuffte er plötzlich.

Verblüfft wartete Snow ab, was als Nächstes geschah.

»Das war wohl nichts.« Damocles' Stimme riss sie aus ihrer Konzentration. Erst jetzt sah sie, dass er am Tisch stand, neben ihm Blanche, Rain, Kassie und Savoy.

Alecs Miene verfinsterte sich und Snow begriff, dass der Neue recht hatte: Der Zauber war fehlgeschlagen.

Sie sah Alec an, wusste aber nicht, was sie sagen sollte, ohne ihn bloßzustellen.

»Wenigstens versuche ich es und stehe nicht nur dumm herum, um die Leute zu belästigen.« Alec griff nach seinen Papieren und schob sie zusammen.

»Mein Freund, ich habe durchaus auch eine Idee, wie wir die Quelle suchen können. Und wer weiß, vielleicht ist sie nicht schlechter als deine«, erwiderte der Außenseiter.

Alec biss sich auf die Lippe und stand auf. Er überragte Damocles um einige Zentimeter und sah ihn auffordernd an. »Lass sehen.«

Blanche schnaubte augenrollend. »Typisch Männer.«

»Wenn es etwas bringt«, meinte Kassie achselzuckend. »Lass sie doch.«

Das fand Snow auch. »Lasst es uns versuchen.«

»Das ist auch besser so«, sagte Rain. »Wir haben in der Stadt seltsame Leute gesehen. Ich vermute, dass sie nicht von hier sind.«

»Was heißt das?«, fragte Alec mit schmalen Augen.

»Ich habe sie gesehen«, berichtigte Blanche. »Sie sahen aus wie aus einem Kinderbuch: In grün gekleidet und, wenn ich mich nicht irre, hatten sie spitze Ohren.«

»Klingt nach Elfen. Die soll es angeblich außerhalb von Lúthien geben«, sagte Kassie. Sie riss die Augen auf. »Ist nicht Chelseas Mutter eine Elfe?«

»Frag sie das lieber nicht«, sagte Blanche. »Das mag sie nicht.« Chelseas Mutter war vor Jahren gestorben, als sie noch sehr jung war. Snow wusste von ihrem Vater, dass sie nicht aus Lúthien, dem Land, in dem sich Starcity befand, stammte, sondern aus den Ländern hinter dem Nebel. Es ging das Gerücht um, sie habe Elfenblut, doch das hatte sich nie bestätigt.

Und niemals würde sie die junge Magierin danach fragen. Das Andenken an ihre Mutter war ihr heilig.

»Und ihr glaubt, dass diese Leute nicht von hier sind?«, fragte Alec.

»Es ging zumindest eine seltsame Energie von ihnen aus, die ich nicht zuordnen konnte«, erwiderte Rain. Savoy nickte bestätigend.

»Habt ihr mit ihnen gesprochen?«, fragte Snow.

Blanche schüttelte den Kopf. »Nein, wir haben sie auf einem belebten Platz aus den Augen verloren. Leider. Ich hätte gern mehr herausgefunden.«

»Ein Grund mehr, es mit meiner Idee zu versuchen«, sagte Damocles.

»Ach, was sind wir gespannt«, erwiderte Blanche.

Damocles grinste. »Ich habe zufällig ein Buch aus meiner Heimatstadt mitgebracht, das genau dieses Thema behandelt: das Aufspüren von Energiequellen.«

Er legte ein Buch mit dem Emblem des Alchemieordens auf den Tisch. Kassie holte Evelyn und Chelsea dazu.

Die Jüngere sah den Band und runzelte die Stirn. »Woher hast du das?«, fragte sie mit ihrer überraschend dunklen Stimme. »Es sieht nicht wie ein gewöhnliches Lehrbuch aus. Und es ist Eigentum meines Ordens.«

Damocles neigte den Kopf. »Verehrte Chelsea, wir nutzten es, um unser Problem in Cloud in den Griff zu bekommen. Damals wurde es uns von dem Oberhaupt des Alchemieordens zur Verfügung gestellt und ich habe mich als sein Schützer erboten.«

Chelsea betrachtete ihn misstrauisch. »Und du hast es nicht zurückgegeben, nachdem die Arbeit getan war.«

»Zum Glück für uns, oder was denkst du?«, fragte er unbekümmert zurück. »Ich denke, damit sollten wir arbeiten.« Er sah Snow an. »Wenn unsere Anführerin einverstanden ist, natürlich.«

Sie spürte die Blicke der anderen auf sich ruhen. Ihr war unwohl dabei, doch es war ihr einziger Anhaltspunkt. Sie mussten vorsichtig sein. Chelseas Miene sagte ihr deutlich, dass sie nicht einverstanden war. Snow verstand das, ordensübergreifende Magie war eine heikle Angelegenheit. Trotzdem.

»Ja, wir probieren es«, entschied sie. Die anderen nickten, sogar Alec, wenn auch widerstrebend.

Damocles lächelte triumphierend. Er legte das Buch auf den Tisch und blätterte bedeutungsschwer darin.

Chelsea betrachtete die Vorkehrungen argwöhnisch. Ihr Widerwille war ihr deutlich anzusehen. Evelyn redete leise mit ihr, doch die Falte zwischen ihren Augenbrauen blieb.

Snow versuchte, ihre Zweifel abzuschütteln. Wenn sie immer zagten, kamen sie nie ans Ziel.

Damocles brauchte die Unterstützung von drei Magiern bei der Durchführung. Blanche, Savoy und Rain erklärten sich bereit. Alec stand mit einem dünnen Lächeln daneben. Er ließ den anderen den Vortritt und da Blanche sich selbst so nachdrücklich ins Spiel brachte, bestand er nicht auf seine Teilnahme. Snow wollte sich auch melden, doch die anderen kamen ihr zuvor, also hielt sie sich zurück.

Konzentriert zeichneten die sie mit magnetischer Kreide den Bannkreis auf die Platte des Esstisches. Dabei hielten sie sich genau an die Zeichnung im Buch, um keinen Fehler zu machen.

Blanche musste sich sehr konzentrieren. Die Männer waren älter als sie und besuchten höhere Klassen, doch sie war nicht bereit, sich von ihnen den Rang ablaufen zu lassen. Normalerweise wäre es Alecs Aufgabe, an dem Zauber mitzuarbeiten, doch er hielt sich zurück und beobachtete sie nur. Sie rümpfte die Nase. Das war typisch: Erst angeben und dann kneifen. Dafür bewies sie allen, wie gut sie war.

Endlich war die Zeichnung fertig und sie besahen ihr Werk. Rain nickte zustimmend. »Es sieht gut aus«, lautete sein schlichtes Urteil. Sie konnten fortfahren.

Als Nächstes kam der vierteilige Bannspruch, der schwierigste Teil des Zaubers.

Jeder von ihnen musste einen bestimmten Text rezitieren und ihn im Kanon so lange mit denen der anderen verweben, bis die Worte physisch wurden. Anschließend würde Damocles ein Pendel über eine Karte der Stadt halten und die Energiequelle hoffentlich lokalisieren.

Sie lasen sich ihre Texte gewissenhaft durch und übten sie mehrere Male leise, bis ihnen die Worte in Fleisch und Blut übergingen, und sie sich sicher fühlten. Sie durften keinen Fehler machen, sonst schlug der Zauber fehl.

Gerade Blanche wollte sich diese Blöße nicht geben. Sie las ihren Text ein weiteres Mal durch.

Damocles stellte vier Kerzen in den Farben ihrer Orden auf: eine gelbe für Savoy, eine braune für Damocles, eine silbergraue für Rain und eine türkisfarbene für Blanche.

Kassie flüsterte ein magisches Wort und entzündete die Dochte. Die flackernden Flammen waren die einzige Lichtquelle im abgedunkelten Raum.

Snow hielt die Luft an.

Jetzt kam es auf die Konzentration der Beteiligten an. Es lag allein an ihnen, ob der Zauber gelang.

Damocles begann als Erster, seinen Text zu rezitieren, dann fiel erst Savoy und anschließend Rain mit ein. Zum Schluss war es an Blanche, ihre Worte aufzusagen. Sie schloss die Augen, um sich besser darauf einlassen zu können und begann.

Ihre Stimmen verbanden sich innerhalb des Kanons und die Atmosphäre im Raum wurde immer dichter. Die Umstehenden bemerkten, wie sich die Härchen in ihren Nacken aufstellten und die Luft knisterte. Die Magie wallte auf und erreichte ihren Zenit.

Snow war tief beeindruckt, wie gut Blanche mithielt.

Endlich erreichten die Betonungen der einzelnen Silben exakt den Rhythmus, der vorgesehen war und ein hellgrauer Nebel bildete sich über dem Bannkreis auf der Tischplatte.

Der Dunst wurde immer dichter. Das Summen der Magie schwoll an und verdichtete die Luft im Raum.

Alle Magier starrten wie elektrisiert auf den Tisch.

Snow spürte das bekannte Hochgefühl, das Magie in ihr auslöste. Sie hätte gern an dem Zauber gearbeitet.

Damocles, der seine Augen geöffnet hielt, hob seine rechte Hand, in der ein Pendel schwang, und platzierte den Anhänger über dem Zentrum des Bannkreises.

»*Invenio*«, sprach er aus Auslösewort.

Es gab ein leises Grollen und ein elektrisches Knistern, dann wirbelte der Nebel um das Metall des Pendels herum und floss langsam hinein.

Rain, Blanche und Savoy hielten mit ihrer Beschwörung inne und betrachteten das Pendel, das gelb glühte.

Neben Snow trat Chelsea unruhig von einem Bein aufs andere. Ihr behagte etwas nicht, doch Snow war zu gefesselt von dem Schauspiel, um sich loszureißen.

Damocles ließ das Pendel über dem Plan kreisen. Erst passierte nichts, doch wurden die Kreise kleiner und schneller. Das Glühen nahm zu, das Metall des Pendels leuchtete wie eine Kerze, die immer greller wurde. Die Kreise wurden so schnell, dass das Licht wie ein Ring wirkte, sie wurden enger und schneller.

Snow stockte der Atem. Es funktionierte!

Die glühende Spitze des Pendels stieß hinunter, als hätte sie ein Eigenleben. Sie durchbohrte das Papier und die darunterliegende Tischplatte. Qualm stieg auf und der Geruch verbrannten Holzes verteilte sich im Raum.

Erschrocken blickten die Magier auf den Anhänger.

Bevor jemand etwas sagen konnte, ertönte ein Donnergrollen und ein Erdbeben erschütterte das Haus. Alle schrien auf und fuhren von ihren Plätzen hoch.

»Unter die Türstürze! Schnell!«, rief Damocles. Sie rannten los und verteilten sich. Snow klammerte sich an das Holz und schloss die Augen. Das Erdbeben hielt an. Es wütete und toste, sie hörte etwas zu Boden fallen und zerbersten. Jemand schrie.

Arme schlossen sich um sie und jemand drückte sie an sich. Sie erkannte den Geruch.

Ihr Herz schlug ihr bis zum Hals.

Ein erneutes Poltern, wieder zersplitterte etwas.

Ihr Körper fühlte sich vor Angst taub an. Was, wenn das Gebäude Schaden nahm? Es war zu weit zur Wohnungstür oder zum Balkon.

Was war schiefgegangen?

Endlich hörte es auf und Ruhe kehrte ein. Snows Blut rauschte in ihren Ohren, sie musste die Augen öffnen, um sich zu orientieren.

Aus dem Augenwinkel sah sie, wie Kassie sich ängstlich an Savoy schmiegte, ihr Gesicht war vor Aufregung fast so rot wie ihre Robe.

Sie selbst stand mit Alec in ihrer Schlafzimmertür, er legte schützend die Arme um sie und hielt den Atem an. Sie lächelte schwach. Also hatte sie ihn doch erkannt. Kurz hatte sie befürchtet, es wäre Damocles, der ihr gefolgt war.

Es gab noch einen weiteren Stoß, dann kehrte Stille ein.

Die Magier verharrten atemlos, wo sie waren, und warteten, ob es Nachbeben gab.

Verlegen löste Snow sich aus Alecs Umarmung, ihr Gesicht brannte. Das hatten alle gesehen. Niemanden interessierte es.

Außer einen, dessen Blick an ihr hing.

Als nach einigen Minuten nichts geschehen war, trauten sie sich zögernd zurück in den Raum. Damocles' Kerze war auf dem Tisch umgefallen und ergoss ihr braunes Wachs über den Stadtplan, in der Küche waren zwei Tassen aus dem Regal gefallen und zersprungen. Außerdem war eine Fensterscheibe zu Bruch gegangen.

Evelyn sammelte die Scherben ein, während die anderen an den Esstisch traten. Das Pendel steckte noch in der Tischplatte.

Mit betretener Miene sammelte der Außenseiter die Utensilien ein. Als er nach dem Buch greifen wollte, kam Chelsea ihm zuvor.

»Das Buch ist für Mitglieder des Alchemieordens geschrieben und nicht für Erdmagier geeignet«, sagte sie vernichtend. »Du siehst ja, was dabei herauskommt! Das Pendel hätte sich nicht gelb färben dürfen. Du hast nur deine eigene Macht verstärkt und ein Erdbeben an der Stelle ausgelöst, die du ausgependelt hast!«

Dem konnte Damocles schlecht widersprechen, er lächelte Chelsea zerknirscht an. »Es war einen Versuch wert, meinst du nicht auch?«

Chelsea aber barg das Buch in ihren Armen. »Es ist gefährlich, ordensübergreifende Magie zu wirken. Solch spezielle Banne sind meistens für Magier desjenigen Ordens konzipiert, der sie geschrieben hat. Wir dürfen das Buch nicht verwenden. Ich will uns keinem weiteren Risiko aussetzen, deswegen nehme ich es an mich. In Starcity gebe ich es meinem Vater.« Niemand widersprach, alle sahen das Scheitern dieses Plans ein.

Bedrückt setzten sie sich an den Esstisch und starrten auf den Brandfleck, bis Alec sich schließlich zu Wort meldete: »Um eine unmagische Suche kommen wir nicht herum, da sich Damocles' Plan leider als untauglich herausgestellt hat.« Er setzte sich betont lässig auf seinen Platz.

»Damit steht es unentschieden, mein Freund«, erwiderte Damocles freundlich. Alec warf ihm einen vernichtenden Blick zu und biss sich auf die Lippe.

»Du hast recht«, sagte Snow zu Alec. »Es führt kein Weg daran vorbei, die Stadt zu erkunden. Vielleicht erfahren wir bei dieser Gelegenheit auch mehr über die Wesen, denen Blanche begegnet ist.« Ihr Blick fiel auf das Loch in der Tischplatte. »Wir müssen vorsichtiger sein. Auch wenn wir nur zu Gast hier sind, dürfen wir diese Welt nicht beschädigen. Der Kodex steht über allem.«

Und der Kodex der Neun Zirkel war in diesem Punkt eindeutig: Kein Magier durfte durch sein Wirken an anderen Wesen Schaden anrichten.

Das wussten auch die anderen. Sie nickten bedrückt.

»Was tun wir jetzt?«, fragte Kassie.

»Wir fangen mit der Suche an«, sagte Snow. »Und halten unsere Augen offen. Die Quelle ist hier, das ist sicher.«

Alec nickte. »Lasst uns in Dreiergruppen gehen. Und wir sollten vorsichtig sein. Es ist nicht ausgeschlossen, dass es noch mehr Fallen hier gibt, ob sie nun alt oder neu sind.«

Snow und Alec baten Chelsea, sie zu begleiten. Evelyn ging mit Blanche und Rain, Damocles schloss sich Kassie und Savoy an.

Snow bemerkte mit einem kleinen Lächeln, dass Kassie und Savoy vertraut miteinander umgingen. Anscheinend erfüllte sich der Wunsch ihrer Freundin, die schon lange für Savoy schwärmte. Gleichzeitig war Damocles eine gute Gesellschaft für die beiden und so weit genug von ihr und Alec entfernt.

Sie warf ihm den Fehlschlag nicht vor, ebenso wenig wie Alec, doch sie mussten vorsichtiger sein.

Sie mochte Damocles trotz seines seltsamen Charakters, doch sie wollte keinen weiteren Streit riskieren. Ebenso tat ihr etwas Abstand zu Blanche gut.

Deren harsche Worte bedrückten sie noch immer.

Entschlossen schüttelte sie den Gedanken ab. Es brachte nichts, sich den Kopf darüber zu zerbrechen. Sie hatte eine Aufgabe, die über allem stand.

»Lasst uns losgehen«, sagte sie.

Die Magier erhoben sich geschlossen.

*

Bell und die Dryaden

$\mathcal{B}$ell saß in den Ästen der Weide und sah hinaus auf den See. Ihr Blick verlor sich auf der glitzernden Wasseroberfläche und ihre Gedanken schweiften weit ab. Sie wirbelten wie Blätter im Wind und es gelang Bell nur schwer, sie einzufangen und zu ordnen.

Fetzen der Vision mischten sich immer wieder in die Ereignisse des gestrigen Tages. Ein Schauder rann über ihren Körper. Den Schock über die magische Falle hatte sie noch nicht verwunden, ihr Körper schmerzte.

Sie schob den Ärmel ihrer Tunika nach oben und betrachtete die Blutergüsse auf ihrer hellen Haut. Sie hoben sich in einem hässlichen Dunkelblau ab. Nicht nur ihre Arme, sondern auch ihr Oberkörper sah so aus. Ihre gebrochene Rippe schmerzte bei jedem Atemzug.

Als sie sich gestern zum Waschen auszog, hatte sie einen Schreck bekommen und Cora, die neben ihr stand, war in Tränen ausgebrochen.

Die Erinnerung an die Zeit unter Wasser hatte dafür gesorgt, dass sie lange nicht einschlafen konnte. Erst als sie Tylers Hand nahm, wurde es besser. Dann kamen die Erinnerungen an die Vision und den Kuss auf der Insel. Sie wühlten sie mindestens so auf wie die magische Falle. Es war weit nach Mitternacht, als Bell endlich einschlief.

Heute fühlte sie sich müde und unkonzentriert und suchte deswegen die Ruhe in den rauschenden Zweigen. Ihr Kopf war wie mit Watte gefüllt und schwerer als sonst.

Die Schmerzen betäubten ihren ganzen Körper.

Doch obwohl sich alles in ihr sträubte, hatte sie keine Wahl: Sie musste zurück in die Stadt und weitersuchen. Hier herum zu sitzen heilte Xarenia nicht. Die Götter hatten ihr gesagt, dass es auf ihren Mut ankam.

Es war an der Zeit, ihn zu beweisen.

»Bell?« Sie sah hinunter. An den Wurzeln des alten Baumes stand Cora, die braunen Augen weit aufgerissen. »Darf ich zu dir kommen?«, fragte ihre Freundin.

»Natürlich«, rief Bell zurück.

Cora erklomm die Äste und ließ sich neben ihr nieder. »Ist alles in Ordnung?«, fragte Bell.

Cora schüttelte den Kopf. »Nein. Aber ich weiß auch nicht, was ich tun soll.« Cora sah auf ihre zarten Hände. Sie waren rissig, ein Zeichen dafür, dass es ihr nicht gut ging. Ihre Eiche war weit weg und konnte ihr keinen Trost spenden. Sie war auf ihre Freunde angewiesen.

Bell schloss ihre Hand um Coras Finger. Sie zitterten. Cora schluchzte leise und starrte auf den See.

»Wir müssen weitermachen«, sagte Bell sanft und lehnte sich an sie. Coras Nähe tat ihr gut. »Etwas anderes bleibt uns nicht übrig.«

»Ich habe Angst. Seit gestern noch mehr«, flüsterte Cora.

»Ich auch«, gestand Bell. »Aber für Xarenia will ich alles versuchen. Als ich auf dem Dach des Wolkenkratzers zu mir kam, dachte ich, ich muss sterben. Ich war kurz davor, den Zauber zu aktivieren, der mich nach Hause bringt. Aber ich konnte es nicht tun. Ich könnte nicht mit der Gewissheit leben, dass ich eine Möglichkeit hatte, Xarenia zu retten, und sie nicht genutzt habe.«

Cora schlug die Augen nieder und nickte. »Aber wir müssen vorsichtig sein.« Bell nickte.

»Können wir gemeinsam gehen?«, fragte Cora.

»Das möchte ich gern, aber die Aufteilung von gestern ist sinnvoll, weil sie unsere Stärken kombiniert. Wenn du mit Tyler und mir gehst, wird das Saw nicht freuen«, erwiderte Bell, doch sie hatte ein schlechtes Gewissen dabei.

»Nein, wohl nicht.« Cora sah hinaus auf das Wasser und seufzte. »Lass uns aufbrechen, ja? Bevor mich der Mut verlässt.«

Bell nickte und sie verließen den Baum, um die anderen zusammenzurufen. Bell sah ihnen ihre Angst ebenfalls an. Niemand war so verängstigt wie Cora, doch die Gefahr und das dunkle Omen aus Bells Vision führten ihnen vor Augen, dass sie wachsam sein und mit allem rechnen mussten.

»Bleibt zusammen und meidet Orte, an denen ihr etwas Seltsames spürt«, schärfte Bell ihnen ein. »Verlasst euch auf eure Instinkte und geht kein Risiko ein. Wenn ihr etwas entdeckt, gehen wir gemeinsam dorthin. Keine Alleingänge.« Das richtete sich speziell an Albion, der für seine Umtriebigkeit bekannt war.

Er nickte glücklicherweise, was Bell erleichterte, vor allem mit Hinblick auf seine beiden Begleiterinnen, die sich nur zu gern zu Abenteuern hinreißen ließen. Bell hoffte, dass er sein Versprechen einhielt und er, Cyntha und Brooke nicht in Schwierigkeiten kamen. Die anderen versprachen es ebenfalls und Bell machte sich erneut mit Tyler und Helly auf den Weg.

Helly nahm ihre Violine mit. »Ich weiß zwar noch nicht, wie der Segen Apolls uns hilft, aber ich will für alles bereit sein«, meinte sie. Der Gott der Künste hatte ihre Instrumente vor ihrer Abreise gesegnet. Er stellte ihnen in Aussicht, dass sein Segen hilfreich sein würde, doch ihnen fehlte die Zeit, um nachzufragen.

Jetzt wussten sie nicht, wie ihnen das Geschenk des Gottes nutzen konnte. Bell ahnte, dass sie es eher früher als später herausfinden mussten. Vor allem, wenn es ihnen eine Möglichkeit zur Verteidigung gab.

Heute verzichtete Tyler darauf, seinen Kontrabass mitzunehmen, und auch Bell entschied sich dagegen. Da sie nur laufen würden, war ihr Cello zu unhandlich.

»Wenn wir zurückkommen, kümmern wir uns gemeinsam darum«, versprach sie. »Seit wir hier sind, haben wir nicht mehr musiziert. Das müssen wir ändern. Und vielleicht erschließt sich Apolls Geschenk von allein.«

»Wenn es eine Karte zur Energiequelle wäre ...« Helly winkte lächelnd ab, als Bell Luft holte, um zu antworten. »Ich weiß, dass es das nicht ist, aber lass mich einen Moment träumen.«

Bell lächelte schmal zurück. Der Gedanke war schön, aber sie wagte nicht, darauf mehr als eine Sekunde zu verwenden.

Dieses Mal liefen sie nach Süden und durchkämmten die Straßen. Um das Viertel mit dem Springbrunnen machten sie einen großen Bogen. Bell befürchtete, dass die böse Magie noch nicht verschwunden war.

Sie hielt die Augen offen, um eine weitere Falle rechtzeitig zu entdecken. Die Häuser waren hier sehr hoch und viele Menschen hasteten die Wege entlang. Es fiel Bell schwer, die ganzen Eindrücke zu verarbeiten, ihnen auszuweichen und sich gleichzeitig auf ihr Gefühl zu konzentrieren. Ihre Intuition hatte es nicht leicht.

»Nachts dürften weniger Menschen unterwegs sein«, meinte Helly. »Vielleicht sollten wir die Tageszeit meiden.« Die Logik war unbestritten, doch Bell fand die Nächte noch beunruhigender als die Tage.

Das Sonnenlicht wiegte sie in einer trügerischen Sicherheit. Bei dem Gedanken, nachts in eine solche Falle zu tappen, lief ein kalter Schauder über ihren Rücken.

»Ich denke darüber nach«, versprach sie Helly dennoch. Ihr Blick blieb an etwas hängen. Ihr stockte der Atem und ihr war, als stünde sie unter Strom. »Seht nur.«

Auf einem Bildschirm in einem Fenster lief ein Film. Eine Frau war zu sehen, doch das Glas schirmte den Ton ab. Sie hatten das gestern schon entdeckt und festgestellt, dass es für die Menschen hier normal war, diese Bilder präsentiert zu bekommen. Ein gewöhnliches Nachrichtenmedium für diese Welt. Es hatte sie etwas Mühe gekostet, doch dann konnten sie die Buchstaben entziffern. Jetzt war es ganz einfach. Doch was Bell las, entsetzte sie.

Horrornacht im Rathaus stand auf dem Banner unten im Bild. *Polizeigroßeinsatz. Zwei Tote, ein Verletzter. Unbekannte dringen in Büro des Bürgermeisters ein und stehlen Kunstgegenstand.*

Tyler blieb neben ihr stehen und sah sie fragend an.

»Was hat das mit uns zu tun? Verbrechen gibt es mehr als genug in dieser Stadt«, sagte er, denn auch gestern gab es Nachrichten von Toten und Verletzten. Die Menschen machten ihrem Ruf alle Ehre.

Bell zuckte hilflos mit den Schultern. »Ich weiß es nicht«, gestand sie. »Es ist ein Gefühl. So ähnlich wie bei meiner Vision. Und das Wort kommt mir bekannt vor, doch ich kann es nicht zuordnen.«

Der kalte Schauder kehrte zurück. Sie sah Bilder eines holzgetäfelten Raumes, eine leere Säule, ein offenes Fenster. Blut auf dem Boden und eine Frau, die mit ernster Miene Worte sprach, die sie nicht hören konnte.

Brutales Verbrechen, stand da. *Sogar Einsatzleiter entsetzt.* »*Ein Blutvergießen, das seinesgleichen sucht.*«

DNA-Spuren am Tatort festgestellt.
Bell verstand das alles nicht. Wieder wurde die leere
Säule gezeigt. In ihrem Kopf schlug ein Glöckchen Alarm.
»Sollen wir dorthin gehen?«, fragte Tyler. Am Anfang
der Straße hatten sie einen Stadtplan gesehen, mit dessen
Hilfe sie das Rathaus suchen konnten.
»Es ist alles, was wir haben«, sagte Helly, als Bell
zögerte. »Lass es uns doch versuchen. Dein seltsames
Gefühl hat sicher einen Grund.«
Widerstand regte sich in Bell, doch sie nickte.
Sie liefen zurück zum Plan und prägten sich den Weg
zum Rathaus ein. Es war kein kurzer Marsch, doch sie
legten ihn zügig zurück. Bells Nerven waren angespannt,
sie bekam kein Wort heraus. Ihre Beine und Füße fühlten
sich merkwürdig leicht an, als liefe sie wie fremdgesteuert.
Ihre Hände kribbelten und sie wünschte sich, sie hätte
doch ihr Cello mitgenommen.
Endlich erreichten sie die letzte Straße.
Bell betrat den Vorplatz des Rathauses. Gänsehaut
überzog ihren ganzen Körper, als sie den Springbrunnen
in seiner Mitte sah. Die Frauenstatue, die sich aus ihm
reckte. Das Wasser, das aus ihren Händen floss.
»Bei allen Göttern«, murmelte Helly.
Tyler trat neben Bell und schlang den Arm um ihre
Taille. Sie fühlte sich wie gelähmt.
»Wer hätte das gedacht? Aber jetzt ergibt es einen Sinn.«
Seine Stimme war rau.
»Aber welchen?« Sie drehte sich zu ihm und mied es,
dem Brunnen den Rücken zu kehren.
Das große weiße Gebäude war also das Rathaus. Gestern
hatte sie ihm keine Aufmerksamkeit geschenkt, doch jetzt
betrachtete sie es genau.
Hatten die Diebe etwas mit der Energiequelle zu tun?

War der verschwundene Gegenstand auf der Säule etwa die Energiequelle? War sie gestern schon nah dran gewesen und hatte eine Chance verpasst?

Tränen stiegen in ihre Augen. Wie hätte sie das ahnen können? Und wie nicht?

»Liebes, beruhige dich«, sagte Tyler sanft. Erst jetzt bemerkte Bell, dass sie weinte. Ihr Verlobter schloss sie in seine Arme und wiegte sie hin und her. »Mach dir keine Vorwürfe.« Doch dass er ihre Gedanken sofort erriet, war schlimm genug. Er zog die gleichen Schlüsse wie sie.

»Ich kann nicht anders«, flüsterte sie. »Wenn die Quelle hier war, haben wir unsere Chance verpasst. Xarenias Rettung rückt in weite Ferne.«

»Wir wissen das nicht sicher«, sagte er. »Es kann einen ganz anderen Grund für den Einbruch geben.«

»Aber hier bin ich gestern attackiert worden«, beharrte sie. »Es muss einen Grund geben, dass es hier eine Falle gab. Sie war stark. Wer weiß, was noch alles damit zusammenhing. Vielleicht sind die Menschen nur meinetwegen gestorben.«

»Eine Büste wurde gestohlen«, sagte Helly. Bell und Tyler ließen einander los und sahen sie an.

»Woher weißt du das?«, fragte er.

»Ich kann hellsehen, mein Lieber.« Helly grinste schief. »Spaß beiseite. Ich habe gefragt. Im Rathaus gibt es eine Information und ich habe meinen Charme spielen lassen.« Sie strich ihr blattgrünes Haar zurück.

Bell lächelte schwach. »Eine Büste«, wiederholte sie. »Was ist das?«

»Eine Statue aus Marmor, die einen Kopf und Schultern abbildet. Der Mann hat mir ein Bild gezeigt. Anscheinend war ich nicht die Erste, die nachfragte. Die Eingangshalle abgesperrt, die Menschen sind dort zu Tode gekommen.«

Helly schauderte. »Alles voller Blut. Jedenfalls ist diese Büste wertvoll, allerdings kann sich keiner erklären, was die Diebe damit wollen. Es gibt größere Schätze im Gebäude. Sagte der Mann zumindest.« Sie zuckte mit den Schultern. »Geh ruhig noch einmal hinein, aber ich glaube, es ist weg, Bell.«

Bell nickte. Ihre feinen Sinne empfingen nichts.

Sie wünschte sich ihr Cello. Dies wäre der Moment, um das Instrument seine Magie entfalten zu lassen. Es verstärkte ihre Dryadenmagie und gab ihr Sicherheit. Vielleicht hätte sie mit seiner Hilfe eine Möglichkeit, nach der Quelle zu suchen.

Das Instrument! Sie schlug sich mit der flachen Hand auf die Stirn. »Ich bin so dumm«, stöhnte sie.

»Erklärst du uns auch, wie du zu dieser Erkenntnis kommst?«, fragte Helly.

»Apoll hat unsere Instrumente gesegnet, das weißt du doch!«, rief Bell. »Um uns zu helfen. Bei allen Göttern! Wir müssen unsere Instrumente nutzen, um nach der Quelle zu suchen! Wir haben nur gedacht, dass er uns schützt, aber vielleicht ist der Segen anders gelagert.«

Helly sah sprachlos auf ihre Violine. »Soll ich ...«

»Nicht jetzt«, unterbrach Bell ihre Freundin. »Zusammen. Du weißt: ein Instrument ...«

»... spielt eine Melodie. Zusammen spielen wir eine Sinfonie«, beendete Helly Xarenias Credo. Sie zählten zusammen mehr als allein. Das gleiche galt für ihre Instrumente. »Dann lasst uns keine Zeit verlieren. Der Tag ist noch nicht vorbei.«

Bell nickte und drehte dem Rathaus und dem Brunnen den Rücken zu. Ihre Schritte wurden schneller und länger, als sie sich auf den Rückweg machte. Hier gab es nichts mehr zu finden, doch das spielte keine Rolle.

Endlich hatte sie einen Anhaltspunkt!

Endlich gab es einen Hoffnungsschimmer.

Ihre Hände sehnten sich nach ihrem Cello, sie spürte schon den Bogen und die Saiten, hörte schon den hypnotischen Klang. Sie musste sich beeilen. Ihr Gefühl sagte ihr, dass ihr nicht viel Zeit blieb.

Bell war außer Atem, als sie den Park erreichten.

An der Weide war niemand und der Baum hatte die restlichen Dryaden auch nicht gesehen. Sie liefen weiter zur Hütte und fanden sie leer vor.

»Sie sind noch nicht zurück. Wir müssen warten«, sagte Helly achselzuckend. Das sah Bell ein, doch die Ungeduld nagte an ihr. Sie wollte ihre Idee sofort umsetzen.

»Nehmt eure Instrumente mit an den See«, sagte sie. »Wir fangen schon einmal an.«

Sie kehrten zur Weide zurück und ließen sich an ihren Wurzeln nieder. Der Baum streichelte mit seinen langen Zweigen über ihre Gesichter, doch Bell hatte keine Zeit, die Zuwendung zu genießen. Ihre Idee ließ ihr keine Ruhe und dass zwei Drittel der Gruppe fehlten, machten den Versuch noch schwieriger.

Sie straffte sich. Schwierig hieß, dass es nicht unmöglich war. Darauf musste sie sich konzentrieren.

Sie legte das Cello an und strich mit dem Bogen über die Saiten. Ein tiefer Atemzug füllte ihre Lungen und sie klärte ihren Geist. Alles andere blendete sie aus, sie fühlte nur noch das Instrument. Das warme Holz und die fein schwingenden Saiten unter ihren Fingern. Das Cello war ein Teil von ihr. Eine Verlängerung ihres Körpers, genau wie ihr Baum, aus dessen Holz es gefertigt war.

Die Musik war ebenso ein Teil ihres Wesens. Sie gehörte zu ihr, sowohl als Dryade als auch als Person.

Sie spielte die ersten Noten und konzentrierte sie ganz auf das Instrument. Wie die Musik klang, wie sich das Holz verhielt. Ob sich die Dryadenmagie veränderte. Tyler und Helly kannten die Melodie und stimmten mit ein.

Ja, es war anders als sonst. Bell spürte, dass das Herz, das sonst während des Musizierens bei ihr im Vordergrund stand, dieses Mal zurücktrat. Es ging nicht um die Musik, die zu ihr gehörte. Zum ersten Mal musizierte sie nicht mit ihrer Seele. Ihr Verstand übernahm und die Musik fühlte sich seltsam an.

Statt auf die Melodie konzentrierte sie sich auf ihre Umgebung, tastete die Luft mit ihrem Geist nach einer unbekannten Energie ab. Dabei behielt sie das Gefühl, dass sie vor ihrem Sturz in den Brunnen gespürt hatte, im Kopf. Die seltsame Leichtigkeit, die fremdartige Energie, die sich geregt hatte. So oder so ähnlich musste sich die Quelle anfühlen.

Es musste so sein. Sie glaubte nicht, dass die Vorfälle im Rathaus zufällig in der letzten Nacht geschehen waren.

Die Melodie floss dahin, doch die Instrumente verbanden sich nicht zu einer Sinfonie. Bell hörte nur ihr Cello, Violine und Kontrabass erreichten sie kaum. Am Rande ihres Unterbewusstseins empfing sie etwas, das sich wie das Vibrieren einer Saite anfühlte. Ein zarter, doch ferner Ton. Er hatte nichts mit der Energie am Brunnen zu tun. Der Ton war freundlich. Lockend.

Eine weitere Falle?

Sie schluckte und fällte ihre Entscheidung. Wenn es so war, musste sie es dennoch riskieren.

Aufgeregt lenkte sie alle Sinne auf diese Erscheinung und vor ihrem geistigen Auge formte sich ein helles Licht. Ihr wurde immer wärmer und ihre Hände zitterten so stark, dass sie fast ihren Bogen fallen ließ.

Plötzlich zersprang das Licht in vier Teile. Das hatte sie schon einmal gesehen! Ihre Vision damals im Wald hatte ihr das gleiche gezeigt.

Vier Teile.

Was bedeutete das?

Die Teile bewegten sich, sie schienen miteinander zu tanzen, doch berührten sie sich, sprangen sie zurück.

Erneut begann der Reigen, wieder prallten sie zusammen und stoben auseinander. Ein Licht zischte gleißend auf Bell zu.

Bells Geist wich erschrocken zurück und hielt inne. Ihr Cello verstummte, ihre Unterlippe zitterte. Die Vision verschwand, bevor das Licht sie erreichte.

»Ist alles in Ordnung?«, fragte Tyler. Seine Hand ruhte auf dem Kontrabass und auch Hellys Geige verstummte.

Bell holte Luft, um zu antworten, da rief jemand ihren Namen. Sie sah sich um und erblickte Saw und Feliné, die über die Wiese auf sie zugerannt kamen.

Etwas stimmte nicht an diesem Bild. Sie sollten nicht zu zweit sein. Bell fuhr hoch, Helly und Tyler folgten ihr.

»Wo ist Cora?«, rief sie.

Saw blieb stehen, sein Gesicht war ein Bild nackter Angst. »Ist sie nicht hier?«

»Sie sollte bei euch sein, oder nicht?« Bells Herz schlug ihr bis zum Hals.

»Wir haben sie verloren«, sagte Feliné tonlos. Saws Gesicht war kreidebleich.

»Verloren? Wie kann das sein?«, fragte Bell.

»Wir haben uns in der Stadt umgesehen«, sagte Saw gepresst. »Dabei sind wir vorangegangen. Cora sah sich etwas an, ein Kleid in einem Fenster. Als ich mich das nächste Mal umdrehte, war sie weg. Wir haben alles abgesucht.«

»Dann dachten wir, dass sie uns aus den Augen verloren haben und umgedreht sein könnte«, berichtete Feliné.

Bells Mund war merkwürdig trocken, es gelang ihr nicht, zu schlucken. Langsam schüttelte sie den Kopf.

»Sie ist nicht hier«, sagte Helly tonlos.

Saw sank ins Gras und starrte auf seine Hände. Seine Lippen bewegten sich, doch nichts war zu hören. Bell starrte ihn an. Ihr Kopf war leer.

»War irgendwas in der Nähe?«, fragte Tyler. »Ein Brunnen oder etwas Ähnliches?«

Saws Kopf ruckte wieder hoch. »Ich muss sie suchen! Bei allen Göttern, ich muss sie suchen!«

»Nein, da war nichts«, sagte Feliné und hielt ihn auf. »Den Gedanken hatte ich auch, aber wir waren auf einem Markt. Es war voll, überall waren Menschen und Marktstände. Es kann sein, dass sie uns im Getümmel aus den Augen verloren hat.«

»Aber dann hätte sie uns gesucht oder wäre hierhergekommen«, beharrte Saw.

»Sicher tut sie das auch und ist auf dem Weg. Oder sie wartet irgendwo in der Stadt«, meinte Helly vernünftig.

»Ich gehe sie suchen«, wiederholte Saw.

»Wir müssen Albion, Brooke und Cyntha sagen, wo wir sind«, sagte Bell. »Wenn wir einfach loslaufen, verursachen wir noch mehr Chaos. Lasst uns kurz warten. Vielleicht kommt Cora gleich noch. Ihr Orientierungssinn ist nicht der Beste, es kann sein, dass sie einen Umweg gelaufen ist.«

Sie merkte selbst, wie hohl ihre Worte klangen. Ihr Herz pochte gegen ihre geschundenen Rippen und Angst kroch durch ihre Adern.

Ausgerechnet Cora. Ausgerechnet diejenige, die am meisten mit ihrer Furcht zu kämpfen hatte.

Im schlimmsten Fall konnte sie sich vor Panik nicht rühren. Die Stadt war riesig, wenn sie sich verlaufen hatte, war es ein Ding der Unmöglichkeit, sie zu finden.

Saws Miene wurde noch finsterer, seine Hände waren zu Fäusten geballt. Sie verstand ihn, aber was sollte sie tun? Wenn sie auch noch die restlichen drei im Gewirr der Stadt verloren, machte das alles noch schlimmer.

»Sie kommen«, sagte Helly, die in die Zweige der Weide geklettert war. Bell sah über die Wiese und erblickte Albion, Cyntha und Brooke. Sie gab den anderen einen Wink und lief ihnen entgegen.

»Wir müssen noch einmal losziehen. Cora ist in der Stadt zurückgeblieben.« Die drei Neuankömmlinge erstarrten, doch sie machten sofort kehrt und schlossen sich ihr an. Bell hörte sie leise miteinander reden.

Sie marschierten wieder los, Tyler und Saw schlossen zu Bell auf. Sie sah Saws Hände zittern.

»Wir finden sie, Saw«, sagte sie mit aller Ruhe, die sie aufbrachte. »Mach dir keine Sorgen. Es ist ihr nichts geschehen.« Saw presste die Lippen zusammen und nickte. Sie mussten sich alle an diese Hoffnung klammern.

Sie kamen an die Stelle zurück, wo Feliné und Saw Cora verloren hatten. Mittlerweile waren sie zum dritten Mal losgezogen und hatten einen noch größeren Kreis abgesucht, als bei der zweiten Runde.

Sie waren nur zu acht. Cora blieb verschwunden.

Bell fühlte sich merkwürdig taub. Immer wieder suchte sie mit den Augen die Straße ab. Sie standen vor einem Schaufenster. Die Figuren trugen Kleider mit Blumenmuster. Bell konnte sich gut vorstellen, dass sie Cora gefielen.

Aber was war dann passiert?

Sie drehte sich im Kreis, schaute nach oben, nach unten. Suchte nach etwas, das Coras Aufmerksamkeit erregt haben könnte. Da war nichts.

»Vielleicht ist es weg«, sagte Tyler. »Möglicherweise hatte es etwas mit dem Markt zu tun.« Die Stände waren bereits abgebaut und die Sonne näherte sich dem Horizont.

Bell bekam Gänsehaut.

»Wir hätten jemanden im Park lassen sollen«, flüsterte sie. »Vielleicht war Cora längst zurück und ist jetzt wieder losgezogen, um nach uns zu suchen.«

»Wenn das so ist, kommen wir nie zusammen«, sagte Feliné. »Möglicherweise wartet sie aber auch an der Weide auf uns. Das würde ich zumindest tun. Die Weide ist der sicherste Platz, den wir kennen.«

»Sollen wir uns trennen? Eine Gruppe sucht hier weiter und die andere geht zum Park?«, fragte Albion. Saws Miene verzerrte sich. Er konnte den anderen nicht leiden, er und Cora verstanden sich für seinen Geschmack zu gut. Albion erwiderte Saws Blick gelassen. »Wir wollen sie alle finden, Saw.«

»Ich finde sie«, knurrte der Paukist. »Und du entscheidest hier nichts.« Albion hob die leeren Hände und trat einen Schritt zurück.

»Das ist eine gute Idee, Albion«, mischte Bell sich ein. Die jüngeren Frauen waren müde. Sie waren ihr keine große Hilfe mehr. »Feliné, geh mit Helly und Cyntha zurück, ja? Passt auf euch auf, haltet die Augen offen. Wenn euch etwas merkwürdig vorkommt, dreht um und sucht einen anderen Weg. Bleibt auf jeden Fall zusammen.« Feliné nickte und lief mit den beiden los.

Bell sah sich zu Brooke und den drei Männern um.

»Lasst uns eine letzte Runde gehen. Wenn wir sie wieder nicht finden, müssen wir zurück. Ihr habt mitbekommen, was letzte Nacht im Rathaus geschehen ist.«

»Ich bleibe hier und suche nach Cora, bis ich sie gefunden habe«, widersprach Saw halsstarrig. Bell biss sich auf die Lippe und zügelte mühsam den Frust, der in ihr aufstieg. Es hatte keinen Sinn, zu streiten.

»Ich kann dich hier nicht allein lassen und wir müssen uns einen Plan überlegen«, sagte sie ruhig. »Wir versuchen es noch einmal. Danach gehen wir zurück. Saw«, sie hob die Stimme, als er protestieren wollte. »Ich liebe sie fast so sehr wie du, das weißt du. Aber ich trage für uns alle die Verantwortung. Wir finden sie, das verspreche ich dir. Aber mit Vernunft. Einverstanden?« Er biss sich auf die Lippen und nickte.

Also zogen sie wieder los, dieses Mal Richtung Süden.

Die Straßen hatten sich bereits geleert, die meisten Menschen waren verschwunden. Langsam neigte sich die Sonne dem westlichen Horizont entgegen. Der Tag war vorüber. Und nirgendwo auch nur ein Zeichen von Cora.

Bells Hoffnung sank mit jedem Schritt.

Saw blieb stehen, die Miene finster. »Sie ist nicht hier.«

»Lass uns noch dort drüben nachsehen.« Sie schluckte an dem dicken Kloß, der sich plötzlich in ihrem Hals breitmachte und blinzelte die Tränen der Verzweiflung weg. Mühsam unterdrückte sie ein Schluchzen.

»Bell, sie ist nicht hier.« Seine Stimme wurde lauter. Bell zuckte zusammen.

»Saw, wir tun unser Möglichstes«, sagte Tyler ruhig und schloss zu den beiden auf. »Wie du auch.« Doch Saw ignorierte ihn.

»Du musst eine Vision heraufbeschwören und herausfinden, wo sie ist.« Er trat an Bell heran. »Ich bitte dich. Mit Suchen kommen wir nicht weiter, sie ist hier nirgendwo. Bitte, versuch es.«

»Ich kann das nicht erzwingen«, antwortete Bell und wich einen Schritt zurück. »Das hat noch nie geklappt.«

»Du musst! Du hast selbst gesagt, wie wichtig sie dir ist. Du musst alles versuchen!« Er kam noch näher.

»Saw, sie kann das nicht tun«, sagte Tyler und legte seinem Freund die Hand auf die Brust. »Wir alle wollen Cora finden, aber Bell kann das nicht.«

»Ich will ja«, sagte sie.

»Dann versuch es wenigstens!«, beharrte Saw. Sie sah die Verzweiflung in seinen Augen. Bell wich seinem Blick aus und sah zu Boden. Wut verzerrte Saws Gesicht. »Dann ist es deine Schuld, wenn wir sie nicht finden.«

»Jetzt mach aber einen Punkt!«, rief Brooke. »Das ist nicht wahr und das weißt du auch!«

»Bell ist die Einzige, die Cora finden kann. Ihr ist etwas zugestoßen, das muss uns allen klar sein.« Saws grüne Augen loderten wie Feuer. »Es liegt an dir, ob wir sie noch rechtzeitig finden, Bell.«

Bell stand auf der Wiese am See und starrte blicklos auf die Stadt. Der Mond war aufgegangen, doch sie sah ihn nicht. Ihr Körper war wie betäubt, nur ihr Kopf schmerzte, als habe sie jemand geschlagen.

Sie hatte es versucht. Aber wie erwartet blieb die Vision aus. Sie kamen von allein, es war ihr noch nie gelungen, eine heraufzubeschwören. Stattdessen hämmerte es zwischen ihren Schläfen und ihr war schlecht.

Die Situation zwischen Tyler und Saw war beinahe eskaliert. Nur, weil sie eingelenkt hatte, verhinderte sie einen Streit. Glücklicherweise hatte Albion sich zurückgehalten, sonst wäre es schlimmer gekommen.

Sie hatte Tyler gerade noch beruhigen können. Die Worte seines Freundes rieben ihn auf und er wollte Bell nur beschützen. Das machte alles nicht leichter und sie musste einen Streit in der Gruppe unbedingt vermeiden.

Sie alle verstanden Saws Angst. Bell am allerbesten. Aber sie taten, was möglich war.

Jetzt hatte sie mehr gemacht, als gut für sie war und bekam dafür die Quittung.

Eine Brise kam auf und erleichterte ihr das Atmen. Ihre gebrochene Rippe schmerzte, wenn sie sich bewegte.

Sie hatte solche Angst um Cora. Saws Worte brannten wie Pfeile in ihrem Herzen. Der Schmerz deswegen hörte seitdem nicht mehr auf und sie machte sich Vorwürfe. Nicht wegen der Vision, aber dafür, dass sie Coras Bitte, sie und Tyler zu begleiten, ausgeschlagen hatte.

Bei ihr wäre Cora sicher gewesen. Sie hätte sie nicht verloren. Oder doch?

Sie zermarterte sich das Gehirn, was mit ihr geschehen war. Wohin sie gegangen war. Wen sie getroffen haben könnte. Einen Menschen? Ein magisches Wesen? Denjenigen, der die Falle am Brunnen gestellt hatte?

Ihre Eingeweide zogen sich zusammen.

Was könnte so jemand mit ihr tun?

Cora war harmlos, ein verängstigtes Mädchen, das niemandem etwas zuleide tat. Sie erschrak manchmal vor Blitzen, vor Donner, vor dem Wind. Wer ihr etwas antat, hatte ein sehr schlechtes Herz.

Bell erinnerte sich an den Abend ihrer Ankunft. An die Menschenmänner, die versucht hatten, sie zu sich zu locken. Cora würde nie mit jemandem gehen, den sie nicht kannte, aber was, wenn man sie zwang?

Sie schloss die Augen und versuchte, diesen Gedanken zu verdrängen. Ihre Eingeweide fühlten sich an wie eiskalte Steine und Tränen bahnten sich ihren Weg an die Oberfläche.

»Hier bist du also.« Sie sah auf und blickte in Tylers Gesicht. Er streichelte ihre Wange und lächelte sanft. »Ich habe nach dir gesucht und mir schon Sorgen gemacht.«

»Ich laufe nicht weg, aber ...«, begann sie.

»Ich weiß. Was Saw gesagt hat ...« Tyler brach ab.

»Das meinte er nicht so«, erwiderte sie. »Er hat Angst und ich bin ihm nicht böse.« Sie sah zum See. Das Atmen fiel ihr schwer und sie schlang die Arme um ihren Leib.

»Es ist nicht deine Schuld«, sagte Tyler.

»Doch, ist es.« Ihre Dämme brachen und Tränen rannen über ihre Wangen. Tyler schloss sie in seine Arme. Er hielt sie fest und als ihr Weinen schwächer wurde, nahm er sanft ihr Kinn, hob es an und sah ihr in die Augen.

»Es ist nicht deine Schuld. Und wir werden Cora finden. Saw meinte es nicht so. Er hat sich eben bei mir entschuldigt und wird das auch bei dir tun. Gemeinsam finden wir sie. Ich bin bei dir. Wir halten alle zusammen und holen sie zurück. Wo auch immer sie sein mag.«

Sie sah ihn an und war unendlich dankbar, ihn an ihrer Seite zu haben. Ihr Herz klopfte wild, als sie sein Gesicht in beide Hände nahm und ihn auf den Mund küsste.

Erneut bebte ihr ganzer Körper, er drückte sie an sich, vereinnahmte ihre Lippen. Seine Zunge teilte ihre Lippen, mit der Spitze fuhr er zaghaft über ihren Mund.

Es durchfuhr sie wie ein elektrischer Schlag. Die unerwartete Intensität des Kusses nahm ihr den Atem. Sie fühlte sich eins mit ihm und vergaß alles um sich herum.

Es donnerte über ihnen und Regentropfen fielen auf sie herab. Es war wie in ihrer Vision.

Tylers Hände wanderten über ihre Schultern und Arme, drückten sie noch näher an sich heran.

Undeutlich nahm sie wahr, dass es kalt wurde. Ihre Kleidung saugte sich voll Wasser, doch das war ihr egal.

Dieser Moment gehörte nur ihnen beiden. Tylers Hände gaben ihr genug Wärme, um nicht zu frieren. Sie bekam Gänsehaut am ganzen Körper. Und sie wollte mehr.

Die Gier, die sie schon auf der Insel gespürt hatte, kam zurück. Stärker als je zuvor.

Ihre Finger glitten durch sein Haar und sie traute sich, seinen Körper zu erkunden. Er war muskulöser und sehniger als sie, ihm fehlten die weichen Rundungen, die ihren Körper ausmachten. Sie genoss es, als seine Hände das gleiche taten und ihr deswegen noch heißer wurde.

Mit einem Mal war sie wütend auf Xarenia, weil sie so lange auf diese Erfahrungen warten musste. Schon ein Viertel ihrer Lebensspanne war herum und jetzt erst lernte sie, warum die anderen Sippen die Liebe so genossen. Es konnte nichts Falsches sein, einen anderen zu begehren.

Wie im Fieber wurden ihre Küsse immer intensiver und sie wollte Tyler auf jedem Zentimeter ihrer Haut spüren. Ihre Kleidung war im Weg und sie fühlte sich getrieben, sie beiseite zu räumen.

Sie zögerte. Das war ein großer Schritt. Sie wollte es. Doch da war etwas, das in ihrem Hinterkopf lauerte und sie erinnerte, dass sie eine Aufgabe hatte. Sie ignorierte es, doch es war wie ein innerer Widerstand.

Der Frust kam zurück und sie presste sich trotzig an ihn.

Tyler löste sich von ihr. Es war, als käme er zu sich, während sie noch kämpfte.

Vorsichtig strich er ihr über die kalte Wange. Sie waren vollkommen nass vom Regen. Erst jetzt bemerkte Bell das Unwetter, in dem sie sich befanden. Nun bahnte sich die Kälte ihren Weg durch Bells Glieder.

»Tyler ...«

»Wir müssen zu den anderen.«

Sie nickte und trat einen Schritt zurück.

Der fehlende Hautkontakt schmerzte beinahe und das Feuer in ihrem Inneren loderte ungehemmt.

Sie wollte ihn nicht gehen lassen. Sie wollte wenigstens einen kurzen Moment alle Sorgen vergessen.

Herausfinden, was er ihr noch alles geben konnte. Ob er die Gier in ihr stillen konnte. Schon streckte sie die Hand nach ihm aus, doch er fing sie ab und küsste ihre Handfläche. »Später. Dafür haben wir später noch viel Zeit«, flüsterte er.

Jemand rief ihre Namen und Bell zuckte zusammen. Die anderen suchten nach ihnen. Sie kamen näher.

Ihre Augen suchten Tylers Blick. Sie sah Bedauern aber auch Erleichterung.

Enttäuschung breitete sich in ihr aus. Warum war er nicht so bereit wie sie? Und warum wurde das Drängen in ihr immer größer?

Sie wandte den Blick ab und sah den anderen entgegen.

Hier lag ihre Aufgabe.

Alles andere fand sich mit der Zeit.

Zumindest hoffte sie das.

*

$\mathscr{A}$m Mittag erschütterte ein Erdbeben die Stadt.

Die Priester kannten dieses Naturphänomen nur zu gut. In ihrem Heimatland passierte das öfter. Dieses war mittelschwer, nur ein Fenster zersprang. Kein Grund zur Panik, deswegen schreckte es Zara nicht auf.

Sie, Madison und Nadie befanden sich allein im Hotel, die anderen waren im Waffengeschäft, das, wie sie bei ihrer Rückkehr am Morgen festgestellt hatten, einen Hinterraum mit Schallschutz besaß. Die drei Frauen waren die ersten, die hier ihre neuen Waffen ausprobierten.

Als das Beben begann, legten sie sich gerade einen Plan zurecht, wie die beiden Spioninnen vorgehen sollten. Sie beugten sich über den Stadtplan, den sie sich beschafft hatten.

Das Splittern des Fensters ließ sie aufspringen und Schutz in den Türrahmen suchen, doch ihr Puls beruhigte sich schnell.

»Das hätte schlimmer sein können«, meinte Madison. Sie warteten ab, ob es Nachbeben gab, dann kehrten sie an den Tisch zurück. Nadies Miene war finster.

»Ist alles in Ordnung?«, fragte Zara.

Die Spionin schüttelte den hellblonden Kopf. »Dieses Beben ist nicht natürlichen Ursprungs. Es gab keine Vorzeichen, es kam einfach aus dem Nichts. Etwas, oder besser: *jemand* muss es verursacht haben.«

Zara riss die Augen auf. »Es muss keine Vorzeichen geben. Möglicherweise ist es hier anders als bei uns.«

»Auszuschließen ist das nicht«, räumte Nadie ein. »Aber ungewöhnlich. Es sei denn, ein Gott schickt das Beben.«

»Wir haben keinen Tempel gefunden«, erinnerte Madison. Sie hatten einen Umweg zum Waffengeschäft gemacht und die Augen offen gehalten. Dabei fanden sie die Destillerie, in der die Kobras ihr Quartier hatten, doch kein Anzeichen für Götter. Auch auf der Karte fand sich kein Hinweis.

»Das bedeutet nicht, dass es keine Götter hier gibt«, erwiderte Nadie.

»Oder andere, die große Macht haben.« Die Worte fühlten sich schwer in Zaras Mund an. Sie starrte auf die Karte. War das Beben eine Warnung an sie? Hatten die Kobras einen mächtigen Magier in ihren Reihen, der ihnen so klarmachen wollte, dass sie chancenlos waren?

Chel-a-nisar, die Hohepriesterin Chelisons, gegen die sie in den Krieg zogen, war ebenfalls eine mächtige Zauberin.

Zara fürchtete sie. Sie fürchtete sich auch davor, ihr auf dem Schlachtfeld gegenüber zu stehen. Musste sie sich dieser Angst schon früher stellen?

»Das wissen wir nicht«, sagte Madison. »Wir können nur mutmaßen und das hilft uns nicht weiter.«

»Aber wenn es so ist ...« Nadie drehte sich zu Zara. »Stellt sich die Frage: Wer und warum? Und hat es etwas mit uns zu tun oder war jemand anderes gemeint?«

Ihre Worte jagten Zara einen kalten Schauer über den Rücken, doch sie wusste keine Antwort.

Nadies Worte beunruhigten sie sehr. Wieder fühlte sie sich machtlos. Verloren in ihrer Mission. Es war, als entglitte ihr alles.

Als wäre ihre Heimat bereits verloren.

Gänsehaut überzog ihre Arme und ein Kloß bildete sich in ihrem Hals. Das durfte nicht ihr Ende sein.

»Ich schaue mich noch ein wenig um«, sagte Nadie und stand auf. »Vielleicht finde ich etwas heraus.« Ohne auf eine Antwort zu warten, verschwand sie durch die Tür.

Madison setzte sich neben Zara. »Manchmal macht sie alles nur noch schlimmer«, flüsterte sie und legte ihrer Freundin den Arm um die Schultern.

»Sie hat ja recht«, murmelte Zara. »Es ist gut, dass sie ihre Gedanken ausspricht. Auch wenn sie mich nur daran erinnern, dass uns das Wasser bis zum Hals steht.«

»Das ist eine ihrer Gaben«, seufzte Madison. »Und meist ist etwas Wahres dran. Trotzdem: Es ist noch nichts verloren. Aber du gefällst mir nicht. Ich mag es nicht, wenn deine Augen so traurig sind.«

Zara rang sich ein Lächeln ab. »Ich mache mir Sorgen um unser Land. Um unsere Freunde. Um Oran.« Sie sah auf ihre Hände. »Er würde mir niemals verzeihen, wenn ich versage. Er hat mir diese Aufgabe gegeben und ich bin diejenige, die er misst. Versage ich, wird er mich bestrafen. Zurecht.«

»So weit ist es noch nicht. Wir finden eine Lösung.« Madison zuckte mit den Schultern. »Das tun wir doch immer. Und wenn sie noch so verrückt ist.« Zara lächelte schmal. »Gib dein Bestes. Und bis wir zurückkehren - und das werden wir - erfreue dich daran, dass du Cory ganz für dich hast.«

Zaras Lächeln verschwand. »Was meinst du?«, fragte sie mit dünner Stimme.

»Das weißt du genau. Ich kenne dich seit Jahren, ich weiß, dass du ihn liebst«, erwiderte Madison.

»Ich liebe Oran«, widersprach Zara.

»Das weiß ich auch.«

»Ich bin die Hohepriesterin. Ich liebe nur meinen Gott«, sprach Zara nachdrücklich weiter.

»Das ist natürlich deine Pflicht. Dennoch leuchten deine Augen zufällig immer dann, wenn der Oberste Heermeister in der Nähe ist.« Madisons Worte waren leicht dahingesagt, doch sie verfehlten die beruhigende Wirkung, die sie beabsichtigt hatte. Zara wurde bleich. Sie sprang auf und wich einige Schritte zurück.

Madison hob begütigend die Hände. »Von mir erfährt es niemand, versprochen. Ich vermute, die meisten ahnen etwas, aber niemand dreht dir einen Strick daraus. Du hast das gleiche Recht auf Glück wie alle anderen.«

»Nein, Madison«, antwortete Zara unglücklich. »Das habe ich nicht. Ich habe mein Leben meinem Gott gewidmet und meine Gefühle sind Hochverrat. Wenn ihr alle es bemerkt, dann Oran vielleicht auch. Nichts wäre schlimmer, als wenn er Cory für meinen Verrat bestrafte. Ich will ihn keiner Gefahr aussetzen.«

»Ich bin mir sicher, dass er sie gern in Kauf nimmt«, erwiderte Madison.

»Aber ich nicht. Würdest du zulassen, dass Stroke etwas angetan wird?«, konterte Zara.

»Nicht, wenn ich es verhindern kann«, gab Madison zu.

»Damit kennst du die Antwort.« Zara atmete tief durch.

»Also willst du eure Beziehung beenden?«, fragte Madison leise.

»Wir haben keine Beziehung. Oran hat ihn mir an die Seite gestellt, damit ich in seiner Abwesenheit nicht einsam bin«, erwiderte Zara.

»Ich würde sagen, diese Aufgabe erfüllt er gut.«

»Zu gut.« Der Kloß in Zaras Hals wurde immer größer.

»Zara.« Madison kam zu ihr und sah ihr in die Augen. Ihr Blick war sanft und Zara sah Mitleid darin.

»Nimm dir nicht das wenige, was du besitzt. Corys Herz ist vermutlich das Wertvollste, was du je bekommen wirst. Wirf es nicht weg. Finde einen anderen Weg«, sagte Madison eindringlich.

»Der andere Weg heißt Verrat und Heimlichtuerei«, widersprach Zara.

»Ist er das nicht wert?«, fragte Madison.

»Nicht, wenn er mit Corys Tod endet.«

»Der Tod begleitet uns jeden Tag. Uns steht ein Krieg bevor, in dem wir alle sterben können. Wenn du ihn jetzt wegstößt, wirst du es ewig bereuen«, sagte Madison.

Zara schloss die Augen. »Ich denke darüber nach.«

»Tu das nicht. Mach es einfach. Wenigstens einmal in deinem Leben orientiere dich daran, was für dich gut ist. Trotz unserer Lage sind wir vermutlich so frei wie nie.«

Madison hatte recht, doch der Aufruhr in Zaras Innerem wurde immer stärker. Sie dachte fieberhaft über eine Lösung nach, als ein weiteres, stärkeres Erdbeben das Gebäude erschütterte.

Das Haus trotzte dem Beben und es schien, als stöhne es unter der Last. Ein Riss entstand in der Außenwand, ein weiteres Fenster zersprang.

Der Boden wackelte und Zara spürte die Vibration durch ihren ganzen Körper. Ein unheimlicher Ton lag in der Luft, als summte eine gewaltige Hornisse am Himmel.

Die Härchen in ihrem Nacken stellten sich auf und ihr wurde kalt.

Ein Stück Putz krachte von der Decke auf den Tisch und zersplitterte auf dem Stadtplan. Alarmiert stürmten die beiden unter den Türrahmen und verharrten atemlos. Zara sah in Madisons bleiches Gesicht. Ihr Brustkorb hob und senkte sich hektisch, ihre braunen Augen waren weit aufgerissen.

»Ob das wohl öfters hier vorkommt?«, fragte sie beklommen und rang sich ein schwaches Lächeln ab. »Dann wüsste ich das gern jetzt.«

»Wir müssen mit allem rechnen«, sagte Zara. »Anscheinend auch mit Erdbeben und anderen Naturphänomenen. Und damit, dass es jemand auf uns abgesehen hat.«

Madison biss sich auf die Lippe und nickte.

Die Tür öffnete sich und Cory, Stroke und Candle kamen zurück. Bei Corys Anblick machte Zaras Herz einen Satz.

Madisons Worte hallten in ihrem Kopf und sie widerstand dem Drang, zu ihm zu gehen. In seinen Armen fühlte sie sich sicher und getröstet, doch wenn ihre Gefühle so offensichtlich waren, war das schlecht. Sie musste sich zügeln. Sie wollte ihn nicht in Gefahr bringen und ihm auch keine falschen Hoffnungen machen. Und sich selbst auch nicht.

Die drei Neuankömmlinge waren staubbedeckt und trugen schwere Taschen. Zara entdeckte keine Verletzungen und atmete auf.

»Seid ihr unversehrt?«, fragte Cory.

Sie nickte und ging zu ihm hinüber. Langsam. Kontrolliert. Sie spürte Madisons Blick auf sich. »Ja. Wie sieht es bei euch aus? Was ist passiert?«, fragte sie.

»Wir haben ein Problem«, sagte Stroke. Zaras Herz sank. »Das Waffengeschäft hat das Erdbeben nicht überlebt. Es ist in sich zusammengefallen wie ein Kartenhaus. Wir konnten uns nur mit Mühe retten. Das hier ist alles, was wir aus der Ruine bergen konnten.«

»Morgan, Gotham und Sill sind noch da«, berichtete Cory. »Sie versuchen, noch ein paar Waffen zu retten und behalten den Ort im Auge, falls sich die Kobras sehen lassen. Eventuell können sie so deren Quartier ausfindig machen.«

»Das haben wir schon«, sagte Zara. »Wir sind der Beschreibung des Händlers gefolgt und haben es gefunden.« Sie deutete auf den Stadtplan.

»Ist dieses Haus denn sicher?«, fragte Candle und sah mit gerunzelter Stirn an die Decke.

Stroke zog mit ihr los, um die Wände zu inspizieren. Die zweite Inspektion konnte Gotham übernehmen, wenn er zurückkam. Der Krieger kannte sich mit Gebäuden aus.

»Also steigen Nadie und Madison heute Abend in die Destillerie ein?«, fragte Cory.

Zara nickte. »Das ist der Plan.«

»Dann legen wir uns in der Nähe auf die Lauer.« Er wog die Tasche in den Händen. »Genug Schuss haben wir ja.«

»Das ist keine gute Idee«, wandte Madison ein. Zara schnaubte. Das gleiche Gespräch hatte sie mit den beiden Spioninnen auch schon geführt.

»Ihr seid auffällig und langsam«, fuhr Madison fort. Corys Gesicht verzog sich. »Schau nicht so, das weißt du selbst. Ihr seid stark und geschickt, aber das wird eine Operation, bei der es auf Fingerspitzengefühl ankommt.« Oben krachte es und sie hörte Stroke fluchen. »Das meine ich. Der Mann segelt wie ein Meeresgott und ist laut wie ein Erdbeben. Das brauchen wir heute Abend nicht.«

Cory sah Zara an, die mit den Schultern zuckte. »Das hat sie mir auch schon gesagt«, gab sie zu.

»Gut«, stimmte er verdrossen zu. »Mir wäre es lieber, euch den Rücken zu stärken, aber wenn das so ist, bleiben wir hier.«

Madison klopfte ihm auf die Schulter. »Das wollte ich hören. Wir tun alle das, was wir am besten können, also überleg dir schon mal, wie wir den Kobras den Garaus machen können, falls sie uns aufs Korn nehmen.«

Corys Gesicht erhellte sich wieder und er wandte sich Zara zu. »Jeder, was er am besten kann.«

Und genau das hatten sie auch vor.

Es war schon tiefe Nacht, als Madison und Nadie aufbrachen und durch die Straßen des zweiten Distrikts schlichen. Sie waren darauf bedacht, nicht aufzufallen und einen Fluchtweg in der Hinterhand zu behalten. Ihre leisen Schritte verschmolzen ebenso mit der Dunkelheit wie ihre schwarze Kleidung.

Madisons Augen wanderten unaufhörlich hin und her. Sie prägte sich alle Gesichter ein, die ihr begegneten.

Nadies Gedächtnis funktionierte noch besser bei anderen Merkmalen. Sollte sich ein Mitglied der Kobras zeigen, bemerkte sie es. Die blonde Spionin schwieg, sie war aufs Höchste konzentriert. Sie beide wussten, wie gefährlich ihr Plan war. So waren alle ihre Missionen, doch dieses Mal fehlte die Zeit für eine sorgfältigere Vorbereitung und sie bewegten sich auf unbekanntem Terrain. Sie mussten es riskieren.

Beide hatten sich mit Messern und Pistolen bewaffnet, bereit, sich bis aufs Blut zu verteidigen, wenn es notwendig wurde. Stroke hatte bis zuletzt versucht, sie zu überreden, dass er sie begleitete. Es hatte Madison viel Mühe gekostet, ihren Geliebten von seiner Untauglichkeit zu überzeugen. Er war ein größeres Risiko denn eine Hilfe. Das sah er schließlich ein.

Die Brücke, von welcher der Waffenhändler gesprochen hatte, kam in Sicht.

»Ich hoffe, das ist keine Falle«, meinte Madison und sah sich erneut um. Ihre Nerven waren zum Zerreißen gespannt, ihre Hand lag auf ihrer Pistole, jederzeit bereit, sie zu ziehen und zu schießen.

»Falls doch, werden wir sie austricksen«, erwiderte Nadie gelassen, als ginge es nicht um Leben und Tod.

Von der Brücke war es nicht weit bis zu der alten Schnapsbrennerei. Der Schriftzug am Haus war abgeblättert und stellenweise übermalt worden. Bunte Bilder zierten jetzt das Gemäuer, unter anderem auch eine aufgebäumte Schlange, die den Betrachter anzischte.

Sie waren am richtigen Ort.

Vorsichtig umrundeten sie das Gebäude und erklommen leise die stählerne Treppe an der Seitenwand. Diesen Weg hatten sie schon bei ihrer ersten Erkundung ausgemacht. Er barg ein Risiko, denn hier oben gaben sie ein leichtes Ziel ab. Umso sorgsamer mussten sie darauf achten, nicht entdeckt zu werden.

Sie erreichten die oberste Ebene und duckten sich hinter eine Blechtonne. Durch die verschmutzten Fenster auf dieser Höhe war kaum etwas zu erkennen. Es war dunkel im Inneren des Gebäudes.

»Niemand da«, wisperte Madison.

Nadie zog ein Messer aus ihrem Gürtel. Behutsam fuhr sie die Ränder der Glasscheibe nach, durchtrennte den Fensterkitt und balancierte die Scheibe so aus, dass sie sie auffangen und abstellen konnte.

Ihr Weg hinein. Ihr Fluchtweg hinaus.

Madison beobachtete die Straße und lauschte auf jedes Geräusch. Autos fuhren vorbei, doch keines hielt.

Ansonsten lag eine seltsame Stille über der Straße, die nicht zum Rest der Stadt passte.

Nadie löste langsam den Riegel und öffnete das Fenster. Sie stieg ein, Madison folgte ihr mit angehaltenem Atem. Ein Schauder fuhr über ihren Rücken, der nichts mit der nächtlichen Temperatur zu tun hatte.

Sie befanden sich auf einer eisernen Galerie, etwa sieben Meter über dem Erdboden, die sich um große Metalltiegel und Kolben wand. Eine Aufsichtsplattform für die Produktion des Alkohols, doch die Anlage war schon lange stillgelegt. Jetzt überzog eine Staubschicht die Kupferbehälter und die Druckanzeiger standen bei null.

Vorsichtig, ohne das kleinste Geräusch zu verursachen, schlichen die beiden Spioninnen über das metallene Gitter zur Treppe. Dort ging es hinunter. Weiter hinten in der Halle waren Türen.

Eine von ihnen öffnete sich.

Die beiden Frauen wechselten einen Blick und gingen wie eine Person hinter einem der Behälter in Deckung. Mit angehaltenem Atem beobachteten sie die drei Männer, die eintraten. Also waren sie doch nicht allein.

Madison sah zu Nadie hinüber, doch diese ließ die Männer nicht aus den Augen. Ihre Hand ruhte auf dem Kolben ihrer Pistole. Wie schnell und präzise könnte sie schießen, falls sie sie angriffen?

Zwei von ihnen trugen dunkle Kleidung und flankierten den Dritten, der eine helle Hose und ein blaues Hemd trug. Er musste ihr Anführer sein, das strahlte seine ganze Gestalt aus, obwohl er kleiner als die beiden anderen war. Madison erblickte sandfarbenes Haar und sein Gesicht kam ihr bekannt vor.

Doch woher?

»Kümmert euch um das Problem im Osten«, sagte der Anführer. »Wenn sie wirklich versuchen, hier Kokain einzuschleusen, will ich das wissen. Euch darf keiner durch die Lappen gehen. Gleiches gilt für den Vorfall von vorgestern. Findet raus, wer es ist, bringt mir einen und erledigt den Rest.«

Die beiden Männer versprachen es.

»Und kümmert euch hier drum«, sagte der Hellhaarige und deutete auf einige Tische in der Halle, auf denen sich Kisten und Pakete befanden.

Sie öffneten die Eingangstür und verließen das Gebäude, ohne sich umzusehen. Die schwere eiserne Tür fiel mit einem Knall hinter ihnen ins Schloss. Schweigend verharrten Madison und Nadie und hörten, wie draußen Motoren starteten. Mehrere Autos fuhren davon.

Madison atmete durch und rappelte sich wieder auf.

»Dieser Mann hat hier anscheinend etwas zu sagen«, meinte sie.

Nadie nickte. »Den Eindruck habe ich auch.«

»Denkst du, sie waren als Einzige hier?«

»Es könnten noch welche hinter der Tür sein.« Nadies dunkle Augen blitzten unheilvoll. Falls es so war und sie sich ihnen in den Weg stellten, erging es ihnen wie dem Waffenhändler.

Vorsichtig stiegen sie die Treppe von der Galerie auf die untere Ebene hinab. Dabei behielten sie alle Türen im Auge. Sie müssten einen Hechtsprung hinter einen Kolben machen, falls jemand hereinkam.

Hier waren sie beinahe ohne Deckung. Madison zog ihre Pistolen. Es war besser, auf alles gefasst zu sein.

Sie kamen zu den Tischen und Kisten, auf die der Hellhaarige gedeutet hatte. Die meisten waren vernagelt und Madison konnte nicht erkennen, was sie beinhalteten. Sie blieb stehen und versuchte, sich einen Reim darauf zu machen. Nadie ging indes weiter.

Einen Altar oder Ähnliches entdeckten sie nicht, aber vielleicht hielten sie ihn auch versteckt. Falls es hier einen gab. Aber wozu wäre es sonst ein Quartier? Irgendeine Bedeutung musste dieses Gebäude haben.

»Wenn sie einen Gott anbeten und der Hohepriester ihn ruft, sind wir so gut wie tot«, flüsterte Madison.

»Hier gibt es keine Götter, dessen bin ich mir sicher«, entgegnete Nadie leise und besah den Inhalt eines geöffneten Pakets. Darin waren kleinere durchsichtige Päckchen, die mit einem weißen Pulver gefüllt waren. »Und der Anführer ist gerade gegangen. Das sind einfach Menschen, die sich selbst dienen. Du hast ihn gehört. Sie sind kompromisslos und töten jeden, der sich ihnen in den Weg stellt.« Sie deutete auf die Päckchen.

»Rauschmittel, oder was meinst du?«, mutmaßte Madison. Nadie nickte. In den Nachrichten war das Drogenproblem der Stadt thematisiert worden. Madison starrte auf die Päckchen und verstand, warum der Waffenhändler sie hierher geschickt hatte. Dies war zweifellos der Marktplatz des städtischen Rauschgifthandels und wären sie einfach zur Tür hereingestürmt, hätten die Kobras mit ihnen kurzen Prozess gemacht.

Sicher wollte er seine Freunde vorwarnen und sie wären mit gezückten Waffen empfangen worden. Bis eben dachte Madison, dass es unklug gewesen war, den Mann verschwinden zu lassen, jetzt wusste sie, dass Zara richtig entschieden hatte. Und sie dankte ihrer Intuition, dass sie die anderen davon abgehalten hatte, sie zu begleiten.

Allerdings taten sich jetzt zwei andere Probleme auf: Erstens war es unwahrscheinlich, dass die Kobras die Drogen unbeaufsichtigt ließen. Es mussten weitere Menschen im Gebäude sein, eventuell war auch einer der Männer als Wachposten draußen zurückgeblieben. Er konnte jederzeit zurückkommen.

Zweitens: Dies war aller Wahrscheinlichkeit nach nur ein Lager und nicht das Hauptquartier.

Eine Sackgasse.

Ein Blick in Nadies Gesicht sagte ihr, dass diese den gleichen Gedanken hatte. Sie mussten trotzdem alles durchsuchen, um sicherzugehen. Vielleicht fanden sie so wenigstens einen Hinweis, der ihnen weiterhalf.

Im hinteren Ende der Halle war eine weitere Tür. Nadie deutete wortlos darauf und Madison nickte. Sollte sich die Energiequelle wider Erwarten hier befinden, war sie in einem der hinteren Räume.

Jetzt wurde es gefährlich.

Falls sich dort jemand aufhielt, schnitt er ihnen den Fluchtweg ab. Das konnte tödlich enden, vor allem, falls noch ein Posten vor der Tür stand.

Die Spioninnen näherten sich lautlos ihrem Ziel und zogen ihre Waffen. Nadie ging voraus, Madison sicherte die Halle. Ihre Augen zuckten hin und her, suchten Bewegungen, Dinge, hinter denen sie sich verschanzen könnten. Ihre Ohren summten, wie immer, wenn ihre Aufträge heikel wurden.

Noch nie hing so viel von ihr ab.

Hinter der Metalltür war kein Laut zu hören. Nadie drückte die Klinke vorsichtig hinunter. Dahinter kam ein kurzer Flur zum Vorschein, von dem weitere Türen abgingen. Langsam öffnete Nadie die Erste, während Madison ihr Rückendeckung gab, und fand einen Lagerraum vor. Hinter der zweiten Tür befand sich ein leeres Badezimmer.

Blieb nur noch die Letzte am Ende des Flures.

Madisons Ohren nahmen ein Geräusch auf der anderen Seite wahr, die Stimme eines Mannes.

Hier hielten sie sich also auf.

Ihr Herzschlag beschleunigte sich, als sie die letzten Meter überbrückten.

Madison presste sich an die Wand und behielt ihren Fluchtweg im Auge, während Nadie sich hinkauerte und langsam die Tür öffnete. Im hinteren Teil des Raumes stand ein Tisch, an dem ein Mann in einem braunen Anzug saß. Er hielt ein Telefon in der Hand und fuhr auf, als die Tür plötzlich aufschwang.

»Wer ist da?«, fragte er und Nadie sah ihn eine Pistole von der Schreibtischplatte aufheben. Ohne zu zögern warf sie ihr Messer und traf seine rechte Schulter.

Er stöhnte auf und ließ die Waffe fallen. Das Telefon fiel mit einem Poltern zu Boden.

»Scheiße, wer...«, weiter kam er nicht, Nadie stürmte auf ihn zu und riss ihn zu Boden. Ihr Knie platzierte sie genau auf dem Griff des Messers und trieb es Millimeter für Millimeter tiefer in sein Fleisch.

Madison blieb an der Tür stehen und sah sich um, ohne den Fluchtweg aus den Augen zu lassen. Der Raum war klein und es gab keine weitere Tür. Sie mussten auf dem gleichen Weg zurück.

Sie konnte keinen Schrein entdecken, keine in Frage kommende Statue, nichts.

Ihre Mundwinkel sanken hinab. Wie befürchtet war das nicht der richtige Ort.

»Was wollt ihr, verdammt?«, fluchte der Mann unter Nadie und versuchte, sie abzuschütteln. Als Antwort verstärkte sie den Druck auf das Messer und er heulte schmerzgepeinigt auf.

»Wo hast du das Energiezentrum?«, fragte sie mit leiser Stimme.

»Das wird euch noch leidtun, ihr Irren!«, presste er zwischen seinen Zähnen heraus. »Kommt schnell her!«

Es dauerte einen Moment, bis Nadie begriff, dass das Telefonat nicht unterbrochen worden war.

Mit finsterer Miene stieß sie ihr zweites Messer in das Gerät und beobachtete zufrieden, wie die Beleuchtung erlosch. Doch der Mann hatte bereits Hilfe alarmiert.

Ihnen lief die Zeit davon.

»Hier ist nichts«, sagte Madison.

Nadie nickte. Sie hatte recht. Jetzt mussten sie von hier verschwinden. Und keine Zeugen hinterlassen. Ohne eine Gefühlsregung zog sie die Klinge des zweiten Messers durch seine Kehle und vergewisserte sich, nachdem er aufhörte zu röcheln, dass er tot war.

Madison sah sich noch einmal gründlich um, doch alles, was sie vorfand, waren Papiere und ein Fernseher auf dem Schreibtisch. Der Monitor zeigte Zahlen, die sie nicht verstand. Dies konnte nicht die Quelle sein.

Draußen fuhr ein Auto vorbei. Sie mussten weg. Finster folgte Nadie Madison den Flur hinunter. »Sie haben die Energiequelle nicht«, grollte sie.

»Nicht hier zumindest«, sagte Madison. Sie hätte gern den Raum nach weiteren Hinweisen durchsucht, doch die Zeit drängte. Seine Komplizen waren auf dem Weg und sie mussten sich beeilen, um hier mit heiler Haut herauszukommen. Es war ungewiss, wie lange sie brauchten, um diesen Ort zu erreichen, aber Madison wollte es auch nicht herausfinden.

Adrenalin schoss durch ihre Adern, als sie hinter Nadie in die große Halle zurückrannte. Schnell stiegen sie die Treppe zu der stählernen Galerie hinauf. Ihre Hände waren feucht und ihre Schritte hallten durch den Raum. Sie waren fast oben angekommen, als sich unten das große Tor öffnete und drei weitere Männer hereinkamen.

»Wo ist er?«

»Hinten!«

Madison blieb wie angewurzelt stehen, doch es war zu spät: Sie hatten sie gesehen und eröffneten nach einem Moment ungläubigen Starrens das Feuer. Die Projektile peitschten nur Zentimeter an ihnen vorbei. Die Schüsse gingen Madison durch Mark und Bein. Das war knapp!

Die Priesterinnen gingen hinter den Kupferkesseln in Deckung und zogen ebenfalls ihre Pistolen. Jetzt zeigte sich, ob sie die Waffen beherrschten. Madison legte an, ignorierte ihre Angst und schoss.

Die ersten Kugeln verfehlten ihr Ziel, dann gelang Nadie ein Kopfschuss, der einen der Männer fällte und tot zu Boden gehen ließ.

Ein scharfer Schmerz jagte durch Madisons Körper und blendete sie. Sie stöhnte auf und ließ ihre Waffe fallen. Ein Schuss hatte ihre Schulter getroffen und sie blutete stark. Ihr linker Arm hing schlaff herunter, sie schaffte es nicht, ihn anzuheben. Zornig biss sie die Zähne zusammen und bückte sich nach ihrer Pistole, doch es war sinnlos: Sie konnte ihren Feuerarm nicht genug heben, um zu schießen, geschweige denn überhaupt zu zielen. Und mit rechts konnte sie nicht schießen.

Sie musste sich auf Nadie und deren Geschick verlassen. Sie brachte sich in Sicherheit hinter den Kolben und behielt die Angreifer im Auge.

Nadie erledigte den zweiten Mann, da verstummte ihre Pistole. Die plötzliche Stille war ohrenbetäubend, Madisons Herz schlug bis in ihre Kehle. Sie wechselte einen Blick mit Nadie, die finster auf ihre Waffe sah.

Ihr Magazin war leer und sie hatte kein Weiteres, um nachzuladen. Sie atmete tief ein und linste um den Kessel herum. Der letzte Mann stand noch da und gab einen weiteren Schuss ab, der knapp an ihrem Kopf vorbei zischte.

Nadie fluchte unterdrückt. Neben ihr wurde Madison bleich durch den Blutverlust. Sie hatten nicht mehr viel Zeit, im schlimmsten Fall wurde sie ohnmächtig. Nadies Wange zuckte. Sie liebte Herausforderungen. Madison schob ihr ihre eigene Waffe zu.

»Zwei Schuss noch.« Nadie nahm die Pistole auf und wagte sich aus der Deckung. Sie sah den Mann und gab die beiden Schüsse ab, doch er wich aus und schoss erneut.

Jetzt hatten sie ein Problem.

Ihre Lippen kräuselten sich. Der Auftrag wurde unerwartet interessant. Sie musste dafür sorgen, dass sie Madison sicher zurückbrachte.

Sie drückte die Verletzte hinunter und griff nach ihrem Messer.

Sie brauchte nur einen sauberen Wurf. Nur einen.

Sie zog ihre Lederjacke aus und warf sie kurz entschlossen neben sich.

Wie sie erwartet hatte, schoss der Mann, ohne zu zögern. Sekunden, die sie nutzte, um aus der Deckung zu gehen und das Messer nach ihm zu werfen.

Und im Messerwerfen war Nadie die beste von allen.

Es zischte durch die Luft. Madison schloss die Augen und schickte ein schnelles Gebet an Oran.

Nadie betete nie. Sie wusste, was sie konnte.

Das Messer fuhr mitten in die Kehle ihres Angreifers. Er brach röchelnd zusammen. Nadie griff nach ihrer Jacke und zog Madison hoch. Sie legte ihren Arm über ihre Schulter und entschied sich für den schnellsten Weg hinaus. Dieser führte durch die Halle und das offene Tor.

Sie musste sich beeilen, falls weitere Mitglieder der Kobras auf dem Weg waren. Mit zusammengebissenen Zähnen hievte sie die Verletzte die Treppe hinunter und durch das Hallentor hinaus auf die Straße.

Dabei lauschten sie auf jedes Geräusch. Jedes Fahrzeug und jeder Schritt konnte ihr nahendes Ende bedeuten. Endlich erreichten sie die Straße und bogen um die Ecke. Madison atmete auf. Mit jedem Meter wuchs die Sicherheit, aber sie waren noch lange nicht zuhause. Ihre Schulter brannte wie Feuer und die Wunde blutete heftig.

»Kannst du allein gehen?«, fragte Nadie ruhig.

Madison nickte mit grimmiger Miene und versuchte, sich gerade zu halten. Sie würde nicht klagen, egal, wo groß der Schmerz war.

Nadie zog ihr gelbes Oberteil aus, das sie auf die Wunde presste. Ihre durchlöcherte Jacke zog sie über ihren nackten Oberkörper und stützte Madison. Die Brünette stöhnte und biss die Zähne zusammen.

»Was für ein Pech«, murmelte sie. »Alles umsonst.«

»Wissen wir noch nicht«, meinte Nadie. »Wir müssen zurückkommen und das Gebäude absuchen.«

Schmerz fuhr durch Madisons Körper, als sie über einen Stein stolperte. »Ab jetzt werden sie besonders aufpassen. Das ist ein Ding der Unmöglichkeit.«

»Ich liebe unmögliche Dinge«, erinnerte Nadie sie.

»Mag sein, aber ich habe keinen einzigen Hinweis gefunden.« Madison stützte sich schwer auf sie.

Fahrzeuge rasten an ihnen vorbei, hinter ihnen einige Motorräder. Die beiden Frauen beschleunigten ihre Schritte. Sie fuhren zur Destillerie und es war nur eine Frage von Minuten, bis sie nach ihnen suchten.

Madison stöhnte auf.

Hinter ihnen verstummten die Motoren und sie hörten die Rufe trotz der Entfernung.

Madisons Herz machte einen Satz. »Sie kommen«, flüsterte sie.

Nadies Gesicht war eine starre Maske. »Ich weiß.«

Sie erreichten die Brücke, da jaulten die Motoren wieder auf. Nadie blieb stehen und sah sich um. Es gab kein Versteck. Ihr Blick blieb an der Brücke hängen.

Doch, eins vielleicht.

Die Motorengeräusche kamen näher.

Madisons Beine knickten ein. Ihre Wunde blutete noch immer.

Sie hatten keine Wahl.

Nadie packte sie und zog sie hinter sich zum Ufer. Sie schlitterte die gepflasterte Böschung hinab und landete hart auf dem Sims. Ihr Herz hämmerte gegen ihre Rippen, ihr Knie pochte von dem Sturz. Mit diesem Vorsprung hatte sie nicht gerechnet. Was für ein Glück.

Neben ihr stöhnte Madison auf. Sie war auf den Rücken gefallen und Blut sickerte auf die Steine. Nadie griff unter ihre Achseln und zog sie in die Finsternis unter der Brücke.

Mit angehaltenem Atem verharrten sie. Die Brücke vibrierte, als die Fahrzeuge darüber fuhren. Madison schloss die Augen und atmete gegen den Schmerz. Lange hielt sie es nicht mehr durch. Ihr war schwindelig und ihr Körper fühlte sich taub an. Sie mussten schnellstmöglich zurück und ihre Wunde versorgen lassen.

Die Fahrzeuge kamen zurück.

»Sie drehen Runden«, flüsterte Madison.

»Ja.«

»Scheiße.« Madison presste Nadies T-Shirt gegen ihre Wunde. »Wie sollen wir hier wegkommen? Wenn die mich sehen, wissen sie doch Bescheid.«

»Wir müssen abwarten«, sagte Nadie. Madison deutete stumm auf ihre Wunde und sie fluchte. »Wie viele Messer hast du?«

»Zwei«, antwortete Madison.

»Gib sie mir.« Nadie schob die Klingen in ihren Gürtel und stand auf. Sie zog Madison mit sich. »Jetzt könntest du noch einmal beten.«

Zara saß wie auf glühenden Kohlen im Speisesaal und starrte auf die Eingangstür. Madison und Nadie waren seit Stunden fort. Sie hielt es kaum noch aus.

Cory lief im Raum umher, er war ebenso nervös wie sie.

Stroke stand an der Tür. Sein Kiefer mahlte, er war bereit, loszustürmen. »Ich muss nach ihr suchen«, sagte er finster und griff nach seiner Waffe.

»Stroke«, sagte Zara warnend. »Du weißt nicht einmal, wo du suchen musst.«

»Und wenn ich die ganze Stadt absuche!«, erwiderte er. »Wie du so ruhig dasitzen kannst, ist mir ein Rätsel.«

»Dann sieh genauer hin«, zischte sie und sprang auf. »Mir ist es genauso wichtig wie dir, hörst du?«

»Streit bringt nichts!«, mischte sich Cory ein. Er sah Zara an. »Aber wir sollten dennoch darüber nachdenken, nach ihnen zu suchen. Zu zweit oder zu dritt. Wir kennen die Richtung und können die möglichen Wege abgehen.«

»Ich weiß. Und ja, darüber denke ich die ganze Zeit nach«, gab Zara zurück.

»Ihnen könnte etwas passiert sein!«, beharrte Stroke. »Je mehr Zeit wir verlieren, desto wahrscheinlicher wird es, dass sie nicht zurückkommen.«

»Wir reden hier von Nadie«, mischte Candle sich ein. »Sie kommt immer zurück. Und sie bringt Madison mit. Das weiß ich.« Stroke schnaubte, sagte aber nichts.

Zara trat an die Tür und hinaus auf die Straße. Sie sah in die Richtung, in die die beiden Spioninnen aufgebrochen waren. Der Himmel rötete sich bereits im Osten.

Sie waren schon viel zu lange fort.

Sie verfluchte sich dafür, dass sie nicht darauf bestanden hatte, die beiden zu begleiten. Wenigstens sie hätte dabei sein können. Natürlich war sie nicht so geschickt wie die beiden, aber sie hätte ihnen Deckung geben können. Jetzt stand sie hier mit nichts als ihrer Angst.

Cory trat neben sie und legte ihr die Hand auf die Schulter.

»Es ist etwas passiert«, flüsterte sie. »Cory ...«

»Dann lass uns nach ihnen suchen«, sagte er. »Wir sollten uns wenigstens Gewissheit verschaffen.« Sie nickte und ging zurück.

»Stroke und Candle, Gotham und Sill, ihr geht zusammen. Morgan, du kommst mit uns. Nimm dein Verbandszeug mit. Nur für den Fall. Wenn ihr in Not geratet, gebt unser Signal ab.«

Es dauerte keine zwei Minuten, bis alle fertig in der Tür standen. Zara hörte Stroke »endlich« sagen. Sie gab ihm recht, doch das ließ sie sich nicht anmerken. Sie trug für alle die Verantwortung, nicht nur für Madison.

Abermals legte sie ihre Hand an die Türklinke, als diese von außen hinuntergedrückt wurde. Sie riss die Tür auf und sah in Nadies Gesicht. Ihr fiel ein Stein vom Herzen. Bis sie Madison sah, kreidebleich. Sie konnte sich kaum noch auf den Beinen halten.

Morgan eilte heran und wies ihren Bruder an, Madison auf das Sofa im Eingangsbereich zu legen. Stroke wich nicht von ihrer Seite, als Gotham sie in Position brachte. Madison wimmerte leise und ergriff Strokes Hand.

»Was ist passiert?«, fragte Zara. Sie alle standen um die Verletzte herum.

»Ich brauche Ruhe«, sagte Morgan. »Die Kugel steckt in der Schulter. Geht nach nebenan und regelt alles andere.

Gotham, Stroke, ihr müsst hierbleiben und sie festhalten.«
Sie holte ein Messer hervor und sterilisierte die Klinge.

Obwohl ihr Blut nichts ausmachte und sie selbst Wunden versorgen konnte, entfernte Zara sich schnell. Die anderen vier folgten ihr.

Nadie warf ihre Pistolen auf den Tisch. »Wir sind durch ein Fenster in die Destillerie eingestiegen«, berichtete sie. Sie blieb so stehen, dass sie Morgan bei ihrer Arbeit beobachten konnte. Madison stieß einen schrillen Schrei aus, als die Priesterin die Kugel aus ihrer Schulter hebelte.

»Ich hoffe, derjenige, der das getan hat, ist bereits tot, sonst erledige ich das selbst«, knurrte Stroke. Er hielt Madisons gesunde Hand und drückte sie gleichzeitig in die Polster. Seine Geliebte wand sich unter ihm und wimmerte.

»Er hat ein Messer in der Kehle, genau wie seine Komplizen«, erwiderte Nadie. »Wir hatten nur wenig Zeit, es wurde Verstärkung gerufen. Fast hätten wir es nicht geschafft. Sie haben die ganze Stadt abgesucht. Glücklicherweise wussten sie nicht, nach wem.«

»Habt ihr einen Hinweis gefunden?«, fragte Zara. Dass die beiden mit leeren Händen zurückgekommen waren, hatte sie schon gesehen.

»Zu wenig Zeit«, erwiderte Nadie. »Er konnte die Hilfe anfordern, bevor wir uns umsehen konnten. Ich gehe noch einmal hin.« Hinter ihr schrie Madison auf, als Morgan begann, die Wunde zu nähen.

»Lohnt es sich denn?«, fragte Cory.

»Das wissen wir hinterher«, erwiderte Nadie.

Zara sah hinüber zu ihrer Freundin, die leise schluchzte. Stroke barg sie in seinen Armen und hob sie hoch. Ohne ein weiteres Wort trug er sie die Treppe hoch. Nadie beendete ihren Bericht und Zara sank auf einen Stuhl.

Sie fühlte sich entmutigt, weil die beiden nichts gefunden hatten und Madison obendrein verletzt war. Sie brauchte sie dringend, doch so fiel sie mehrere Tage aus. Mindestens. »Ich glaube nicht, dass ihr am richtigen Ort wart«, sagte sie dann.

Nadie sah sie unbewegt an. »Also soll ich nicht zurückgehen?«

»Was hoffst du, zu finden?«, fragte Zara.

»Wenigstens weitere Hinweise.«

»Worauf? Wenn es sich dabei nur um ein Lager handelte, hast du den Einzigen, der etwas wusste - den Mann am Schreibtisch - erledigt. Die anderen sind vermutlich bestenfalls Handlanger«, erwiderte Zara.

Nadies Gesicht verfinsterte sich noch weiter und sie griff nach ihrer Waffe. Stumm reinigte sie sie und brütete vor sich hin. Zara ließ sie in Ruhe. Jeder ging mit Enttäuschungen anders um.

»Wenigstens können wir so etwas ausschließen«, sagte Morgan tröstend und trocknete ihre Hände ab. »Ich konnte die Kugel entfernen, die Wunde ist sauber und vernäht. Wenn Madison sich ein wenig schont, sollte sie bald verheilt sein.«

»Wenigstens etwas. Aber diese Erkenntnis lässt uns trotzdem mit tausend weiteren Möglichkeiten zurück«, erwiderte Zara und sah auf ihre Hände.

Cory trat neben sie. »Wir werden eine nach der anderen ausschließen, wenn es sein muss. Vielleicht kommt die nächste Spur genauso unverhofft wie die letzte.«

Zara nickte und hoffte, er habe recht, denn die Zeit lief ihnen davon. Nur noch fünfeinhalb Wochen verblieben, bis Chelisons Armee ihre Heimat angriff.

*

Ciara und die Schattenkinder

Ciaras Kopf dröhnte, als sie aufwachte. Neben ihr lag Nate und bewegte sich langsam. »Ist es schon Nacht?«

»Es dämmert«, antwortete er nach einem Moment.

Sie schloss die Augen. »Habe ich das Erdbeben geträumt?«

»Ich fürchte nicht«, sagte er.

Sie atmete tief durch und starrte an die Decke. »Ich hatte das Gefühl, dass es absichtlich ausgelöst wurde. Alle Anzeichen eines natürlichen Bebens fehlten.«

Nate legte seine Hand auf ihre. Sie spürte ihren Puls an ihrem Hals, als sie auf seine Antwort wartete. Sie hatte Angst davor, dass er sagte, was sie schon ahnte.

»Ich weiß«, sagte er leise.

Sie seufzte. »Verdammt. Es wird immer gefährlicher. Ich weiß gar nicht, in welche Richtung ich zuerst gehen soll. Ride und Bevan suchen? Dem Beben nachspüren? Nach der finsteren Magie suchen?«

»Vielleicht hängt alles zusammen«, mutmaßte er.

»Ich hoffe nicht. Du hast nicht gesehen, was diese Magie mit den Menschen gemacht hat, Nate. Ich habe mich nur einmal zuvor so gefürchtet.« Sie tastete nach ihrem Hals, nach der Narbe. Das erste Mal, dass sie Angst um ihr Leben hatte. Und, wie sie jetzt wusste, nicht das letzte Mal.

Nates Fingerkuppen strichen über ihren Kiefer zu der Hautwulst. »Ich bin heute bei dir und achte auf dich.«

»Du musst mit Echo gehen. Und mit Mason und Lucia. Ein zweites Mal kann ich Shelley mit ihnen nicht losschicken. Sie ignorieren ihre Anweisungen. Lucia ist ... schwierig. Ich bereue, sie ausgewählt zu haben«, gestand Ciara. Jetzt hatte sie es gesagt.

»Es lässt sich nicht mehr ändern.« Nate dachte nach. »Gut, ich gehe mit den dreien. Aber bitte, versprich mir, dass du nicht wieder so ein Wagnis eingehst. Skyth würde mir nie verzeihen, wenn dir etwas zustößt. Und ich mir auch nicht.« Er küsste ihre Lippen.

Ciara ließ ihn gewähren und wünschte sich, sie könnte es genießen und annehmen, dass er der Mann für sie war.

Es gelang ihr nicht. Auch nicht, die Gedanken an Bevan zu vertreiben.

»Lass uns die anderen zusammenrufen und ihnen die Aufteilung mitteilen.« Sie hoffte, dass ihr etwas Abstand half, den Kopf freizubekommen.

Ciara sah die Erleichterung in den Gesichtern, nachdem sie verkündete, wer mit wem loszog. Nur Doria, bemerkte sie, hätte die Begleitung der Männer vorgezogen. Das kränkte sie.

»Willst du nicht mit uns gehen?«, fragte sie, als sie sich bereitmachten. Sie drehte sich vor dem Spiegel und versuchte, sich an die neue Kleidung zu gewöhnen. Der Rock ihres Kleides war nicht mehr zu retten, also hatte Doria eine Hose daraus geschneidert. Die Bewegungsfreiheit war eine Offenbarung, doch noch nie hatte sie so viel von ihrer Figur gezeigt.

Lucia hatte es ihr gleich getan, ihre Hose war noch viel enger und schmiegte sich wie eine zweite Haut an ihre Beine und ihr Gesäß.

Typisch. Wenn sie eine Rechtfertigung hätte, würde sie vermutlich barbusig herumlaufen wie eine Dirne.

»Doch, nur ...« Doria zögerte. »Ich habe Angst, dass wir noch einmal in eine solche Situation geraten«, gestand sie dann. »Ich habe schlecht geschlafen und ständig von diesen Monstern geträumt.«

»Wir sind es gewohnt, die gefährlichsten Raubtiere weit und breit zu sein«, sagte Shelley und strich ihren Rock glatt. Sie war von dem neuen Modestil nicht überzeugt. »Dass es hier etwas gibt, dass uns gefährlich werden kann, ist auch für mich ein Schock, aber das wird schon.«

»Du hast diese Fratzen nicht gesehen«, widersprach Doria und schauderte. »Du ahnst nicht, wie schlimm es war. Wie knapp. Als er Ciara mit dem Messer erwischte, dachte ich, es ist aus mit uns.«

»Das dachte ich auch kurz«, erwiderte Ciara. »Umso wichtiger, dass wir besonders wachsam sind. Das passiert uns kein zweites Mal, Doria.«

Doria nickte knapp und verstaute ihre Dolche so, dass sie sie griffbereit hatte. Sicher eine gute Idee.

Sie trennten sich an der ersten Kreuzung. Nate und seine Gruppe gingen nach Südosten, Ciara, Shelley und Doria nach Südwesten. Sie mussten sich die riesige Stadt Viertel für Viertel vornehmen und auf ein Zeichen von Bevan und Ride hoffen.

»Ride kennt sich mit Magie aus«, sagte Shelley. »Vielleicht kann sie dir sagen, was mit der Büste passiert ist.« Ciara nickte knapp. Dieser Rückschlag machte ihr zu schaffen. Sie wähnte sich schon so nah am Ziel, nur um dann einen gewaltigen Dämpfer zu erhalten.

»Ciara, haben wir Zeit für eine Mahlzeit?«, fragte Doria. »Ich habe letzte Nacht eine Menge Energie verbraucht.«

»Wenn wir dazu Gelegenheit bekommen, ja«, erwiderte Ciara. Das hatte sie vergessen und sie musste dafür sorgen, dass alle bei Kräften blieben. Falls ihnen jemand über den Weg lief, konnte sie diese Zeit investieren.

Doria war ihr satt eine wertvollere Begleiterin.

Drei Straßen weiter erspähte Doria einen jungen Mann, der gerade im Begriff war, einen Laden abzuschließen. Schnell sondierten sie die Lage: Die Straße war menschenleer und die Automobile fuhren hier mit großer Geschwindigkeit. Es war einen Versuch wert.

»Nicht umbringen, das gibt nur Ärger«, warnte Ciara. Der Angriff auf die zwei Männer war auf den Titelseiten aller Zeitungen thematisiert worden, das hatten Nate und Shelley gestern unabhängig voneinander festgestellt.

Heute beherrschte das Massaker im Rathaus die Titelseiten. Die Menschen rätselten, warum die Büste gestohlen wurde. Warum zwei Menschen sterben mussten.

Die Antwort auf letztere Frage interessierte Ciara auch.

Doch jetzt mussten sie vorsichtig sein und möglichst wenig Spuren hinterlassen.

Doria nickte und pirschte sich heran.

Ciara beobachtete, wie sie den Mann ansprach und ihn in ein Gespräch verwickelte. Schaffte sie es, ihn in eine Gasse oder Seitenstraße zu locken, war es ein leichtes Spiel. Trotzdem blieben sie und Shelley in Rufweite und wachsam.

»Nate wollte mich begleiten«, sagte sie zu Shelley.

»Natürlich. Er macht sich Sorgen um dich.« Shelleys rote Augenbraue hob sich. »Ist dir das nicht recht?«

»Nicht ganz.« Ciara sah, wie Doria und ihr Opfer sich in Bewegung setzten. Das sah vielversprechend aus. »Es ist mir nicht unrecht, sagen wir es so.«

»Du denkst an Bevan«, schlussfolgerte Shelley.

»Ja.«

Shelley seufzte. »Ich halte das für keine gute Idee.«

»Du hast recht, das ist es auch nicht«, gab Ciara zu.

»Du solltest dich auf Nate konzentrieren. Er ist der bessere Partner für dich. Nicht nur, weil Skyth ihn ausgesucht hat. Ihm liegt etwas an dir«, sagte Shelley.

»Er bekommt ja auch, was er will«, erwiderte Ciara.

»Ich glaube nicht, dass das der Grund ist.«

Ciara starrte in den Nachthimmel. Hier waren wegen der Beleuchtung kaum Sterne zu sehen. »Ich auch nicht. Aber es fällt mir schwer, mich auf ihn einzulassen. Wenn Bevan zurückkommt, gibt das noch mehr Schwierigkeiten.«

»Du machst es dir selbst aber auch unnötig schwer«, sagte Shelley.

»Ich weiß.« Ciara mied ihren Blick.

»Denk bitte wenigstens darüber nach, die Sache mit Bevan zu beenden. Ich kann mich um ihn kümmern, wenn du willst«, bot Shelley an.

Ciara sah ihre Freundin an. Sie glaubte nicht, dass sie Erfolg hätte, wenn sie Bevan nicht klar zu verstehen gab, dass ihre Affäre beendet war.

Zwischen ihnen war viel mehr, als gut für sie war.

»Danke. Das werde ich.« Ein Geräusch ließ sie herumfahren. Doria war bereits auf dem Weg zu ihnen und wischte sich den Mund ab. Es war still auf der Straße und mit einem Mal fragte Ciara sich, wie viel die Jüngere von dem Gespräch gehört hatte.

Ihre Affäre mit Bevan durfte unter keinen Umständen auffliegen. Das wäre eine Katastrophe mit ungeahnten Folgen. Ihre Verlobung war kein Scherz. Nichts, was man leichtfertig wegwerfen konnte. Im schlimmsten Fall verlor sie die Unterstützung der anderen, wenn Nate nicht mehr zu ihr hielt.

Ihre Position als Anführerin hing viel zu sehr von ihm ab. Sie wechselte einen schnellen Blick mit Shelley. Die Freundin dachte dasselbe. Verflucht, auch das noch.

»Bist du satt?«, fragte sie. Doria nickte, ihre Miene war neutral, sie ließ sich nichts anmerken.

Hatte sie überhaupt etwas gehört?

Ciara wagte nicht, sie zu fragen. Wenn sie nichts sagte, musste sie auf ihr Glück hoffen. Alles andere warf nur weitere Fragen auf.

Sie folgten der Straße, bis diese sich zu einem breiten Platz mit einem Springbrunnen öffnete. Das Gebäude gegenüber sah aus wie ein Zwilling des Rathauses.

Ciaras Herz machte einen Satz.

»Oh nein«, stöhnte Doria. »Bitte nicht.«

»Doch. Wir haben keine andere Spur«, sagte Ciara.

»Ich will nicht«, protestierte Doria. »Wir sollten uns das Gebäude merken und morgen alle zusammen zurückkommen. Allein gehe ich da nicht rein.«

»Musst du auch nicht, wir sind bei dir.« Ciara bewegte sich auf die linke Seite des Gebäudes zu. Hier hatten sie letzte Nacht Einlass gefunden, vielleicht hatten sie heute das gleiche Glück. Hinter ihr schnauzte Shelley Doria an, sich zusammenzunehmen.

Ciara konzentrierte sich auf die Atmosphäre. Falls die finstere Magie auch hier herrschte, versteckte sie sich besser. Ihre Sinne stellten nichts Ungewöhnliches fest. Weder zum Guten, noch zum Schlechten.

»Wir müssen es wenigstens versuchen«, sagte sie.

»Das hast du gestern auch gesagt«, maulte Doria.

Ciara erreichte die Rückseite und suchte weiter nach einer Tür. Da sah sie ein Fenster, einen winzigen Spalt geöffnet. Sie trat heran und tippte mit der Fingerspitze dagegen. Der Rahmen knarrte leise und schwang auf.

»Noch leichter als letzte Nacht.« Sie legte die Hände aufs Fensterbrett und schwang sich hinauf.

Shelley folgte ihr und fluchte leise, als sich ihre Füße in ihrer Krinoline verhakten. »Dann eben auch in Hosen«, zischte sie. »Komm jetzt, Doria.«

Doria brauchte noch einen Moment, Ciara sah sie mit sich ringen. Sie verstand sie ja, aber feige sein war keine Option. Das brachte ihnen weder die beiden Vermissten noch die Energiequelle ein.

Das verstand auch Doria und stieg mit einem tiefen Seufzer durch das Fenster.

Sie betraten einen langen Flur. Ciara blieb stehen und sah sich um, fokussierte sich abermals auf die Aura des Ortes.

Ja, ein leichtes Kribbeln war da, doch nicht so bedrohlich wie im Rathaus.

»Etwas ist hier«, nickte Shelley. »Aber es kommt mir schwach vor.«

»Wenn es nur keine Leute dazu bringt, sich die Kehlen durchzuschneiden und uns anzugreifen, ist es mir egal.« Doria hielt ihren Dolch in der Hand. Ciara roch ihre Angst.

Durch die Tür am Ende des Flurs gelangten sie in eine große Halle. Schweigend blieben sie stehen und betrachteten die Skulpturen und Bilder.

Sie waren mitten in der Ausstellung gelandet. Das Gebäude war ein Museum. Die hohen Decken wurden von Marmorsäulen gestützt und waren wie ein antiker Tempel gestaltet. Der weiße Marmor und Alabaster waren all-gegenwärtig, an Wänden, Decke und Boden. Die Schritte der drei Frauen verursachten einen Hall, der sie zusam-menzucken ließ.

»Leise!«, zischte Ciara. »Auch hier gibt es Wachleute.« Zumindest ein Rasierwasser hatte sie schon in der Nase.

Sie musste jede Konfrontation vermeiden.

Eine breite Treppe führte nach oben auf eine Galerie, die sich an den Seiten der Halle erstreckte. Darüber lag eine weitere Etage. Die Kuppel des Gebäudes mochte etwa dreißig Meter hoch sein. Durch ihre Glasfenster fiel fahles Licht hinein. Das Museum hatte eine besondere Atmosphäre, der sich auch die drei Schattenkinder nicht entziehen konnten. Die Ausstellung und die Räume waren beeindruckend. Als tauchten sie in eine fremde Welt ein. Nie zuvor waren sie in einem so großen Raum und seine Weite beschleunigte ihren Herzschlag.

»Wohin jetzt?«, flüsterte Shelley.

Ciara sah sich um. Von der Halle gingen weitere Räume ab, unmöglich, sie alle abzusuchen, es war bereits Mitternacht. Die schiere Größe des Gebäudes war ein Problem, sie wollte nicht riskieren, dass sie sich aufteilten.

Ihre Sinne waren angespannt, sie hoffte, erneut das Prickeln zu spüren, das die Büste ausgelöst hatte. Gleichzeitig betete sie, dass sie nicht erneut einen solchen Horror erlebten. Doria lief so dicht hinter ihr, als wolle sie sich an sie klammern.

Wonach suchte sie?

Dass die Energiequelle aus mehreren Teilen bestand, war mehr als eine Vermutung, doch wie sahen diese aus? Wie viele waren es? Sie wagte nicht, zu hoffen, dass es nur zwei waren.

»Ciara?«, rief Doria verhalten. Sie stand vor einem großen Gemälde, das vier Menschen zeigte, zwei Frauen und zwei Männer.

Eine der Frauen kam ihr bekannt vor. Ihr strenges Gesicht und die straff zurückgebundenen Haare. Ciara starrte in ihr Gesicht, da erkannte sie sie.

Die Büste!

Mit angehaltenem Atem trat sie zu Doria, auch Shelley kam heran. »*Die vier Gründer der Stadt*«, las Doria vor. »*Sie verhalfen ihr zu Größe und zu Macht. Sie bauten Handelsbeziehungen auf und gründeten die Forschungszentren, die sie im ganzen Land bedeutsam machen. Dank ihres Geschicks war die Stadt immer reich und die Bürger leben ein glückliches Leben.*«

»Wie wunderbar für die Stadt«, sagte Shelley trocken. »Die Qualität des Bildes ist ganz gut.«

»Vier Gründer«, murmelte Ciara und betrachtete die vier Menschen.

»Die Büste stellte die Frau links dar«, sagte Doria. Sie verschränkte die Arme vor der Brust und spitzte die Lippen. »Was haltet ihr davon: Die Gründer waren Magier und haben die Energiequelle genutzt, um die Stadt so großartig zu machen, dass sie dieses Bild verdient haben.«

Shelley und Ciara schwiegen. Die Theorie war glaubhaft. So ergab es einen Sinn, dass die Büste die Frau darstellte.

»Wenn du recht hast, bedeutet das, dass es vier Teile gibt«, sagte Ciara langsam.

»Und es erklärt, warum es solch mächtige Abwehrzauber gibt.« Shelley studierte die Plakette, die Doria vorgelesen hatte. »Fragen können wir sie nicht, die Gründung liegt dreihundert Jahre zurück.«

»Magier können so alt werden«, widersprach Ciara.

»Mag sein, aber alle vier liegen auf einem Friedhof im Südwesten der Stadt.« Ciara schnaubte und wandte sich ab. Sie hatte dieses Fischen im Trüben so satt. Immer, wenn es so aussah, als kämen sie der Lösung einen Schritt näher, folgte der nächste Dämpfer.

»Doria könnte recht haben«, sagte Shelley. »Das liefert uns zumindest einen Anhaltspunkt. Wenn die Energiequelle zerlegt wurde, befindet sich hier vielleicht ein weiterer Teil. Lass uns nachsehen.«

Sie trat näher an sie heran und suchte ihren Blick. »In Ordnung?« In ihrer Stimme lag die Warnung, sich jetzt nicht gehen zu lassen.

Ciara schluckte und nickte. Eine Anführerin musste souverän bleiben. Egal, wie schwer es ihr fiel.

»Wir sollten uns beeilen«, sagte sie leise. »Es ist schon nach Mitternacht und das Gebäude ist groß. Wir bleiben zusammen.« Die beiden Frauen schlossen zu ihr auf und sie liefen durch die Räume, immer darauf gefasst, sich verteidigen zu müssen.

Ciara konzentrierte sich auf die Luft. Sie versuchte, eine Veränderung zu erspüren, einen Hinweis auf Magie. Falls auch hier Gefahren lauerten, wollte sie sie rechtzeitig bemerken. Ihre Schritte hallten von den steinernen Wänden wider und sie bekam Gänsehaut. Noch nie hatte sie sich so unsicher gefühlt wie in dieser Welt.

Sie dachte, es wäre einfacher, ihre Mission zu erfüllen.

Shelley war hinter ihr, doch sie bemerkte, dass die Freundin von den Kunstwerken abgelenkt war. Ciara ging die Begeisterung für Kunst ab, für sie war Malen ein unnützer Zeitvertreib. Frust machte sich in ihr breit und sie hätte nur zu gern ihre Stahlklauen über die eine oder andere Leinwand gezogen.

Sie lauschte auf die Schritte eines Nachtwächters. Ein elektrisches Summen warnte sie davor, dass die Kunstwerke mit einem Alarm versehen waren. Sie tat gut daran, sie nicht zu berühren. Shelley schloss zu ihr auf, Doria war dicht neben ihr. Sie traten in einen angrenzenden Ausstellungsraum. Hier fanden sie Bilder und Skulpturen vor, doch kein Anzeichen für eine weitere Energiequelle.

Ciaras Unzufriedenheit wurde immer größer.

Sie erkundeten alle Räume des Erdgeschosses, das kreisförmig angelegt war, und gelangten zurück in die große Halle.

Ciara sah hinauf. Ihnen lief die Zeit davon, aber sie hatte keine Wahl. Schon erklomm sie die ersten Stufen der ausladenden Marmortreppe. Noch immer spürte sie nichts.

»Wir brauchen noch Zeit für den Rückweg«, sagte Shelley. Ciara hielt auf der Mitte der Treppe und kämpfte mit sich. Sie schafften es nicht, das ganze Gebäude zu durchsuchen, und mussten in der kommenden Nacht zurückkehren. Selbst wenn sie rannten, brauchten sie immer noch wenigstens eine Stunde zurück.

Sie wollte gerade herunterkommen, als ihre Sinne etwas empfingen: Ihr Nacken prickelte und die feinen Härchen auf ihren Armen stellten sich auf. Sie fuhr herum und eilte die Treppe hinauf.

Das Gefühl verstärkte sich.

»Ciara!«, rief Shelley ihr verhalten hinterher, doch sie ignorierte sie. Sie musste wissen, woher das Kribbeln kam.

War hier doch ein weiterer Teil der Energiequelle versteckt? Eine zweite Büste?

Hinter sich hörte sie Schritte, Shelley und Doria folgten ihr. Ihre Freundin fluchte unterdrückt. Ciara erreichte die Galerie im ersten Stock und wandte sich nach links. Ihr Herz hämmerte gegen ihre Rippen und sie drehte sich um die eigene Achse.

Da!

Sie sprintete durch einen Türbogen und kam in einen weiteren Raum voller Gemälde. Ihre Augen huschten über die Wände, suchten nach einer Marmorbüste, nach dem Abbild eines weiteren Gründers. Sie lief hinter eine Zwischenwand, wo sich weitere Bilder präsentieren.

Nichts.

In ihren Ohren dröhnte es. Das Prickeln wurde immer stärker.

Hinter ihr schrie Doria auf und sie hörte ein mechanisches Quietschen. Eine Energiewoge fuhr durch den Raum und etwas knallte. Shelley stieß einen Fluch aus und sie hörte einen Körper zu Boden fallen.

Ciara drehte auf dem Absatz um und eilte zurück. Sie umrundete die Trennwand und blieb schockiert stehen: Der Boden unter Doria hatte sich aufgetan und sie verschluckt. Die Schneiderin klammerte sich an den Rand des Lochs, Shelley lag vor ihr auf dem Bauch, die Finger um ihre Handgelenke geschlungen.

»Ciara!«

Ciara machte einen Satz auf sie zu und zerrte an Dorias Armen. Die andere kam ihr viel zu schwer vor.

»Es zieht mich runter!«, heulte Doria, Tränen rannen über ihr Gesicht. »Oh bitte, Ciara ...«

Ciara sah über ihre Schulter und blickte in gähnende Schwärze. Dort, wo eigentlich das Erdgeschoss hätte sein müssen, tat sich ein bodenloser Abgrund auf. Panik erfasste sie und sie zog noch verzweifelter an Doria. Der Widerstand wurde immer größer und ihre Arme schwerer. Ihre Finger rutschten von dem Stoff des Ärmels ab.

»Ciara!« Shelleys Gesicht war schweißüberströmt, ihre Augen weit aufgerissen.

Sie konnten sie nicht mehr halten. Sie verloren sie.

Doria weinte, sie bettelte. Sie klammerte sich mit letzter Kraft fest.

Ciara ließ los.

Shelley ächzte, ihr Gesicht war fassungslos.

Ciara rollte sich neben sie und griff nach der Armbrust auf Shelleys Rücken.

Letzte Chance.

Sie spannte den Bolzen und schoss.

Unter ihnen ächzte etwas, ein metallisches Reißen war zu hören. Ein Fauchen, als sei etwas verwundet worden. Dann ein peitschendes Geräusch.

Shelley schrie auf.

Ciara warf die Armbrust hinter sich und packte Dorias Handgelenk. Mit aller Macht zerrte sie daran und zog die Freundin über die Kante. Mit einem Donnern verschwand das Loch, als habe es nie existiert.

Schweratmend lagen die drei Frauen auf dem Boden. Doria weinte und rollte sich zu einem Päckchen zusammen. Ciara starrte an die Decke. Das Prickeln war weg. Eine weitere Falle, in die sie hineingetappt war.

»Wir müssen hier weg«, flüsterte sie. »So schnell wie möglich.«

Shelley kam mühsam in die Hocke, dann mussten sie Doria gemeinsam aufheben. Die Jüngere schluchzte und konnte sich kaum auf den Beinen halten. Sie zitterte am ganzen Körper und klammerte sich an Shelley fest.

»Ich dachte, du lässt sie fallen«, murmelte Shelley.

»Ich auch. Wir hatten nur diese Chance«, erwiderte Ciara. Vorsichtig lotsten sie Doria die Treppe hinunter und zurück durch den Flur in den Raum, durch dessen Fenster sie eingestiegen waren.

Draußen sah Doria auf und funkelte Ciara an. »Ich gehe nie wieder mit dir los!« Sie schluchzte. »Wäre ich doch nur zuhause geblieben! Ride und Bevan sind tot, ich weiß es! Ich will zurück nach Hause!«

Ciara wusste nicht, was sie sagen sollte. Shelley tätschelte Dorias Schulter und sah sie hilflos an.

»Wir müssen zurück zur Unterkunft«, sagte Ciara rau und lief los. Ihr saß der Schock genauso tief in den Gliedern, doch Dorias Worte verletzten sie.

Es war nicht ihre Schuld, dass sie die Falle ausgelöst hatten. Sie musste Risiken eingehen, sonst kamen sie nie ans Ziel. Außerdem hatte sie Doria gerettet.

Wie konnte sie ihr die Schuld geben?

Ihr Mund wurde trocken. Ride und Bevan durften nicht tot sein. Die Energie durfte ihnen nichts angetan haben.

Aber sie hatte Angst, dass Doria recht hatte.

Hinter sich hörte sie die Jüngere schluchzen, Shelley redete leise auf sie ein.

Sie konnte sie jetzt nicht trösten, also lief sie stumm voraus. Und verfluchte sich selbst dafür, dass sie ihren Bruder um diesen Auftrag angebettelt hatte.

Der Weg zurück war weit. Doria lief quälend langsam und brauchte mehrere Pausen. Immer wieder brach sie in Tränen aus, als habe die Falle ihr allen Lebensmut geraubt.

Mehrmals sah Shelley Ciara besorgt an und blickte dann gen Himmel. Ihnen lief die Zeit davon. Wenn sie sich nicht beeilten, kam ihnen der Sonnenaufgang in die Quere. Also packte Ciara Doria am Arm und zerrte sie mit sich. Shelley übernahm die andere Seite.

»Lasst mich, lasst mich!«, schluchzte Doria. »Ich kann nicht mehr!«

»Solltest du aber, denn die Sonne geht bald auf!«, zischte Ciara. »Oder willst du als Aschehaufen enden?« Doria schüttelte den Kopf und beschleunigte ihre Schritte.

Ciara atmete auf. Endlich. Das wurde auch Zeit.

Die Unterkunft kam in Sicht. Schon meldeten sich Ciaras Sinne und schlugen Alarm. Der östliche Himmel färbte sich pfirsichfarben und ihre Haut juckte unangenehm.

Es wurde knapp.

Shelley hämmerte gegen die Tür und drängte sich an Lucia vorbei, die ihnen öffnete.

Ciara schob Doria hinterher und blieb drinnen jäh stehen, als sie zwei vertraute Gesichter erblickte.

Ride und Bevan waren zurück.

»Was ...«, begann sie, doch Doria unterbrach sie.

»Ride!«, schluchzte sie und taumelte in die Arme der anderen. Die Magieschülerin fing sie auf und suchte Ciaras Blick. »Was ist mit euch passiert?«, fragte sie und wiegte Doria in ihren Armen.

»Später«, erwiderte Ciara. »Zuerst will ich wissen, wo ihr wart.« Hinter Ride, an die Wand gelehnt, stand Bevan mit neutraler Miene. Ihre Blicke trafen sich kurz, dann wandte sie sich wieder ihrer Freundin zu.

Sicher war sicher.

Den Aufruhr in ihrem Inneren musste sie ebenso ignorieren wie den Drang, in seine Arme zu stürzen.

Nicht hier. Nicht jetzt.

Nicht vor Nate und den anderen.

Ihre Blicke trafen sich noch einmal, sie rang sich ein schmales Lächeln ab. Noch ein Problem auf einer langen Liste von Schwierigkeiten.

»Wir sind in der Kanalisation zu uns gekommen«, berichtete Ride und führte Doria zum Sofa. Dort zog sie sie mit sich in die Polster. Echo postierte sich hinter ihr wie ein Leibwächter. Ciara entging sein eifersüchtiger Gesichtsausdruck nicht.

»Es hat ewig gedauert, bis wir einen Ausgang fanden. Die meisten Türen waren verschlossen, elektronisch, deswegen funktionierte kein Zauber. Wir haben alles versucht.« Ride sah Bevan an. »Bei der Strecke, die wir zurückgelegt haben, sind wir vermutlich die ganze Stadt abgeschritten.«

»Das kann gut sein«, sagte der schwarzhaarige Krieger. Seine grünen Augen ruhten auf Ride.

Das gefiel Ciara überhaupt nicht.

»Wir haben seltsame Dinge erlebt«, erzählte Ride weiter. »Ein paar Mal hatte ich den Eindruck, dass wir verfolgt werden, doch wir haben nie jemanden zu Gesicht bekommen. Ich hatte ein dummes Gefühl, das sich einfach nicht abschütteln ließ. Magie funktionierte einwandfrei, doch da war noch etwas.«

»Eine dunkle Macht?«, fragte Ciara.

Rides Augen weiteten sich. Sie nickte. »Das ist eine sehr gute Beschreibung dafür.«

»Wir haben ebenfalls mit ihr Bekanntschaft gemacht. Gestern Nacht im Rathaus und heute in einem Museum«, berichtete Ciara. Doria brach erneut in Tränen aus.

»Seid ihr in Ordnung?«, fragte Nate. Er stand schräg hinter Ciara und legte ihr die Hand auf die Schulter. Sie sah zu ihm auf und fühlte sich wegen Bevans Anwesenheit befangen, deswegen nickte sie nur stumm.

»Es war knapp«, sagte Shelley. »Wir hätten Doria um ein Haar an eine magische Falle verloren. Ciara hat sie in letzter Sekunde unschädlich gemacht.«

Ride und Bevan wechselten einen Blick. Echo rückte näher an sie heran und schirmte seine Geliebte mit seinem Körper ab.

»Seid ihr angegriffen worden?«, fragte Ciara.

»Nicht so wie ihr. Eher war es so, dass die Macht uns nicht gehen lassen wollte. Verschlossene Türen, Mauern an Stellen, an denen ich sie nicht erwartet hätte ...« Ride strich ihr nachtblaues Haar zurück. »Wie ein Labyrinth.«

»Oder eine Steuerung«, sagte Nate.

Ciara sah ihn an. »Wie meinst du das?«

»Anscheinend wurden die beiden nicht als Bedrohung identifiziert, sonst wären sie genauso angegriffen worden wie ihr.«

»Aber das ergibt keinen Sinn«, sagte Shelley. »Bevan ist ein Krieger, die Macht müsste ihn als mindestens so gefährlich einstufen wie Ciara.«

»Es gibt andere Waffen als Muskeln und Degen«, wandte Bevan ein. »Und etwas Körperloses wie Magie hat sicherlich keine Angst vor mir.« Alle sahen Ciara an, manche besorgt, manche misstrauisch.

»Was ist?«, fragte sie. »Doria hat mich beide Nächte begleitet, genau wie Ride bei Bevan war. Ich sehe keinen Unterschied zwischen uns vieren. Keinen logischen Grund, warum Doria, Shelley und ich angegriffen, Ride und Bevan aber verschont blieben. Und ich glaube auch nicht, dass wir eine Antwort finden werden.« Sie stand auf. »Das Museum brachte uns immerhin die Erkenntnis, dass die Stadt von Magiern gegründet wurde. Vier an der Zahl. Ride, sieh dir bitte die Büste an, sobald du kannst. Sie ist unser einziger Hinweis.«

Ride nickte und erhob sich. Dabei blieb sie mit dem Fuß an ihrem Rocksaum hängen und taumelte. Sofort griff Bevan nach ihrem Arm und fing sie auf.

Echo schnellte vor und baute sich drohend vor ihm auf. »Hände weg.«

Bevan ließ Ride los, die beiden wechselten einen Blick, der Ciara nicht gefiel. Es lag eine Vertrautheit darin, die ihre Eifersucht hochkochen ließ.

Was hatten sie getrieben in den zwei Nächten?

Wie stark hatten sie schon damit gerechnet, dass sie nicht entkommen konnten?

Was hatte die Magie noch mit ihnen gemacht, ihnen vorgegaukelt, damit sie blieben?

»Nicht für ungut«, sagte Bevan und trat zurück. »Ein Reflex, nichts weiter.«

»Unterdrück ihn«, knurrte Echo. »Ich passe auf sie auf.«

»Danke, die Herren, aber das erledige ich selbst«, sagte Ride und schob die beiden von sich. »Regt euch ab und lasst mich vorbei. Für solchen Unsinn haben wir keine Zeit. Echo, hilf mir bitte.«

Echo unterbrach das stumme Kräftemessen mit dem Krieger und folgte seiner Geliebten. Ciara riss sich von Bevan los, als Nate ihren Arm berührte. Er war beunruhigt, seine Muskeln waren angespannt, bereit, dazwischen zu gehen, falls es notwendig war.

Ride ließ Echo die Büste auf den Empfangstresen stellen und betrachtete sie. Sie legte den Kopf schief und summte leise vor sich hin.

»Der Stein fühlt sich merkwürdig an«, sagte sie. »Das ist nicht die Energiequelle.« Sie rieb sich die Stirn und gähnte. »Ich muss darüber nachdenken, aber vor allem brauche ich Schlaf.«

»Den brauchen wir wohl alle«, kam Shelley Ciara zuvor, als diese protestieren wollte. »Die Sonne ist schon aufgegangen und wir hatten eine anstrengende Nacht. Lasst uns heute Abend alles weitere besprechen.« Die anderen nickten und gingen in ihre Schlafzimmer.

»Wir auch, Ciara«, sagte Nate. Ciara riss sich von der Büste los und folgte ihm. Bevans Zimmer war am Ende des Flurs. Ihre Blicke trafen sich, bevor Ciara hinter Nate in ihr Schlafzimmer ging.

Sie beide hatten Redebedarf.

Sobald sie dazu Gelegenheit bekamen.

*

TEIL 7

SCHWÄCHE

Zara und die Priester

Ein lautes Geräusch riss Zara aus dem Schlaf.

Benommen schüttelte sie Corys Arm ab und setzte sich auf. Da war das Geräusch wieder. Ein Rumpeln und Knallen. Es kam von draußen.

Sie verließ das Bett und schlich zum Fenster. Hatte man sie aufgespürt?

Sie schob den Vorhang beiseite und sah hinaus.

Unten auf der Straße stand ein großes oranges Fahrzeug, das die Mülltonnen in der Straße leerte. Ihr fiel ein Stein vom Herzen.

Keine Gefahr.

Sie drehte sich um und wollte sich eben wieder hinlegen, als sie etwas anderes aus dem Augenwinkel erhaschte.

Fassungslos schüttelte sie den Kopf und sah genau hin.

Das durfte doch nicht wahr sein!

Sie griff nach ihren Sachen, zog sie im Rausgehen über und erwischte Nadie auf der Treppe, als diese hinauf-schlich. Die Spionin sah sie ausdruckslos an.

»Wo warst du?«, zischte Zara. Nadie schwieg. »Verdammt, Nadie, du brauchst nichts sagen. Ich weiß es auch so. Du warst in der Destillerie, oder?« Nadies Augenwinkel zuckte. »Verdammte Scheiße, das darf doch nicht wahr sein! Ich hatte es dir verboten.«

»Nicht ausdrücklich«, entgegnete Nadie.

»Runter, wir wecken sonst die anderen«, presste Zara zwischen zusammengebissenen Zähnen hindurch. Nadie drehte wortlos um und Zara folgte ihr in den Speisesaal. Sie kochte vor Wut. »*Nicht ausdrücklich?*«, wiederholte sie. »Ist das dein Ernst?«

Nadie atmete tief durch. »Es ließ mir keine Ruhe. Ich konnte es nicht gut sein lassen mit der Gewissheit, dass sie Madison verletzt haben und wir keine Zeit hatten, uns umzusehen.«

»Dir hätte etwas zustoßen können und niemand hätte gewusst, wo du bist«, warf Zara ihr vor.

»Wo hättest du nach mir gesucht?«, fragte Nadie.

»In der Destillerie«, gab Zara zu.

»Na also.«

»Nadie, verdammt.«

»Ich weiß.« Nadie wandte den Blick ab.

»Sag mir wenigstens, dass es sich gelohnt hat«, grollte Zara und verschränkte die Arme vor der Brust.

»Zwei Kobras weniger und das hier.« Nadie legte eine Karte auf den Tisch. Sie war schwarz und mit der aufgerichteten Schlange des Rockerclubs verziert.

»*Schlangengrube*«, las Zara vor. »*Bar*. Eine Schenke.«

»Eine Schenke voller Kobras«, korrigierte Nadie. »Immerhin etwas, meinst du nicht? Ansonsten war nichts dort, was ich hätte nutzen können. Ich kann hiermit nichts anfangen.« Sie holte einen flachen schwarzen Kasten aus der Tasche. Zara erkannte das Gerät, sie hatte es im Fernsehen gesehen. Ein Computer. Der Kern der menschlichen Technologie. Für sie unverständlich wie Magie.

»Warum hast du es trotzdem mitgenommen?«, wollte sie wissen und stupste das Gerät mit der Fingerkuppe an.

»Um die Kobras auf eine falsche Fährte zu bringen. Ich weiß nicht, was sie sich denken, aber es wird sie zumindest in Aufruhr versetzen.«

»In Ordnung.« Zara rieb sich den Nacken. »Diese Welt ist viel komplizierter als unsere.«

»Könnten wir mit dem Ding umgehen, wäre sie es nicht.« Nadie zuckte mit den Schultern. »Technologie oder nicht, auch hier sind Menschen Waffen wehrlos ausgesetzt. Und die Energiequelle wird nicht in so einem Ding sein.«

Zara hoffte das, aber sie war sich nicht sicher.

Sie hatte das Gefühl, dass hier nichts sicher war.

Nach dem Frühstück und Nadies Bericht vor der Gruppe ordnete Zara an, dass sie sich aufteilten und in Gruppen nach der *Schlangengrube* suchten. Es war immer noch Vorsicht geboten. Madison und Morgan blieben zurück, Zara ging mit Cory und Stroke mit Sill.

Vor der Unterkunft trennten sie sich, Candle und Gotham schlossen zu Nadie auf. Das helle Haar der Spionin war unter einer schwarzen Mütze verborgen. Falls sie gesehen wurde, war zumindest ihr auffälligstes Merkmal versteckt.

Die drei Priester liefen wachsam durch die Straßen und suchten nach Hinweisen auf die Schenke. Ihr Instinkt riet ihnen davon ab, jemanden zu fragen.

»Wahrscheinlich kennt sie jeder«, meinte Candle. »Und jeder könnte sie vorwarnen, dass nach ihr gefragt wurde.«

»Ich weiß, warum ich kein Spion geworden bin«, meinte Gotham. »Diese Heimlichkeit wäre nichts für mich.«

Candle sah den großen Krieger mit hochgezogener Augenbraue an. »Das und weil du auffällst wie ein bunter Hund.«

»Ich nehme an, du beziehst das auf mein gutes Aussehen, meine Liebe.« Er zwinkerte ihr zu.

Candle rollte mit den Augen. »Natürlich, Goth, du bist der schönste von allen.«

Er war es, aber das würde sie ihm nicht unter die Nase binden. Er war eingebildet genug für ihren Geschmack.

»Denkt ihr wirklich, dass die Kobras die Energiequelle haben?«, fragte sie nach einer Weile.

»Denkbar. Sie haben hier die Vormachtstellung. Vielleicht, weil sie die Quelle dazu nutzen.« Gotham griff nach seiner Pistole, als in der Nähe laute Motoren zu hören waren. Die drei Priester blieben stehen, die Hände an den Waffen, und warteten.

Die Motoren verklangen in der Ferne.

»Wir sind erst drei Tage hier und haben schon ziemlichen Ärger am Hals«, meinte Candle. Sie wog ihre Pistole in der Hand und lauschte auf Motoren.

»Steck die Waffe weg«, rügte Nadie. Mit ihren dunklen Augen suchte sie die Umgebung ab. Candle schob die Waffe zurück. Sie war froh, diese Begleiter zu haben, sie zählten zu den besten Schützen und Gotham beherrschte die Waffen bereits, als hätte er nie andere verwendet.

»Ich glaube nicht, dass die Energiequelle in einer Schenke ist«, meinte sie und zog den Reißverschluss ihrer Lederjacke zu. Wenn sie nicht bald schneller liefen, würde sie noch frieren. Hier war es viel kälter als zuhause.

»In der Destillerie war sie nicht«, erwiderte Nadie.

»Hätte mich auch gewundert«, sagte Candle. »Sie werden noch andere Verstecke haben. Wenn ich einen solchen Clan anführte, wäre meine Energiequelle auch nicht in einer heruntergekommenen Lagerhalle bei Rauschgift und Waffen«, überlegte sie laut.

Gotham und Nadie beobachteten sie aufmerksam.

»Gleich kommt's«, sagte er. »Candles kleines Gehirn läuft auf Hochtouren.«

»Halt die Klappe, Gotham! Aber versetzt euch doch in die Lage des Oberhaupts! Wahrscheinlich will er damit angeben, wenn er weiß, was er besitzt. Und wenn du mit etwas angeben willst, versteckst du es nicht, sondern ...«

»... bewahrst es dort auf, wo alle es sehen können, vor denen du angeben willst«, vollendete er ihren Satz. »Dort, wo es prunkvoll ist. Ein Schloss oder eine Burg.«

»Hier gibt es weder Schlösser noch Burgen«, erinnerte Nadie ihn.

»Mag sein, aber einige dieser Häuser sind beeindruckend, oder nicht?«, sagte Gotham achselzuckend und deutete auf die Wolkenkratzer. »Sie gehen durchaus als Schlösser durch.«

»Ihr setzt voraus, dass der Anführer der Kobras ein Mensch ist, der sich anderen zeigen will«, gab Nadie zu bedenken. »Aber er könnte auch ein anderer Charakter sein.« Sie zögerte und versuchte, sich an den Anführer zu erinnern. Den Mann mit dem sandfarbenen Haar, der den anderen kaltblütige Befehle gegeben hatte.

Nein, zurückhaltend hatte der Mann nicht gewirkt, eher herrisch, aber er war kein Soldat.

»Möglich, aber du sagtest, die Typen, die euch angriffen, seien Krieger gewesen. Und Krieger, das wissen wir selbst am besten, akzeptieren nur starke Anführer. Er muss jemand sein, der den anderen genug Respekt einflößt, um sich ihm anzuschließen«, schlussfolgerte Candle.

»Oder er hat genug Geld, um sich ihre Loyalität zu kaufen«, warf Gotham ein.

»In beiden Fällen suchen wir aber nach jemandem mit Geltungssucht, sonst würde er sich nicht solche Mühe machen.« Candle war stolz auf sich. Sie hatte das Gefühl, auf der richtigen Spur zu sein.

»Wenn es so ist, müssen wir einen von ihnen schnappen und herausbekommen, wo ihr Anführer wohnt«, erwiderte Gotham nickend.

»Womit wir wieder bei der *Schlangengrube* wären«, sagte Nadie. Sie spitzten die Ohren und lauschten auf die Motorengeräusche.

Candle fühlte sich wie im Fieber. Endlich hatten sie einen Anhaltspunkt. Endlich waren sie auf einer Spur, die mehr als vage war. Wenn sie die Bar fanden, kamen sie dem Ziel noch näher. Sie tastete erneut nach ihrer Pistole. Sie würde alles tun, was nötig war.

»Wir brauchen einen Verhörraum«, sagte Nadie. Die beiden Soldaten sahen ein, dass es nicht reichte, einfach einen von ihnen zu schnappen. Sie mussten sich vorbereiten und dennoch vorsichtig bleiben. Nichts durfte auf ihre Unterkunft hindeuten. Doch fürs Erste mussten sie sich einen Überblick verschaffen.

»Um einen Raum kümmern wir uns, wenn es so weit ist«, sagte Gotham lapidar.

Endlich machten sie ein Motorengeräusch aus. Nadie gab den beiden ein Zeichen, ihr erst zu folgen, wenn sie die Lage gesichert hatte. Candle und Gotham blieben zurück.

Sie spähte um die Häuserecke und erblickte vier Biker, die ihre Maschinen vor einem Haus abstellten. Die Fassade zierte eine aufgerichtete Kobra.

Die *Schlangengrube*.

Sie hatten sie gefunden. Mit einer Hand winkte sie ihre beiden Begleiter zu sich und näherte sich langsam dem Gebäude. Sie gingen ein Risiko ein. Die Lage war unübersichtlich, niemand konnte sagen, wie viele Leute sich in der Bar befanden.

Nur die vier? Oder gleich vierzig?

»Gotham, geh rein und sieh dich um«, wisperte Nadie. »Du fällst am wenigsten auf.« Sie und Candle bezogen Stellung an der Tür. Gotham nickte und legte die Hand an die Klinke.

Er atmete tief durch und schob die rechte unter seinen linken Arm an das Holster seiner Pistole. Von seinem Reaktionsvermögen hing ab, ob er lebend aus dieser Mission kam. Von seiner Geschwindigkeit. Von seiner Intuition.

Er blinzelte noch einmal und fokussierte sich. Nur eine Chance. Mehr brauchte er auch nicht.

Er drückte die Klinke hinunter und stieß die Tür auf. Die Bar war voller Leute.

Hinter ihm ertönten Schüsse.

Gotham ließ die Tür los und wich zurück. Nadie und Candle sprangen hervor. Sie rannten um die nächste Ecke, gerade noch rechtzeitig, denn die Tür schwang erneut auf.

Weitere Schüsse hallten durch die Stadt.

Dann heulten die Sirenen.

»Sie sind ganz in der Nähe«, flüsterte Candle. Sie presste sich an die Hauswand und spähte auf den Platz. Biker rannten aus dem Haus und blieben stehen, um sich zu orientieren. Candle sah mehrere von ihnen telefonieren. Sie zählte acht. Das wäre viel Arbeit geworden.

»Wir sollten verschwinden«, sagte sie leise und die drei machten, dass sie wegkamen.

Zara und Cory machten ihre Runde und hielten die Augen offen, als die Motorräder kamen. Sie tauschten einen Blick und zogen sich in eine Nebenstraße zurück.

»Folgen?«, flüsterte Cory. Zara nickte. Sie nahmen die Verfolgung auf und fanden die vier Biker einige Straßen entfernt vor einem Geschäft. Zwei Männer blieben draußen und beobachteten die Umgebung. Die beiden anderen gingen hinein.

Zaras Herz machte einen Satz. Das Suchen hatte sich gelohnt. Sie und Cory pressten sich gegen die Häuserwand und behielten sie im Auge. Zara duckte sich hinter eine Mülltonne. Ihre Muskeln spannten sich an. Sie war bereit, loszustürmen, wenn es notwendig war.

Aus dem Geschäft kamen Stimmen. Die beiden Männer drehten sich zum Eingang. Dann war wieder Ruhe und die anderen zwei kamen heraus. Einer hatte ein Bündel Geldscheine in der Hand.

»Schutzgeld«, flüsterte Cory. Zara nickte.

Die Männer ließen ihre Maschinen stehen und gingen die Straße hinunter. Sie folgten ihnen mit angehaltenem Atem. War ihr Versteck hier in der Nähe? Waren die Männer auf dem Weg in die *Schlangengrube*?

Entschlossenheit brannte in ihren Adern, als sie Cory das Zeichen gab, die Straßenseite zu wechseln. Sie mussten sich eine bessere Übersicht verschaffen. Sie durfte Cory nur nicht aus den Augen verlieren.

Ihre Nerven waren zum Zerreißen gespannt. Sie konzentrierte sich auf die vorderen beiden Männer, die sich angeregt unterhielten. Wortfetzen drangen zu ihr herüber. Es ging um den Einbruch in die Destillerie.

»Wenn ich die erwische«, sagte der Größere. »Das waren Frauen! Ich habe gedacht, ich guck nicht richtig, als ich die Bänder gesehen habe.«

»Heiße Frauen«, warf der Kleinere ein.

»Das schaue ich mir dann noch mal genau an, wenn ich sie in die Finger kriege.« Sie lachten widerlich. Zaras Augenlid zuckte und ihre Hand fuhr an ihre Waffe. Niemals würde sie zulassen, dass eine ihrer Begleiterinnen in die Hände dieser Typen fiel. Jetzt tat sich das nächste Problem auf: Sie wussten, wie Nadie und Madison aussahen. Das machte alles noch gefährlicher.

»Aber wie sie die Leute abgeknallt hat ... Wie eine Maschine«, sagte der Größere.

»Auch Maschinen gehen kaputt, wenn man nur genug Gewalt anwendet.« Wieder das Lachen. Welche Art von Gewalt ihnen vorschwebte, war überdeutlich.

Zara biss die Zähne zusammen. Niemals kämen sie auch nur in ihre Nähe! Am liebsten hätte sie sie kaltblütig von hinten erschossen.

Die Männer bogen um eine Häuserecke und Zara folgte ihnen vorsichtig. Dabei sah sie sich nach Cory um.

Er fehlte, genau wie die beiden anderen Männer.

Erschrocken blieb sie stehen. Wo war er hin?

Die beiden Kobras gingen immer weiter. Sie stieß einen unterdrückten Fluch aus und folgte ihnen.

Cory kannte den Weg in die Unterkunft. Er war vorsichtig und sie würden sich dort treffen. Jetzt musste sie versuchen, an Informationen zu kommen.

Die Männer liefen nach Osten, ihre Gewaltfantasien wurden immer extremer und Zara blendete ihre Stimmen aus. Das war besser so, bevor sie sie doch noch erschoss. Diese Menschen waren durch und durch schlecht. Offenbar ging ihnen Menschlichkeit vollkommen ab.

Zara biss die Zähne zusammen. Sie kämpfte jeden Tag für ihre Heimat. Dabei musste sie Dinge tun, die nicht gut waren - dazu gehörte auch der Goldraub von Chelisons Galeere. Doch das, was die beiden besprachen, ließ ihre Eingeweide kochen.

Es wäre besser, die Welt sofort von ihnen zu befreien. Jetzt sprachen sie von einer Frau, die sie aufgelesen hatten, um sie ihrem Boss zu schenken.

»Wenn wir etwas übrig lassen«, lachte der Kleinere.

Zaras Hand verkrampfte sich an ihrer Pistole. Nur zwei Schüsse und die Stadt war um zwei Probleme ärmer.

Da empfing sie etwas, das sie aufmerken ließ. Sie blieb stehen und sah sich um. Ihre Nervenenden prickelten, als sie eine fremde Energie ausmachte. Sie gehörte nicht hierher.

Zara runzelte die Stirn und lenkte ihre Schritte in diese Richtung. Die Energie fühlte sich magisch an. Sie knisterte, das war etwas, das sie mit Oran in Verbindung brachte. Ihre Sinne waren als Hohepriesterin feiner als die der normalen Priester, sie spürte solche Besonderheiten. Ihr Herz pochte gegen ihre Rippen.

War das Energiezentrum in der Nähe?

Sie vergaß die beiden Kobras, die nun in ein Einkaufszentrum abbogen. Unwahrscheinlich, dass die *Schlangengrube* dort war. Die Energie war viel vordringlicher.

»Verdammt, Cory«, flüsterte sie. Wenn sie ihn nur als Verstärkung hier hätte! Aber dazu müsste sie ihn suchen. Sie verwarf die Idee.

Zwischenzeitlich könnte die Energie verschwinden. Es fühlte sich an, als bewege sie sich.

Jetzt konnte sie eine Richtung ausmachen und lenkte ihre Schritte dorthin. Die Energie kam näher und ...

Überrascht blieb sie stehen. Es waren mehrere und sie bewegten sich tatsächlich. Personen, sie waren nah. Doch wer waren sie?

Sie musste nur noch um eine Ecke biegen, dann würde sie ihnen ins Gesicht sehen. Eins war klar: Das waren keine Kobras.

Ihre Hände tasteten nach ihren Pistolen. Sie musste auf alles gefasst sein. Mit allem rechnen. Auch damit, dass sie sofort angegriffen wurde.

Sie schickte ein stummes Gebet an ihren Gott.

Wenn er auch nur eine Spur Macht in dieser Ebene hatte, musste er seine Hand schützend über sie halten.

Sie atmete noch einmal tief durch und bog um die Ecke.

Bell und die Dryaden

ell hatte kaum geschlafen und war schon mit den ersten Sonnenstrahlen aufgestanden. Ihre Glieder waren taub und steif, ihre gebrochene Rippe schmerzte. Müde strich sie ihre Ärmel über die Blutergüsse an ihren Armen. Den Angriff des Brunnens hatte sie schon beinahe vergessen. Sie hatte ihn überstanden.

Was aus Cora wurde, war viel wichtiger.

Die Sorge brachte sie beinahe um. Tränen lauerten dicht unter der Oberfläche und sie fühlte sich reizbar und ängstlich. Sie musste raus aus der Hütte.

Ein wenig frische Luft half ihr hoffentlich, den Kopf freizubekommen. Und dann, so hoffte sie, kam ihr die rettende Idee, wo sie Cora fanden.

Sie musste sie finden. Etwas anderes kam nicht in Frage. Sie machte sich Vorwürfe. Die ganze Zeit dachte sie darüber nach, was sie anders hätte machen können. Sie zermarterte sich den Kopf, wo Cora sein könnte.

Und sie kam nie auch nur einen Schritt weiter.

Ihr Kopf schmerzte noch immer von dem Versuch, eine Vision zu erzwingen. Und sie hatte ein schlechtes Gewissen, weil sie sich so sehr nach Tyler sehnte, dass die Sorge um Cora manchmal, für ein paar Minuten, in den Hintergrund rückte.

Sie fühlte sich wie eine Verräterin. An ihrer Freundin und auch an ihrer Mutter, deren Leben von ihr abhing.

Sie hatte die Warnung der Sternenseherin in den Wind geschlagen, sie einfach abgetan. Nur um einsehen zu müssen, dass sie in allem recht hatte.

Diese Erkenntnis war bitter, sie untergrub das Bild, das Bell von sich selbst hatte. Doch am schlimmsten war, dass ihre Gedanken trotzdem immer um Tyler und seine Küsse kreisten.

Und um das Gefühl, dass sie während ihrer Vision hatte. Das Feuer brannte pausenlos in ihr. Es ließ ihr keine Ruhe. Und es ängstigte sie, was noch aus ihr werden konnte.

Cora.

All ihre Gedanken musste sie auf Cora richten.

›Nimm dich endlich zusammen‹, sagte sie sich energisch, als sie aus der Hütte trat. ›Es geht nicht um dich. Je eher du das akzeptierst, desto leichter wird es. Für Tyler hast du noch Jahrzehnte Zeit, wenn wir erst wieder zurück sind.‹

Draußen fand sie Saw, der wie ein gefangener Tiger seine Runden drehte. Er hatte noch weniger Schlaf bekommen als sie. Unter seinen grünen Augen lagen dunkle Schatten.

Er sah sie und kam sofort zu ihr herüber. Die Angst war noch da, doch die Wut war abgeebbt, wie Bell erleichtert feststellte.

»Es tut mir leid, was ich gestern zu dir gesagt habe«, sagte er. Sein schwarzes Haar war zerzaust und sein Hemd schief geknöpft. Die Sorge zerfraß ihn.

»Danke. Ich bin dir nicht böse, weil ich weiß, wie es dir geht. Wir versuchen es heute erneut. Heute finden wir sie, Saw.« Während sie das sagte, fragte sie sich, wie sie dieses Versprechen abgeben konnte. Sie schüttelte den Kopf. Weil sie davon überzeugt war. Sie mussten heute weiterkommen, es gab keine Alternative.

Sie vertrat sich die Beine und versuchte, sich auf ihre Aufgabe zu konzentrieren. Mit dem Wind klärte sie ihre Gedanken und mit den Füßen auf der Erde suchte sie den Halt, den sie verloren hatte. Sie wusch die Gedanken ab, die sie nicht gebrauchen konnte und versuchte, die Hitze in ihrem Inneren abzukühlen.

All ihre Gedanken waren nur auf die Suche nach Cora gerichtet. Ihre beste Freundin seit so vielen Jahren.

Sie war bei Coras Geburt dabei, hatte gesehen, wie der Baumstamm das kleine Wesen freigegeben hatte. Damals war sie selbst noch winzig, kein Jahr alt, doch sie und Saw hatten Cora auf die Welt geholfen. Baumgeborene Dryaden waren ungefähr so groß und entwickelt wie vierjährige Menschenkinder. Sie kamen zurecht, wenn sie in eine Gemeinschaft wie ihre hineingebracht wurden.

Bell erinnerte sich noch gut an Saws Miene, als er Coras kleines Gesicht zum ersten Mal sah. Sie schlug ihre braunen Augen auf und sah ihn an. Dann lächelte sie.

Das war der Moment, in dem Saw sein Herz an sie verlor.

Um nichts in der Welt konnte sie zulassen, dass diese Liebe Schaden nahm.

Sie musste Cora finden.

Endlich kamen auch die letzten Dryaden aus der Hütte. Bell blickte in unsichere und ängstliche Gesichter. Trotzdem waren alle wildentschlossen, die Vermisste zu finden.

»Helly und Feliné, ihr geht mit Albion«, legte sie fest. »Cyntha und Brooke, ihr begleitet Saw. Tyler, wir gehen allein. Gebt euer bestes. Heute finden wir sie.« Bevor jemand protestieren konnte, drehte sie sich um und lief los.

Sie hatte keine Zeit zu verlieren.

Cora wurde seit einem halben Tag vermisst und sie hatte Angst, was ihr zustoßen konnte, je mehr Zeit verstrich.

Sie musste jetzt handeln.

Hinter sich hörte sie Tylers Schritte.

»Ich habe mit zwei Vierergruppen gerechnet«, sagte er, als er sie einholte.

»Ich habe darüber nachgedacht, aber wir zwei sind am schnellsten. Du weißt, was ich denke, und das verschafft uns einen Vorteil«, erwiderte sie.

»Hast du eine Idee?«, fragte er.

»Nur einen Plan. Wir gehen zurück zu der Stelle, an der sie verschwand. Ich habe das Gefühl, dass wir etwas übersehen haben.«

»Bell.« Tylers ernster Tonfall ließ sie anhalten. Seine Miene war wachsam, als sie sich umdrehte. »Es besteht die Möglichkeit, dass wir sie nicht finden.«

»Ich weiß. Aber darüber will ich jetzt nicht nachdenken.« Sie lief weiter und biss die Zähne zusammen.

»Bell.« Abermals blieb sie stehen. Tyler schloss zu ihr auf und ergriff ihre Hand. Sie kämpfte gegen das Feuer, das auf seine Berührung reagierte. »Du musst dir Gedanken darüber machen, wie lange wir nach ihr suchen können. Wir dürfen Xarenia nicht vergessen.«

»Werde ich nicht. Aber ich habe noch Hoffnung für Cora. Und ganz sicher lasse ich sie nicht im Stich.« Sie lief wieder los. Der Weg bis zur Stelle ihres Verschwindens dauerte beinahe eine Stunde, doch er kam Bell viel weiter vor. Ihr Herz pochte gegen ihre Rippen. Sie ignorierte den Schmerz.

Endlich stand sie wieder vor dem Schaufenster mit den Blumenkleidern.

Sie drehte sich um die eigene Achse und suchte nach etwas, das Coras Aufmerksamkeit erregt haben könnte.

Da war nichts.

Sie schloss die Augen und lehnte sich gegen die Scheibe. Dann musste sie es so versuchen, egal wie gefährlich es wurde. Tyler stand neben ihr, er wartete.

Sie konzentrierte sich auf ihren Körper, zentrierte sich. Klärte ihren Geist, schickte alle Gedanken fort.

Sie war nicht bereit, einfach so aufzugeben.

Irgendwo am Rande ihres Bewusstseins regte sich etwas. Es war, als läge ein Ton in der Ferne.

Eine Note, vergänglich wie ein Windhauch.

Sie drehte den Kopf nach links.

Da war noch einer. Und noch einer.

Sie formten eine Melodie, die Bell kannte.

Sie riss die Augen auf und lief einfach los.

Tyler rief ihren Namen, doch sie rannte weiter. Er sollte ihr folgen. Sie musste den Ton suchen.

Inzwischen liefen Albion, Helly und Feliné Richtung Westen. Sie waren angespannt und sorgten sich um Cora, doch gleichzeitig war da etwas anderes, das Feliné beschäftigte: Sie konnte sich keinen Reim auf Bells Verhalten machen.

Ihre Freundin und Anführerin veränderte sich jeden Tag ein wenig mehr, seitdem sie hergekommen waren. Feliné hatte das Gefühl, sie zu verlieren. Die Anspannung zwischen ihr und Tyler war ihr nicht entgangen und sie machte sich darüber Gedanken.

Es war nicht richtig, gegen Xarenias Regeln zu verstoßen. Es gab sie aus gutem Grund.

Alles andere führte zu Problemen, wie sie jetzt auftauchten. Sie musste mit Bell darüber sprechen. Vielleicht konnte sie helfen.

Doch fürs Erste hatte Cora Vorrang.

Helly war nervös, doch Albion schritt schweigend voran. Er und Saw hatten sich wegen Cora gestritten. Gestern, vorgestern und schon vor ihrer Abreise. Seitdem schwelte ihre Feindseligkeit wie Glut, die sich jederzeit wieder entfachen konnte. Obwohl Feliné den Hintergrund nicht kannte, gefiel ihr dieses neue Problem nicht. Sie mussten zusammenhalten. Für Feindseligkeiten war in ihrer Gruppe kein Platz.

Am Ende ging es darum, Xarenia zu retten. Persönliche Belange und Gefühle mussten hintenan gestellt werden. Sonst kamen sie nicht rechtzeitig zurück.

Feliné schluckte. Sie *mussten* rechtzeitig zurückkommen. Ein Leben ohne ihre Göttin konnte sie sich nicht vorstellen. Und sie wollte, dass sie alle zurückkamen. Es war keine Option, Cora verloren zu geben.

Glücklicherweise sah Bell das genauso.

Sie brauchten einen Plan, irgendeine Methodik, nach der sie Cora suchen konnten. Sinnlos durch die Stadt zu laufen brachte sie ihrem Ziel nicht näher. Zwei Straßen noch, schwor Feliné sich, dann wollte sie ihre Begleiter zu sich rufen und mit ihnen sprechen.

Sie bogen um eine Häuserecke.

Plötzlich blieb Albion wie angewurzelt stehen.

»Was ...«, begann Feliné, da sah sie sie: eine Frau mit feuerroten Haaren. Sie erstarrte. Alle ihre Sinne schlugen Alarm. Von der Fremden ging eine tödliche Gefahr aus.

Helly verbarg sich hinter Albions Rücken, doch er sah die Rothaarige kühl an. Sie erwiderte seinen Blick.

Etwas geschah zwischen ihnen, doch Feliné hatte keine Ahnung, was. Sie sah nur, dass Albion keine Angst vor ihr hatte. Stattdessen starrte er sie an, als sei ihm eine Göttin erschienen.

»Feliné?«, flüsterte Helly, deren blaue Augen angstvoll geweitet waren. Felinés Knie waren merkwürdig weich.

Bell hatte ihnen gesagt, sie sollten fliehen, wenn sie in Gefahr waren, doch ihre Beine fühlten sich schwer wie Blei an. Von Flucht konnte keine Rede sein, außerdem wirkte die Frau so athletisch, dass sie ihr kaum davonlaufen könnten.

Felinés Kehle war wie zugeschnürt und sie wusste nicht, was sie tun oder sagen sollte. Ihre Hände zitterten und um ein Haar hätte sie ihre Leier fallen lassen.

Der Blick der Rothaarigen war auf Albion gerichtet. Ihre Hand wanderte zu dem Holster an ihrer Seite und ihre Muskeln spannten sich zum Sprung an, während sie ihr Gegenüber keine Sekunde aus den Augen ließ.

Entschlossen machte sie einen Schritt auf die anderen zu.

»Albion, lauf!«, schrie Helly und zerrte an Albions Ärmel. Feliné stand wie angewurzelt neben den beiden, unfähig, sich zu bewegen.

Albion jedoch hielt die Fremde mit seinem Blick fest.

»Warte«, sagte er. »Sie ist kein normaler Mensch.« Helly erstarrte. Die Fremde straffte sich, machte einige schnelle Schritte zu ihnen herüber und baute sich vor ihnen auf.

»Ihr doch auch nicht!«, sagte sie drohend. Helly wich zurück und zog erneut an Albions Ärmel.

Feliné machte ebenfalls einige Schritte zurück, doch Albion blieb einfach stehen und sah sie auffordernd an. Er unterschätzte definitiv, wie gefährlich sie war, denn Feliné war sich sicher, dass sie sie alle töten könnte.

Sie wollte wegrennen, doch sie ahnte, dass sie nicht schnell genug war.

Die Frau zog eine Waffe aus dem Holster und richtete sie auf sein Gesicht. »Was wollt ihr hier?«, fragte sie und kniff die Augen zusammen. »Seid ihr etwa auch auf der Suche nach dem Energiezentrum? Das könnt ihr vergessen, es gehört uns!« Feliné schnappte nach Luft.

»Das werden wir sehen«, erwiderte Albion mit einer Ruhe, die an Todessehnsucht grenzte. Die Mündung der Waffe zielte genau zwischen seine Augen. Feliné sah, wie sich der Finger der Fremden am Abzug spannte. Sie schloss die Augen.

Das war's.

Und sie konnten Bell und den anderen nicht einmal sagen, was sie wussten.

»Gegen meine Freunde und mich habt ihr keine Chance«, sagte die Rothaarige mit einem verächtlichen Lächeln. »Euch zu töten wäre ein Leichtes. Legt euch niemals mit den Priestern Orans, des Kriegsgottes, an!«

Albion erwiderte ihren Blick gelassen. Erkannte er nicht, wie tödlich die Waffe in ihrer Hand war? Feliné wich zurück und sah sich nach Fluchtwegen um. Sie musste es zumindest versuchen. Sie würde sich nicht einfach auf offener Straße töten lassen.

Das Klicken der Waffe ging ihr durch Mark und Bein, als die Priesterin sie entsicherte. Die Dryaden hatten das Geräusch schon in den letzten Tagen gehört.

Es schien, als sei es allgegenwärtig. Sie fragte sich, ob Cora der Frau in die Hände gefallen war. Ob sie schnell gestorben war.

Sie hoffte es. Genau wie sie hoffte, dass es bei ihr, Helly und Albion gleich schnell ging.

Albion jedoch rührte sich immer noch nicht und seine Mundwinkel zuckten, als wolle er sie auslachen.

»Wenn ich du wäre, würde ich rennen«, sagte die Fremde. Er schüttelte langsam den Kopf und das Lächeln wurde breiter. Er hatte ein Glitzern in den Augen, das Feliné Angst machte.

Die Priesterin spannte die Muskeln in ihrem Zeigefinger an, als Sirengeheul die Stille zerriss. Feliné fuhr herum. Ein paar der furchtbaren Metallgefährte der Menschen kamen angefahren. Diese hatten blaues Licht auf den Dächern und blecherne Sirenen hallten über die Straße.

Die Frau fluchte und wandte sich zu dem ersten Streifenwagen um, nun beide Pistolen erhoben.

Feliné stieß Albion beiseite. »Wir müssen fliehen!«, rief sie. Er rührte sich nicht. »Albion, bei allen Göttern! Komm endlich!« Er sah durch sie hindurch. Feliné wechselte einen panischen Blick mit Helly. Sie konnten ihn nicht zwingen.

»Lassen Sie die Waffen fallen und stellen Sie sich mit dem Gesicht zur Wand!«, rief einer der Menschen, die sich hinter den offenen Türen ihrer Fahrzeuge verschanzten und mit Schusswaffen auf die Frau zielten.

»Albion!«, rief Helly und warf sich mit ihrem ganzen Gewicht gegen ihn. Endlich erwachte er aus seiner Starre und schüttelte langsam den Kopf.

»Aber ...« Sein Blick hing an der Fremden.

Feliné packte sein linkes Handgelenk, Helly das rechte. Gemeinsam zerrten sie ihn weg von ihr, zurück um die Häuserecke. Die Priesterin würde sich nicht ergeben, das war Feliné klar. Wenn sie jetzt nicht verschwanden, landeten sie mitten in der Konfrontation.

Sie hörten jemanden schreien, dann zerrissen Schüsse die Luft. Helly presste sich an die Hauswand, sie war kreidebleich. Albion drehte sich um.

»Vergiss es!«, rief Feliné, sie war außer sich vor Angst. »Willst du etwa zurück?«

Albion antwortete nicht. Stattdessen ging er in die Hocke und warf einen Blick um die Häuserecke. Es war, als zöge ihn eine fremde Macht zurück. Er musste sie noch einmal sehen. Nur einmal noch ...

Eine Kugel peitschte Zentimeter an seinem Gesicht vorbei und er wich erschrocken zurück. Doch er konnte nicht anders, als sich erneut vorzulehnen. Er musste wissen, was sie tat. Ob sie lebte.

Die Priesterin zielte auf die Köpfe der beiden Polizisten.

»Legen Sie die Waffen auf den Boden und stellen Sie sich mit dem Gesicht zur Wand!«, forderte einer und richtete seine Waffe auf sie.

Sie schüttelte den Kopf. »Lasst mich in Ruhe und ich werde euch nichts tun.«

»Seien Sie vernünftig und legen Sie die Waffen weg! Das ist die letzte Warnung!«

Albions Atem stockte. Sie würde sich nicht ergeben. Niemals. Die Sehnen ihrer Arme spannten sich, ein grimmiges Lächeln stahl sich in ihr Gesicht, als sie die Pistolen hob und erneut feuerte.

Sie tötete einen Polizisten, den anderen verletzte sie schwer. Die Kugeln zerstörten Scheiben von Geschäften und bissen Löcher in die Wände der Häuser. Der Lärm war ohrenbetäubend.

Hinter Albion pressten sich Helly und Feliné an die Backsteinmauer des Hauses und hielten sich die Ohren zu. Helly liefen Tränen der Verzweiflung über das Gesicht. Albion rührte sich nicht, er war wie gelähmt.

Mit stummer Faszination beobachtete er das blutige Schauspiel vor sich. So etwas hatte er nie zuvor gesehen. Dryaden mieden Menschen und die Rothaarige zeigte ihm, warum. Er konnte den Blick nicht von ihr abwenden. Adrenalin pumpte durch seine Adern und zweimal zuckte er in ihre Richtung, als er befürchtete, sie sei getroffen.

War er verrückt geworden?

Sie wollte ihn töten. Es hatte nicht viel gefehlt.

Zwei weitere Streifenwagen erreichten den Kampfplatz.

Die Priesterin ging in die Hocke und legte auf die neuen Gegner an.

Sie war zu schnell für sie. Zu präzise. Zu tödlich.

Als die Waffen schließlich schwiegen, glühten die Läufe ihrer Waffen. Die Priesterin sah sich um. Sie hatte einen Streifschuss an der Wange abbekommen. Blut lief ihre goldbraune Haut hinunter. Sie wischte es zornig ab.

Albion beobachtete, wie sie sich umsah, in sich aufnahm, was sie angerichtet hatte. Sie atmete tief durch und schloss die Augen. Genoss sie es? Bedauerte sie es, die Leben genommen zu haben?

Ihre Blicke trafen sich, ihre Lippen öffneten sich leicht, als wolle sie etwas sagen.

Albions Herz machte einen Satz, doch bevor er etwas unternehmen konnte, ertönten die Sirenen weiterer Einsatzfahrzeuge. Sie rammte ihre Pistolen in die Holster und verließ den Ort ihres Kampfes. Sie rannte so schnell, niemals hätten sie vor ihr fliehen können.

Albion sah ihr nach und fühlte sich seltsam.

Jemand riss an seinem Hemd.

»Komm endlich, du Wahnsinniger!«, keifte Helly. Ihr Gesicht war rot vor Zorn. »Oder willst du warten, bis sie zurückkommt und dich doch noch umbringt?«

Er schüttelte den Kopf, doch seine Gedanken wirbelten durcheinander und ließen sich nicht fassen. Wie in Trance lief er hinter Helly und Feliné her.

Er verstand nicht, was gerade geschehen war.

Bells Füße liefen immer weiter, als hätte sie keine Kontrolle über sie. Ihr Kopf dröhnte und ihre Hände fühlten sich taub an. Wie eine Schlafwandlerin folgte sie der Melodie, die sie von Zuhause kannte. Tyler lief neben ihr, er schwieg. Ihr fehlten ohnehin die Worte.

Die Melodie verstummte und sie blieb stehen.

»Bell?«, fragte er vorsichtig.

»Die Musik«, flüsterte sie. Er schwieg. Sie sah sich um, ihr Blick blieb an seinem Gesicht hängen. Seine grauen Augen blickten sie sorgenvoll an.

»Hast du sie nicht gehört?« Er zögerte, dann schüttelte er den Kopf. Bell schluckte. Wie konnte das sein? Sie war doch deutlich zu hören gewesen!

»Ich war mir ganz sicher«, murmelte sie. Da war es wieder. Bell sah Tyler an. Seine Augenbrauen hoben sich verblüfft. Jetzt hörte er es also auch.

»Schnell!« Sie setzte sich wieder in Bewegung. Die Musik wurde lauter. Eine Bratsche, zweifellos. Sie kannte dieses Instrument. Beinahe so gut wie den Klang ihres Cellos oder von Tylers Kontrabass.

Es konnte nur Cora sein. Es *musste* Cora sein.

Sie lebte!

Tränen stiegen in Bells Augen, als sie die Straße hinunter hastete. Endlich ein gutes Zeichen! Sie behielt recht. Allen Göttern sei Dank!

Sie blinzelte die Tränen weg. Sie musste einen klaren Kopf behalten. Und gleich alles tun, um Cora zu retten, denn sie war gewiss nicht freiwillig hier.

Endlich war die Musik so nahe, dass sie das Haus ausmachen konnte, aus dem sie erklang.

Sie hielt auf ein Gebäude aus rotem Backstein zu. Es sah verwahrlost aus, die Musik passte nicht zu diesem Ort, aber sie kam eindeutig von hier. Atemlos blieb Bell davor stehen. Es hatte drei Stockwerke und nur einen Eingang. Aber einer reichte ihr.

»Warte«, sagte Tyler, als sie zur Tür gehen wollte. »Cora wird hier festgehalten. Jemand trägt dafür die Verantwortung, er könnte uns angreifen, wenn wir einfach hineinstürmen. Wir müssen erst herausfinden, wo sie genau ist. Am besten holen wir die anderen.«

Bell schüttelte den Kopf. »Ich weiß nicht, wie viel Zeit wir haben. Was, wenn sie etwas mit ihr machen wollen? Oder schon gemacht haben.« Sie durfte nicht darüber nachdenken. Die Gedanken waren lähmend.

Sie musste sich darauf konzentrieren, dass sie lebte. Dass es ihr immerhin so gut ging, dass sie musizieren konnte.

Doch die Melodie war traurig und Bells Herz schmerzte.

Sie musste jetzt handeln. Etwas anderes kam nicht infrage. Tyler sah sie an. Er verstand.

Sie schaute sich um und entdeckte seitlich am Haus ein metallenes Treppengerüst. Sie presste die Lippen zusammen und kämpfte gegen ihre Angst. Das Gerüst war aus Eisen, dem Metall, gegen das Dryaden allergisch waren, doch sie musste es versuchen. Wenn sie vorsichtig war, blieb sie hoffentlich verschont und verletzte sich nicht.

Bevor Tyler etwas sagen konnte, rannte sie zu dem Gerüst, dabei wickelte sie ihre weiten Ärmel um ihre Hände. Der Stoff rutschte von ihren Schultern, doch das störte sie nicht. Nur Cora zählte.

Sie sprang hoch und packte die unterste Sprosse der Leiter. Mit einem Ächzen rutschte sie hinunter und ermöglichte es Bell, hinaufzuklettern. Tyler rief ihren Namen und folgte ihr behände. Eine solch starre Leiter war ein Leichtes im Vergleich zu den Zweigen eines Baumes.

Ihr Herz schlug ihr bis zum Hals, sie folgte nur noch den Tönen, die immer lauter wurden. Cora musste hier sein. Sie war schon so nahe.

Tyler packte sie am Handgelenk und hielt sie auf. Sie wollte etwas sagen, doch er hielt sich den Finger an die Lippen und deutete nach unten.

Zwei Männer kamen die Straße entlang. Sie redeten miteinander: »Sie macht schon den ganzen Morgen Musik. Ich kann dieses Gequietsche nicht mehr ertragen«, sagte der Erste. Er trug eine lederne Weste und hatte sein langes Haar zu einem Zopf gebunden. Seine nackten Arme waren voll schwarzer Zeichnungen. Der andere Mann trug einen dunklen Anzug und ein weißes Hemd. Sein Haar war kurz und braun. Er und der andere passten nicht zusammen.

»Und was ist so Besonderes an ihr? Musikerinnen gibt es wie Sand am Meer. Damit macht ihr keinen Eindruck.«

»Mag sein, aber sie ist anders. Al hat sie auf dem Markt aufgegriffen. Wenn du sie siehst, fragst du nicht mehr. Ich dachte als erstes, sie wäre auf dem Weg zu einem Märchentreffen, aber sie ist echt. Eine echte Elfe. Das wird ihm gefallen. Todsicher. Und wenn er sie nicht will, fallen mir viele Sachen ein, die ich mit ihr machen kann. Und mit ihrer Geige, wenn sie sie so gern hat.«

Bell starrte Tyler an. Es brauchte keine Worte. Es ging um Cora. Sie war hier. Und in höchster Gefahr.

Bell kletterte die Leiter so schnell hinauf, dass der Stoff ihres Ärmels verrutschte und sie sich die Hand an dem Eisen verbrannte. Sie spürte es kaum. Die Musik kam aus dem zweiten Stock, sie erspähte das Fenster. Es war nicht vor dem eisernen Gerüst, sondern daneben. Bell schluckte, wickelte ihre Ärmel erneut um ihre Hände und kletterte über das Geländer.

»Warte!« Tyler packte ihre Hand und hielt sie auf. »Lass mich dir doch helfen!«

»Wir müssen uns beeilen. Diese Männer kommen, um sie zu holen«, beharrte sie und riss sich los.

»Pass trotzdem auf. Wenn du abstürzt, kannst du ihr nicht mehr helfen«, beschwor er sie. Bell nickte und schlang ihre Finger um sein Handgelenk. Mit den Füßen auf der äußersten Kante des Gerüsts lehnte sie sich vor und stützte sich an dem Sims des Fensters ab.

Im Zimmer saß Cora auf dem Fußboden und umklammerte ihre Viola. Als Bell klopfte, fuhr sie zusammen und verbarg ihr Gesicht in ihren Händen. »Cora!«

Coras Kopf ruckte hoch. Ihre Augen wurden riesig, als sie Bell erkannte und sie rannte zum Fenster. Die Scharniere quietschten, als sie es mühsam einen Spalt öffnete.

»Komm schnell. Sie sind auf dem Weg zu dir«, rief Bell verhalten. Tränen schossen in Coras Augen.

»Ich kann nicht. Das Fenster lässt sich nicht weiter öffnen«, schluchzte sie.

»Wirf dich dagegen, wir haben nicht viel Zeit«, sagte Bell. Cora schüttelte den Kopf.

»Es ist zwecklos, ich habe es schon versucht.« Sie schluchzte wieder.

»Dann zerstöre das Glas.« Coras Augen weiteten sich. »Mach schon!«, drängte Bell.

Cora drehte sich um und rannte zur Tür. Sie schob ein Möbelstück davor und griff dann nach einem kleinen Gegenstand. Sie kam zurück und schlug damit gegen die Scheibe, doch es hatte keinen Zweck. Bell sah ein, dass sie das Glas so nicht zu Bruch brachte. Sie drehte sich zu Tyler um, der sich hektisch umsah. Er legte Bells Finger auf das Geländer und hob etwas vom Boden auf.

»Ich höre sie!« Cora klebte am Fenster. Ihre Augen schwammen vor Tränen. »Bitte, Bell, tu doch etwas!«

Bell angelte nach dem Gegenstand, den Tyler ihr reichte. Eine Eisenstange. Sie konnte sie nicht richtig halten, wenn sie den Ärmel um ihre Hände ließ. Sie biss die Zähne zusammen und nahm sie in die bloße Hand.

»Tritt zurück!« Cora wich beiseite, als Bell ausholte, sich gegen das Eisengeländer stemmte und mit aller Macht gegen die Scheibe hieb. Sie zerbarst in tausend Teile.

Von ihrer Hand stieg ein widerlicher Geruch nach verbranntem Fleisch auf.

Bell schlug ein zweites Mal zu und die Splitter regneten in das Zimmer. Sie hörte Stimmen. Jemand hämmerte gegen die Tür.

Sie ließ die Eisenstange fallen und streckte ihre Hand nach Cora aus. Das hatten sie als Kinder oft gespielt: Einer lief los und der andere fing ihn auf, während er im Baum hing. Dieses Mal war es kein Spiel.

Cora verstand. Der Mut der Verzweiflung trat in ihr Gesicht, als sie Anlauf nahm und durch das zerbrochene Fenster sprang. Bell packte ihre ausgestreckte Hand und wurde hinuntergerissen. Tyler schrie auf und warf seine Hände um ihre Taille.

Bell schlang ihre Beine um das Geländer und nutzte Coras Schwung, um sich einmal um die eigene Achse zu drehen. Es gab einen Gong, als ihre Freundin gegen das Eisen schlug und sich daran festklammerte.

Cora stieß einen Schmerzensschrei aus, als das Eisen ihre Hände verbrannte, doch sie kletterte hinüber und half Tyler, Bell über die Absperrung zu ziehen.

Im Zimmer wurde die Tür aufgetreten und schlug mit einem Poltern gegen die Wand.

Die Dryaden tauschten einen Blick. Sie schafften es nicht, das Gerüst zu verlassen, bevor die Männer das Fenster erreichten.

»Wo ist sie?«

»Das Fenster!« Die Männer stürzten heran.

Wie eine Person gingen sie in die Knie und sprangen. Ihre Finger schlangen sich um den Boden der nächsten Ebene und Qualm stieg von den Verbrennungen auf.

Ohne auf den Schmerz zu achten, zog Bell sich hinauf. Ihre Haut warf Blasen, doch sie merkte es kaum noch. Zitternd half sie Cora hinauf, Tyler stand bereits. Unter sich hörten sie die Stimmen der Männer, sie sahen aus dem Fenster.

»Sie kann doch nicht weg sein!«

»Aber das Fenster ...« Der Mann mit der Lederweste drehte den Kopf. Bell wich zurück und presste sich an die Hauswand. Die anderen taten es ihr gleich. Stumme Tränen rannen über Coras Wangen. Bell tastete nach ihrer Hand und lächelte.

Sie ließ nicht zu, dass ihr etwas geschah.

»Verdammte Scheiße, die Feuerleiter!«

»Sie muss Helfer haben, aber ...« Unten klapperte etwas in der Seitenstraße. Bell presste sich enger an die Wand. Sie durfte jetzt keinen Fehler machen.

»Was war das?«

»Runter, aber schnell. Die kriegen wir. Dieses kleine Miststück wird sich wünschen, nie geboren worden zu sein!«

Damit hatte Bell gerechnet. Sie mussten sich verstecken, bevor die Männer andere informierten. Das Dach war ihre einzige Chance.

Wortlos deutete sie hinauf. Das Gerüst endete im dritten Stock, über ihnen kam nur noch das Dach. Tyler ging in die Knie und half erst ihr und dann Cora hinauf. Sie legten sich auf den Bauch und zogen ihn herauf zu sich.

Endlich schloss sie Cora in ihre Arme. Ihre Freundin schluchzte tonlos in ihre Tunika, sie zitterte am ganzen Körper.

Unter ihnen erreichten die Männer die Straße, sie hörte ihre Stimmen.

»Wir sind hier nicht ewig in Sicherheit«, sagte Tyler. »Sie werden zurückkommen und nach Cora suchen, wenn sie sie in der Nähe nicht finden.«

Bell nickte. »Beobachte sie. Sobald sie außer Sicht sind, gehen wir runter.«

Tyler nickte und bezog Position am Häuserdach, während Bell Cora in den Armen barg.

Ihre Hände brannten wie Feuer.

Das war egal. Nur ihre Freundin zählte. Den Hals ihrer Bratsche hatte sie in ihren Gürtel geklemmt, es war ein Wunder, dass das Instrument das alles unbeschadet überstanden hatte.

Nein, nicht ganz unbeschadet, eine Saite war gerissen, doch das war nichts.

Während Cora sich langsam beruhigte, flocht sie deren tannennadelgrünes Haar zu einem Kranz. Jede Bewegung schmerzte und ihre gebrochene Rippe pochte vor Pein. Es musste sein, sie musste sich um Coras Haar kümmern. Menschen kannten solche Haarfarben nicht und es machte sie zu auffällig.

Zu leicht zu erkennen.

Tyler nahm die Viola an sich, als Bell beide Ärmel ihrer Tunika abriss. Einen schlang sie um Coras Kopf, mit dem anderen verband sie ihre und die Hände der anderen.

In der Hütte hatte sie eine Salbe, die den Schmerz linderte. Sie mussten nur endlich dorthin kommen.

»Sie sind weg«, sagte Tyler. Bell wartete noch einen Moment, dann rappelte sie sich auf.

Leise wie Katzen schwangen die Dryaden sich an dem Eisengerüst hinunter und verließen den Ort in die andere Richtung.

Bell verschränkte ihre Finger mit Coras. Sie weinte immer noch leise, doch das Schlimmste hatte sie überstanden.

Zumindest hoffte Bell das.

*

Zara und die Priester

W as ist passiert?«

Madison fuhr alarmiert hoch, als Zara ins Haus stürmte, die Tür hinter sich zuwarf und keuchend die Hände auf die Knie stützte. Sie war schweißgebadet.

Jetzt sah Madison das Blut.

Mühsam rappelte sie sich auf und winkte Morgan, die gerade Messerwerfen übte. Ihre Schulter brannte wie die Hölle, doch das war egal. Morgan legte ihre Messer weg und deutete Zara, sich zu setzen, damit sie sie behandeln konnte. Madison ließ sich neben ihr nieder.

»Waren es die Kobras? Und wo ist Cory?«, fragte sie.

»Ich habe Bekanntschaft mit der Polizei gemacht. Die Ordnungshüter und ich werden keine Freunde. Cory und ich haben Kobras entdeckt und uns aus den Augen verloren. Ich hoffe, er kommt gleich zurück. Wir haben aber ein anderes Problem«, berichtete Zara.

Madison stöhnte. »Warum nur habe ich den Eindruck, dass es jeden Tag mehr Probleme werden?«

»Weil es so ist.« Zara zuckte zusammen, als Morgan ihre Wunde mit Alkohol reinigte. »Ich habe andere getroffen, Fremde, die mir wegen ihrer Energie aufgefallen sind. Ich weiß nicht genau, wer sie sind, aber es besteht kein Zweifel: Sie sind aus dem gleichen Grund hier wie wir. Sie suchen die Energiequelle.«

Morgan hielt im Verarzten inne und sah sie groß an. Madison atmete tief ein und stand auf.

»Ich hole die anderen. Candle, Nadie und Gotham sind bereits zurück. Sie hatten auch einiges zu berichten«, sagte sie und schleppte sich zur Treppe.

Wie in Zeitlupe säuberte Morgan Zaras Wunde. Die Hohepriesterin bemerkte, dass ihre Hände zitterten. Sanft fing sie ihre Finger ein und hielt sie still. »Mach dir keine Sorgen.«

»Aber Maddy hat recht: Wir finden immer mehr Gegner, immer mehr Gefahren, die es uns immer schwerer machen«, erwiderte Morgan leise und sah zu Boden. »Erst diese Rocker, dann die Polizei und jetzt fremde Wesen ... Ich mache mir Sorgen, wie wir damit fertig werden.« Das tat Zara auch, doch ihr fielen keine tröstenden Worte ein.

Die Tür ging erneut auf und Cory kam herein. Er war unverletzt. Zara fiel ein Stein vom Herzen.

»Ich habe nach dir gesucht und dein Massaker entdeckt«, sagte er. Sein Daumen fuhr über ihre Wange. »Ist alles in Ordnung?«

»Fast«, erwiderte sie und genoss seine Berührung.

»Du warst plötzlich verschwunden«, sagte er ohne Vorwurf. Sie nickte.

»Ja, du auch. Ich war so auf das Gespräch der Typen konzentriert, dass ich dich aus den Augen verloren habe«, erwiderte sie.

»Das darf bitte nicht wieder passieren, ich wäre beinahe durchgedreht«, sagte er leise. »Vor allem, als ich die Schüsse hörte.«

Sie lächelte ihn an. »Versprochen.« Ihr Geliebter nahm ihr Gesicht in seine großen Hände und besah die Wunde mit ernster Miene, dann küsste er sie schnell.

Zara gestattete sich diesen kurzen Moment des Glücks und straffte sich wieder, als er sie losließ.

Madison kehrte mit Candle, Nadie und Gotham zurück. Gleichzeitig öffnete sich erneut die Haustür und mit Stroke und Sill kehrten die Letzten zurück. Sie waren ebenfalls unversehrt, wie Zara erleichtert feststellte.

»Du sagtest, du hättest andere gefunden. Sind sie stark?«, fragte Madison und verzog das Gesicht, als sie sich setzte. Ihre Hand fuhr an ihre Schulter und sie stöhnte leise. Sofort war Stroke bei ihr. Sie winkte ab.

»Das kann ich nicht sagen, ich habe nicht gegen sie gekämpft. Aber sie erinnerten mich an Naturgeister«, berichtete Zara.

»So was wie Feen?«, fragte Candle stirnrunzelnd. »Auch das noch.«

»Ja, so was in der Art«, gab Zara zurück. Ihre Gedanken kehrten zu Albion und seinem Blick zurück. Zu seiner Stimme, die etwas in ihr berührt hatte. Als sie ihn sah, fühlte sie sich wie vom Blitz getroffen.

Ihr wurde heiß und kalt, wenn sie an diese Begegnung dachte. Sinnlos, es zu leugnen, der fremdartige Mann ging ihr nicht mehr aus dem Kopf.

Seine braunen Augen verfolgten sie. Er hatte sie beobachtet, als sie sich gegen die Schutzleute wehrte. Sein Blick lag die ganze Zeit auf ihr.

Gänsehaut bildete sich auf ihren Armen.

Warum? Was wollte er von ihr? Hatte er es auch gespürt?

Was wäre geschehen, wenn sie nicht angegriffen hätte? Hätte sie mit ihm und seinen Begleiterinnen sprechen und mehr über sie herausfinden können?

»Geht es dir gut?«, riss Corys Stimme sie aus ihrem Gedanken. Sie lächelte.

»Natürlich. Ich sortiere die Ereignisse gerade. Dazu war bisher noch keine Zeit.« Sie drückte seine Hand. »Mit dir an meiner Seite wäre es einfacher gewesen.«

Dann wäre Albions Gegenwart einfach an ihr abgeprallt.

Gegen Cory war er nichts.

»Nächstes Mal«, versprach er.

»Wenn sie das gleiche Ziel haben, werden wir ihnen zeigen, dass sie chancenlos sind«, meinte Gotham. »Wir erkämpfen uns die Quelle.«

»Das ist kein Problem«, sagte Stroke siegesgewiss und spannte seine Armmuskeln an. »Wir sind die besten Krieger der Welt. Wir werden mit allem fertig.«

»Wir müssen uns darauf einstellen, dass wir gegen Feen anders vorgehen müssen als gegen Menschen«, wandte Nadie ein. »Vielleicht sind sie immun gegen Schusswaffen. Das müssen wir bedenken.«

»Möglich«, entgegnete Zara und strich mit den Fingerspitzen über den Verband auf ihrer Wange. »Sie hatten Angst vor mir und flohen, als ich meine Waffen zog.«

»Zwei Dinge sollten uns aber klar sein«, ergriff Cory das Wort. »Erstens müssen wir auf der Hut sein. Ich habe gehört, wie die Kobras sich über Nadie und Madison unterhielten. Sie kennen eure Gesichter.«

»Und meins kennt mindestens die Polizei«, sagte Zara.

»Außerdem«, fuhr Cory fort, »brauchen wir Informationen über die Feen. Wenn wir ihren Aufenthaltsort kennen, können wir uns einen Plan überlegen. Vielleicht gibt uns das auch einen Hinweis darauf, was sie wirklich sind.« Zara nickte.

»Wir haben die *Schlangengrube* gefunden«, berichtete Gotham. »Bevor wir etwas unternehmen konnten, ertönten Schüsse, vermutlich von Zara. Aber wir wissen, wo die Bar ist. Wir können dorthin zurückgehen und es erneut versuchen. Außerdem hatte Candle einen guten Einfall.«

Alle wandten sich der jungen Kriegerin zu. Ihre Wangen röteten sich.

»Der Anführer der Kobras könnte die Energiequelle besitzen. Möglicherweise versteckt er sie in seinem Heim. Oder irgendwo, wo er damit seine Macht demonstrieren kann. Wir wollten einen der Kobras fangen und diese Information aus ihm herausquetschen«, berichtete sie.

»Gute Idee. Und wie gut, dass ihr die *Schlangengrube* gefunden habt. Ein weiterer Anhaltspunkt, der uns hilft«, sagte Zara.

Sill und Stroke waren ohne Ergebnisse zurückgekehrt.

»Am liebsten würde ich sofort zu der Bar zurückgehen«, sagte Candle.

Zara schüttelte den Kopf. »Jetzt sind sie alle alarmiert. Vielleicht rechnen sie mit uns. Ich möchte bis morgen warten.«

»Und morgen warten sie nicht mehr auf uns?« Candle lächelte entschuldigend unter Zaras strafendem Blick. »Tut mir leid. Du entscheidest.«

»Wir haben zwei Spuren: die Feen und die Kobras. Also teilen wir uns auf«, legte Zara fest.

»Ich kann versuchen, mehr über sie herausfinden«, sagte Sill. »Um die Ecke ist ein Buchgeschäft. Ich gehe hin und schaue, ob ich etwas Entsprechendes finde.«

»Tu das. Und wir anderen überlegen uns, wie wir die Kobras und die Feen am besten aufstöbern können«, sagte Zara. »Jeder Fitzel Informationen ist besser als nichts.«

Sill kehrte kurz darauf aus der Buchhandlung zurück und präsentierte ein Buch über Naturgeister.

»Feen«, las sie mit bedeutungsschwerer Miene vor. Sie setzte sich in einen Sessel im Aufenthaltsraum, baumelte mit den Beinen und blätterte in dem dicken Buch.

»Nette Bilder«, meinte Gotham und beugte sich über die Lehne. Die meisten Illustrationen zeigten weibliche Wesen mit wenig Kleidung. »Das würde dir auch stehen.«

»Ich werde sehen, was sich tun lässt, wenn du es dir dann ganz genau anschaust.« Sill grinste ihn frech an.

»Das lässt sich sicher einrichten«, erwiderte er.

»Aber bitte oben, das ertrage ich nicht«, mischte sich Candle ein. Gotham feixte und knuffte sie in die Seite. Candle war für ihn wie eine zweite Schwester. Die erste Schwester besah gerade Madisons Wunde und kräuselte die Stirn.

»Ist es wieder in Ordnung?«, fragte die Verletzte.

»Das geht nicht so schnell, wie du es dir wünschst, Madison. Da gibt es nur eine Sache.« Morgan suchte in ihrer Verbandstasche und holte einen Tiegel hervor.

»Bluttinktur?« Madison stöhnte. »Muss das sein?«

»Das Einzige, was ich dir anbieten kann, wenn es schneller gehen soll.« Morgan zuckte entschuldigend mit den Schultern. »Etwas anderes habe ich nicht.«

»Dann tu es. Aber tu es schnell.« Madison wendete den Blick ab und biss in den Ärmel ihrer Jacke, als Morgan die brennende Tinktur auftrug. Sie schnappte nach Luft und blinzelte die aufsteigenden Tränen weg.

Der strenge Geruch der Salbe verbreitete sich im Raum. Diese Medizin war ebenso bekannt wie gefürchtet, Morgan wandte sie nicht gern an, aber die Wirkung sprach für sich.

Candle hustete und öffnete das Fenster. »Widerlich.«

»Der Geruch ist das kleinste Übel.« Morgan verstaute den Tiegel wieder in ihrer Tasche und tätschelte Madisons Wange. »Maddy?« Madison rührte sich nicht, ihre Augen waren geschlossen und ihr Gesicht gerötet. Morgan seufzte. »Sie ist ohnmächtig geworden.«

»Kein Wunder«, meinte Candle. Das Brennen war beinahe schlimmer als die Wunde selbst.

Vorsichtig legte Morgan den Verband wieder an. Morgen schon sollte sie besser aussehen. Stroke hob seine Geliebte vom Sofa und trug sie die Treppe hinauf.

»Und was machen wir jetzt?«, fragte Candle.

»Ich recherchiere«, meldete sich Sill zu Wort.

»Sieht man gar nicht«, erwiderte Candle. »Sieht eher aus, als würdest du dir mit Gotham schlüpfrige Bilder ansehen. Mach lieber weiter, sonst bekommst du Ärger mit Zara.«

»Um Himmels Willen.« Sill rollte mit den Augen, vertiefte sich aber wieder in ihre Lektüre und schickte Gotham weg. Zara, Cory und Nadie waren noch einmal losgezogen, um die *Schlangengrube* auszukundschaften. Die anderen warteten auf nützliche Erkenntnisse aus Sills Buch. Diese blätterte seufzend weiter. »Was sagte Zara, wie sahen sie aus?«

»Sie sagte, sie seien so groß wie Menschen und hatten spitze Ohren. Grüne Kleidung, schmaler Körperbau«, erwiderte Morgan. Sill atmete auf. Wenigstens eine hatte sich die Beschreibung gemerkt. Auf Gothams Schwester war Verlass.

Sie blätterte weiter und zuckte mit den Schultern. »Das trifft auf die Hälfte aller Wesen im Buch zu. Das bringt mich kein Stück weiter.«

»Dann streng dich mehr an, Sill«, sagte Stroke, der gerade die Treppe hinunterkam. »Du hast versprochen, dass du etwas findest.«

»Versprechen kann man sich ja mal«, murmelte sie und blätterte erneut um. Ihre Augen wurden rund. »Oh, vielleicht habe ich hier etwas.« Die anderen kamen heran.

»Jetzt sind wir gespannt.« Interessiert beugte sich Gotham von hinten über sie und spähte über ihre Schulter ins Buch.

»Dryaden«, verkündete Sill. Die anderen starrten sie schweigend an. »Baumnymphen.«

»Sagt mir nichts«, erwiderte Stroke.

»Mir auch nicht, aber alles passt: so groß wie Menschen, spitze Ohren, Kleidung aus Blättern und schmaler Körperbau.« Sie hielt das Buch hoch und zeigte ihnen das Bild.

»*Sie lieben Musik*«, las sie vor. »Hat Zara etwas von Instrumenten gesagt?« Daran konnte sich keiner erinnern.

»Nun ja, das finden wir schon noch heraus. Aber immerhin haben wir eine Spur. Und ich habe eine Ahnung, wo sie sein könnten.«

»Der Park«, sagte Candle.

Sill sah sie beleidigt an. »Ja. Anscheinend ist das offensichtlich.«

»Allerdings«, stimmte Candle zu.

»Vollkommen egal«, unterbrach Stroke die Frauen. »Mich interessiert nur eins: Wie kann man sie töten?«

»Wo sie sich aufhalten, ist auch wichtig«, gab Sill zurück, vertiefte sich nach einem warnenden Blick von Stroke aber wieder in ihr Buch. »Hier steht, man muss ihren Baum fällen.«

Stroke warf ihr einen langen Blick zu. »Sonst noch was?«

»Ein Schuss mit einer goldenen Kugel.«

»Schon besser.« Der Heermeister richtete sich auf. »Sucht alles Gold zusammen, das ihr finden könnt.«

»Was ist denn hier los?« Zara stand in der Tür und betrachtete das Häufchen Schmuck und den angestellten Gasofen. »Seid ihr verrückt geworden?«

»Wir stellen goldene Kugeln her«, erwiderte Sill, die gerade eine Patrone mit einem Messer zerschnitt. »Für die Dryaden.«

»Die was?« Zara sah Cory an und zuckte hilflos mit den Schultern. Sill schob das Buch über den Küchenblock. Zara griff danach und betrachtete das Bild. »Oh.«

»Sind das deine Freunde?« Cory sah über ihre Schulter. Sie unterdrückte den Impuls, sich mit dem Buch zurückzuziehen. Ja, das waren sie, die Wesen, auf die sie gestoßen war. Es war nicht das Bild im Buch, das sie verbergen wollte, sondern die Bilder in ihrem Kopf, die wieder hochkamen: Die braunen Augen des Mannes, der ihr unerschrocken ins Gesicht blickte.

Sein Blick ließ sie einfach nicht los.

Schnell sah sie ihren Geliebten an. Das half ein wenig.

»Ja, das sind sie«, sagte sie dann.

»Hatten sie Instrumente dabei?«, fragte Sill. Zara durchforstete ihr Gedächtnis, doch abgesehen von seinem Gesicht konnte sie sich an keine Details erinnern. Sie hätte auch nicht sagen können, wie die beiden Frauen ausgesehen hatten, die ihn begleiteten.

»Ich weiß es nicht mehr. Vielleicht«, räumte sie ein und besah das Bild erneut. »Ansonsten stimmt alles.«

»Wir vermuten, dass sie sich im Park aufhalten«, sagte Candle. »Wegen der Bäume.«

»Das ist gut, dann können wir morgen dorthin gehen«, legte Zara fest.

»Was habt ihr herausgefunden?«, fragte Madison. Sie hatte nach ihrer Ohnmacht geschlafen und war nun, noch immer etwas blass um die Nase, wieder bei den anderen.

»Nichts«, erwiderte Cory. »Die Bar war geschlossen.«

»Geschlossen?« Stroke legte ein paar Goldringe in ein irdenes Gefäß.

»Stroke, das ist keine gute Idee«, sagte Madison.

»Wir müssen es zumindest versuchen«, beharrte er.

»Madison hat recht«, sagte Cory.

»Aber Dryaden kann man nur mit Gold töten«, beharrte Stroke.

»Oder man fällt ihren Baum«, warf Sill ein. Niemand hörte ihr zu.

»Wir kehren morgen zur Bar zurück«, nahm Zara das ursprüngliche Thema wieder auf. »Geht jetzt schlafen. Stell den Herd aus, Stroke. Das Tongefäß hält die Hitze nicht aus.« Stroke drehte murrend den Schalter um.

»Uns fällt etwas ein«, sagte Cory zu Stroke. »Morgen.«

Die Priester zogen sich zurück, auch Zara und Cory. Zara hatte das Gefühl, dass sie nicht halb so viel erreicht hatten, wie sie es sich vorgenommen hatte.

*

Bell und die Dryaden

*D*er Rückweg war weit. Bells ganzer Körper schmerzte und ihr war schlecht. Sie kamen kaum voran, ständig blieben sie stehen und lauschten.

Ein paar Mal sprangen sie in dunkle Gassen oder betraten Geschäfte, um sich zu verstecken.

Wenn es weiter so lange dauerte, war es Nacht, bis sie den Park erreichten. Sie wollte den anderen nicht noch mehr Sorgen antun.

»Was sollen wir machen?«, sagte Tyler und lauschte auf Motorengeräusche. Erneut kamen sie an Fernsehern vorbei, dieses Mal berichteten sie von einer Schießerei am helllichten Tag. Bells Hände wurden nass vor Nervosität.

Alle Sorgen, die sie zuhause gekannt hatte, waren nichts im Vergleich zu den Gefahren in dieser Stadt.

Cora sagte gar nichts mehr. Sie lief wie betäubt neben ihr und zuckte bei jedem lauten Geräusch zusammen. Ein Mann trat ihr in den Weg und sie brach in Tränen aus. Bell barg sie in ihren Armen und tröstete sie. Sie so zu sehen, tat ihr weh.

»Wir müssen einfach immer weitergehen«, antwortete sie Tyler. »Es gibt keine Alternative. Und wir dürfen uns niemals trennen lassen. Unter keinen Umständen.« Cora nickte schniefend.

Sie setzten ihren Weg fort und quälten sich die Straßen hinunter, bis sie endlich bekannte Häuser erblickten.

Bell fiel ein Stein vom Herzen.

Sie hatten es fast geschafft.

Als sie auf der Wiese stand, fühlte sie sich, als sei sie knapp einer Schlacht entkommen. Ihre Glieder wurden so schwer, dass sie kaum noch vorankam. Ihr Atem war zittrig und sie wollte nur noch schlafen.

Über die Wiese sah sie Saw auf sich zukommen. Der Paukist rannte wie um sein Leben und schloss seine Verlobte in seine Arme. Cora sank weinend in sich zusammen.

»Ihr habt sie ... wo habt ihr sie ... Danke.« Saw wiegte sie hin und her, dann hob er sie hoch und trug sie zur Weide.

Die anderen kamen ihnen entgegen, doch Bell sah neben Erleichterung noch etwas anderes in ihren Augen: Angst.

Ihre Eingeweide verknoteten sich.

Was war noch geschehen?

Cyntha lief los und holte die Salbe, mit der sie die Verletzungen behandelten. Bell ließ sich an den Wurzeln der Weide nieder und seufzte laut auf, als sie sie auf den Wunden verteilte.

»Das sieht ziemlich böse aus, Bell«, sagte Cyntha und wendete besorgt ihre Hände.

»Dass Cora wieder da ist, war es wert«, antwortete Bell.

»Was ist passiert?«, fragte Feliné. Bell berichtete von dem Haus und ihrer waghalsigen Flucht. Die Augen der Umstehenden wurden immer größer. Saw hielt Cora so fest, dass sie beinahe keine Luft mehr bekam. Cyntha wandte sich nun ihren Wunden zu.

»Wir dürfen einander nie wieder aus den Augen verlieren«, sagte Bell. »Wir können nicht riskieren, dass das noch einmal geschieht.«

»Ich gehe nicht mehr in die Stadt«, schluchzte Cora. »Nie wieder! Ich kann das nicht!« Sie brach erneut in Tränen aus und weinte in Saws Ärmel.

Bell schluckte. Zumindest ein paar Tage konnte sie die Freundin schonen, doch es war unvermeidlich, dass sie sie begleitete.

»Was ist bei euch passiert?«, fragte sie Feliné. »Ich sehe es euch doch an.«

Feliné berichtete von der rothaarigen Frau, dabei schaute sie immer wieder zu Albion hinüber. Jetzt erst bemerkte Bell, dass er merkwürdig abwesend war.

»Wie hast du es erlebt, Albion?«, fragte sie ihn direkt. Er zuckte zusammen, als er seinen Namen hörte, doch seine Augen klarten sich auf.

»Es war knapp«, sagte er. »Die Frau ist gefährlich. Und sie sucht nach der Energiequelle. Wir müssen vorsichtig sein. Oder nach ihnen suchen und ihnen einen Handel anbieten.« Die anderen sahen ihn entgeistert an.

»Einen Handel?«, wiederholte Helly schwach. »Albion, sie hatte ihre Waffe auf dein Gesicht gerichtet. Ich glaube nicht, dass man mit ihr handeln kann.«

»Warum hat sie dann nicht geschossen?«, erwiderte er. »Sie hatte lange genug dazu Gelegenheit. Trotzdem hat sie es nicht getan.«

»Du hast die Menschen doch sterben sehen«, sagte Feliné tonlos.

»Ja. Und trotzdem bin ich dafür, es zu versuchen. Oder ihr aus dem Weg zu gehen. Das kann aber bedeuten, dass wir dennoch auf sie treffen. Und wenn die Energiequelle greifbar ist, hat sie einen Grund mehr, zu schießen.« Er sah Bell an. »Denk darüber nach.«

Bell wechselte einen Blick mit Tyler. Er sah ratlos aus. Sie schloss die Augen und dachte nach. Als sie sie öffnete, blickte sie in Albions Gesicht.

Ihr Atem stockte, als sie das Feuer in seinen Augen sah. Es hatte ihn auch erwischt.

Erinnerungen an die Vision kamen wieder hoch. An die Berührungen unter den Sternen. An die Lippen auf ihren. Es fiel ihr schwer, sich zu konzentrieren.

»Wenn die Gefahr zu kontrollieren ist, versuchen wir es«, antwortete sie mühsam. »Aber wir werden nicht nach ihr suchen. Wir haben schon viel Leid erfahren, ich will nicht noch mehr provozieren.«

Er sah sie einige Sekunden schweigend an. Es war, als erriete er ihre Gedanken. Dann neigte er den Kopf. »Danke.«

Bell lächelte schmal und fragte sich, was sie noch über sich ergehen lassen musste, um Xarenia zu retten.

Snow und die Magier von Starcity

*S*now lehnte an der Brüstung des Balkons und beobachtete, wie die Sonne unterging. Seit dem missglückten Zauber am gestrigen Tag hatten die Magier ihre Zeit mit Suchen zugebracht.

Erfolglos.

Sie, Alec und Chelsea hatten endlose Runden durch das Viertel gedreht, das sie sich ausgesucht hatten, und nichts gefunden. Keine Spur von Magie, keine Spur von magisch begabten Wesen.

Es war zum Verzweifeln.

Vor wenigen Minuten waren sie zurückgekommen. Alec war mit Rain noch einmal aufgebrochen, um eine kleine Runde zu laufen, und Chelsea half Blanche und Evelyn beim Abendessen. Von der dritten Gruppe fehlte noch jede Spur, doch Snow hatte wenig Hoffnung, dass Damocles etwas fand.

Sie suchten die berühmte Nadel im Heuhaufen.

Nicht zum ersten Mal fragte sie sich, wie viele Aussetzer der Kristall von Starcity seit ihrer Abreise hatte. Ob sie länger wurden.

Sie dachte an ihre Eltern, die all ihre Hoffnung in sie und ihre Begleiter setzten.

Sie wollte sie nicht enttäuschen.

Drinnen öffnete sich die Tür und die fehlenden Magier kamen herein. Zu Snows Verwunderung trugen Damocles und Savoy ein großes Bündel.

Stirnrunzelnd betrat sie den Wohnraum und beobachtete, wie sie es auf den Boden legten.

»Das haben wir gefunden«, sagte Savoy, dem der Schweiß auf der Stirn stand. »Es kam uns so vor, als hätten wir Spuren von Nichtmenschlichen gespürt.« Er sah auf sein Mitbringsel. »Die vage Ahnung wurde schließlich Gewissheit, und zwar eine beunruhigende.«

Snow starrte auf das Paket aus gegerbter Tierhaut. Es war mit Sehnen verschnürt, die Damocles vorsichtig löste. Mit einem Poltern klaffte das Leder auseinander.

Metallgegenstände fielen zu Boden.

»Woher habt ihr das?«, fragte Snow und starrte auf die Messer und Dolche. Sie sah Schwerter, Bogen und Pfeile. Diese altertümlichen Kriegswaffen kannte sie aus Büchern, noch nie hatte sie sie in natura gesehen.

»Wir haben es in einer Gasse gefunden«, berichtete Kassie. »In der Nähe war ein großes Gebäude, ein Einkaufszentrum, wie sich herausstellte. Dass wir in die Gasse traten, war Zufall.« Sie sah auf die Waffen. »Ich glaube nicht, dass sie jemand dort freiwillig gelassen hat.«

Snow schüttelte den Kopf. »Das verstehe ich nicht. Sind das magische Waffen?«, fragte sie.

»Nein«, erwiderte Savoy, nahm ein Messer in die Hand und untersuchte es. »Sie sind eindeutig handgeschmiedet. Für ihre Herstellung wurde ausschließlich Muskelkraft verwendet. Aber sie passen nicht in diese Welt und sind von einer eigenartigen Aura umgeben. Deswegen haben wir das Paket mitgenommen.«

Snow betrachtete das Arsenal an Schlachtwerkzeug, das Damocles und Savoy sauber auf dem Boden arrangierten. Ihr Magen fühlte sich wie ein Eisklumpen an. Kassie war weniger befangen und hockte sich davor. »Was ist das? Ein Messer?«

Sie berührte eine Klinge mit der Fingerspitze und zog rasch die Hand zurück, als das Metall in ihre Haut schnitt und einen Blutstropfen hervorbrachte. Beleidigt steckte sie den Finger in den Mund. Savoy reichte ihr ein Taschentuch. Ihre Augen leuchteten.

»Diese Gravuren ... Sehr interessant.« Damocles betrachtete die Klinge eines Schwertes und ächzte unter dem Gewicht. »Nichts für jemanden, der nicht daran gewöhnt ist.«

»Aber wozu habt ihr sie mitgebracht?« Snow setzte sich auf das Sofa und beobachtete ihn. Zwischen ihren weißen Augenbrauen entstand eine steile Falte.

»Wenn die Waffen wirklich fremd sind, geben sie vielleicht Aufschluss über ihre Eigentümer«, erwiderte er und wendete das Schwert ungeschickt in den Händen.

»Du meinst ...« Ihr fehlte der Mut, um weiterzusprechen.

»Dass es auch noch andere Konkurrenz als Magier geben könnte«, beendete Damocles ihren Satz.

Kassie wich zurück. »Aber gegen Speere und Schwerter können wir uns nicht verteidigen«, stammelte sie.

»Wir müssen mit allem rechnen«, sagte Damocles. Seine Augen weiteten sich und er winkte Snow heran. »Sieh dir das an.« Er hielt ihr eine gläserne Phiole hin, so zart, als zerbräche sie bei der kleinsten Berührung. »Das ist ein Energiespeicher, daran besteht kein Zweifel. Hier sind noch andere, die es auf die gleiche Sache wie wir abgesehen haben.«

Wie vom Donner gerührt starrte Snow ihn an und traute ihren Ohren nicht. »Wir haben bisher nur nach der Quelle gesucht, aber wir müssen uns auch Gedanken darum machen, wie wir uns verteidigen können, falls wir angegriffen werden«, sagte Damocles eindringlich.

»Was sollen wir tun, wenn es so ist und die Besitzer

dieser Waffen uns angreifen?«, fragte sie zitternd.

»Im Zweifel kämpfen«, erwiderte er fest.

Kassie stieß einen kleinen Schrei aus und deutete auf die Lanze. »Kämpfen? Wie sollen wir denn gegen Menschen bestehen, die uns mit solchen Waffen attackieren? Wir sind keine Krieger. Wir könnten uns nicht einmal verteidigen!«

»Damocles hat recht, wenn er sagt, dass wir darauf vorbereitet sein müssen«, erwiderte Savoy.

Kassie biss sich auf die Lippe. »Wir sind verloren.«

»Ich weiß, das ist eine erschreckende Vorstellung und ja, dazu werden wir nicht ausgebildet, aber gerade deswegen müssen wir uns vorbereiten. Es gibt Möglichkeiten, Zauber anzuwenden, mit denen man sich verteidigen und auch angreifen kann. Ich kann sie euch beibringen, wenn du es erlaubst«, wandte Damocles sich an Snow.

Snow schluckte und sah zu Kassie hinüber. Die Freundin sah so unglücklich aus, wie sie sich fühlte.

»Ich denke, das besprecht ihr kurz allein«, meinte Savoy und zog Kassie am Arm in Richtung Balkon.

Snow sah ihnen stumm nach. Warum sollte sie das mit Damocles allein besprechen? Es würde doch helfen, wenn auch Savoy und Kassie ihre Meinung dazu sagten.

»Der Kodex sieht vor, Magie einzusetzen, um zu helfen. Auf keinen Fall dürfen wir sie dazu benutzen, um anderen zu schaden. Das musste ich dem Rat schwören, als wir aufbrachen«, sagte sie.

»Das weiß ich, aber es könnte notwendig sein, uns zu verteidigen. Der Kodex nützt uns nichts, wenn wir bei seiner Einhaltung sterben.« Er warf einen vielsagenden Blick auf die Waffen.

Snow sank auf das Sofa. »Was soll ich nur tun?«, fragte sie unglücklich.

»Du musst es doch nicht allein tun«, sagte er und setzte sich neben sie. »Wir können es zusammen machen.«

»Störe ich?«, erklang eine spitze Stimme hinter ihnen.

Snow wurde kalt. Sie drehte sich um und sah in Blanches Gesicht. Es war starr und ihre Augenbrauen so hochgezogen, dass sie beinahe den Haaransatz erreichten.

»Sieh dir das an«, sagte sie und deutete auf den Boden. Blanche trat heran und betrachtete die Waffen. Trotzdem spürte Snow, dass sie sie im Auge behielt. Sie erriet Blanches Gedanken. Wie viel auch immer sie von dem Gespräch mitbekommen hatte, es musste auf sie viel zu vertraut wirken.

Sie wusste, dass Blanches äußerst kreatives Gehirn auf Hochtouren arbeitete. Und dass es gegen sie arbeitete. Ihre Hände verkrampften sich in den Stoff ihres Kleides. Die Sache wurde immer verzwickter.

»Und?«, fragte Blanche.

»Damocles, Savoy und Kassie haben die Waffen gefunden.« Sie erklärte es ihr. Blanche sah unbeeindruckt aus. Die Waffen interessierten sie nicht im Mindesten.

»Nun, ihr hattet ja bereits alles geklärt, oder?«, wollte sie wissen.

Snow schüttelte den Kopf. »Noch nicht.«

»Snow, kann ich dich bitte allein sprechen?«

»Mein Stichwort.« Bevor Snow antworten konnte, erhob sich Damocles, grüßte und verließ den Raum. Snow stand auf, sie fühlte sich unwohl, weil Blanche wie eine Richterin vor ihr aufragte.

»Ich kann einfach nicht glauben, was du hier tust«, sagte Blanche. »Was versprichst du dir davon?«

»Ich verstehe nicht, was du meinst«, erwiderte Snow kühl.

»Du und Damocles.« Blanche wedelte mit den Händen.

»Bei jeder sich bietenden Gelegenheit steckt ihr die Köpfe zusammen. Kaum hat Alec den Raum verlassen, sitzt er direkt neben dir auf dem Sofa und macht dir eindeutige Angebote.«

»Ja, seine Hilfe hat er mir angeboten.« Snow spürte Ärger in sich aufsteigen. »Und zwar dabei, wie wir uns wehren können, falls die Besitzer ihre Waffen suchen.«

Blanches Mund verzog sich zu einem zynischen Lächeln. »Aha. Und darf ich fragen, wo Savoy und Kassie sind?«

»Bei Damocles auf dem Balkon. In Sichtweite«, erwiderte Snow so ruhig sie konnte.

»Nun ja, die beiden haben eher Augen füreinander. Außerdem würde Kassie nichts sagen«, meinte Blanche wegwerfend.

»Worüber?«, fragte Snow schmallippig.

»Wenn du die Zeit nutzt, um Damocles näherzukommen. Noch näher.«

»Blanche, hör auf damit«, forderte Snow.

»Womit denn?« Blanche warf ihr Haar zurück. »Es ist so offensichtlich. Mich verletzt nur, dass du mich anlügst und denkst, ich falle darauf rein. Ich bin nicht blind.«

»Nein, aber du verrennst dich in etwas. Ich bin mit Alec verlobt«, erinnerte Snow sie.

»Das hält dich offenbar nicht ab.« Blanches Augenbraue rutschte noch weiter nach oben.

Snow holte tief Luft. »Dass du mir das zutraust ...«

Blanche sah ihr ins Gesicht. Snow las ihre ganze Enttäuschung aus ihrer Miene. Sie konnte doch nichts für Blanches verletzte Gefühle! Sie hatte ihr nichts getan. »Hätte ich bis letzte Woche niemals. Aber anscheinend kenne ich dich gar nicht«, sagte Blanche tonlos.

Die Wohnungstür ging auf und Alec und Rain kamen herein. Blanche und Snow maßen einander mit Blicken.

»Alles in Ordnung?«, fragte Rain. Er kam heran, Alec folgte ihm. Sie blieben stehen, als sie die Waffen entdeckten. »Was ist das denn?«

»Ein Mitbringsel von Savoys, Kassies und Damocles' letztem Rundgang«, sagte Blanche wegwerfend. »Ihr könnt sie ja danach fragen. Sie sind draußen.«

Snow reichte es. Rain ging weiter zum Balkon, doch sie hatte die Nase voll von Blanche. »Ich muss mich kurz ausruhen«, sagte sie und ging in ihr Schlafzimmer.

»Stimmt etwas nicht mit ihr?«, hörte sie Alec fragen.

»Wahrscheinlich hat Damocles ihr den Rest gegeben«, erwiderte Blanche.

Snow machte die Tür hinter sich zu und lehnte sich gegen die Wand. Sie schloss die Augen und zählte bis zehn.

Furcht ergriff sie. Nicht nur wegen der Waffen, sondern auch wegen Blanche. Sie fürchtete sich vor dem, was Alec aus dieser dummen Bemerkung schließen könnte.

Sie ballte die Hände zu Fäusten und unterdrückte den Drang, zurückzugehen. Warum machte Blanche das?

Warum konnte sie es nicht einfach gut sein lassen? Warum legte sie ihr diese Steine in den Weg?

Sie wünschte, sie hätte Kassie und Savoy nie hinausgehen lassen. Sie wünschte, sie und Damocles hätten nie allein auf dem Balkon gesprochen. Sie wünschte, sie wäre damals in der Großen Halle bei Blanche und Rain geblieben und nie in seine Arme gestolpert. Seit jenem Tag war sie wie vom Pech verfolgt. Oder war es Blanche?

Sie musste mit ihr sprechen. Später, wenn sie allein waren. Die Sache ließ ihr keine Ruhe. Sie musste endlich für klare Verhältnisse sorgen, sonst wurde sie verrückt.

Blanche hörte sich den Bericht der drei Finder an, ohne zuzuhören. Stattdessen beobachtete sie Damocles.

Und Alec. Ihre Bemerkung hatte ihn verunsichert, sie sah ihm an, dass er nicht wusste, wie er sie nehmen sollte.

In ihr jedoch brannte die Unzufriedenheit.

Sie hasste es, hier zu sein. Sie hasste es, dass ihr Vater sie einfach bei der Wahl des Anführers übergangen hatte. Und sie verstand absolut nicht, was mit Snow los war. Ihre Freundin schien ein neuer Mensch zu sein. Und Blanche mochte die Person nicht, die da zum Vorschein kam.

Ihre Freundschaft war immer harmonisch. Snow war zurückhaltend und unterstützte sie in allem. Jetzt plötzlich war sie verlobt, Anführerin der Gruppe und ständig mit diesem Außenseiter zusammen.

Blanche warf einen Blick auf Damocles.

Das hatte sie sich anders vorgestellt. Als sie von ihm hörte, hatte sie tausend Ideen bekommen, wie mit ihm umzugehen war. Dass er Snows neuer bester Freund wurde, war keine davon.

Snow sprach auch nicht mehr mit ihr. Ja, dass sie mit Kassie und Evelyn über sie getratscht hatte, war ein Fehler, doch anstatt einfach Gras über die Sache wachsen zu lassen, war der Kontakt einfach abgebrochen. Blanche wusste, dass sie das beenden könnte, doch ihr Stolz stand ihr im Weg.

Alec, der ihr gegenüberstand, war verunsichert. Das tat ihr schon wieder leid. Sie hatte die dumme Bemerkung aus dem Affekt gemacht. Eine schlechte Idee, die niemandem half. Sie musste versuchen, das wieder geradezurücken.

Sie spürte Damocles' forschen Blick auf sich. Ihre Mundwinkel zogen sich herab. Er machte nichts als Ärger! Seit er aufgetaucht war, spielten alle verrückt!

Wie gut, dass sie in Rain jemanden gefunden hatte, der ausgeglichen und ruhig war.

Sie lächelte den Wassermagier an. Sie mochte ihn.

Deswegen hatte sie ihn ja auch ausgesucht.

Trotzdem fand sie, dass ihr das Abenteuer mit dem Vagabunden besser gestanden hätte als Snow.

Ausgerechnet Snow.

Evelyn kam und rief sie zum Abendessen. Dabei sah sie zum ersten Mal die Waffen und der ganze Bericht ging von vorn los. Blanche trat beiseite und an Alec heran, der mit starrer Miene am Rand stand.

»Kann ich kurz mit dir sprechen?«, fragte sie. Alec sah sie verwundert an, dann nickte er. Sie zögerte, doch sie wollte nicht so viele Zeugen haben. »Wir kommen gleich nach, fangt schon mal mit dem Essen an«, sagte sie zu Kassie. Die Freundin nickte und erzählte zum vierten Mal ihre Geschichte.

Alec folgte Blanche auf den Balkon. Sie sah hinaus in die Dämmerung und wusste nicht, wo sie anfangen sollte. »Die Bemerkung von vorhin tut mir leid«, rang sie sich ab.

Alecs Augenbrauen zogen sich zusammen. »Ich frage mich die ganze Zeit, wie sie gemeint war.«

»Es war wegen Snow und Damocles. Als ich in den Raum kam, saßen sie zusammen und er sagte ...« Sie zögerte. Machte sie es nicht noch schlimmer, wenn sie jetzt weiterredete? Alec wartete.

»Er bot ihr seine Hilfe an und meinte, sie müsse nicht alles allein machen«, schloss sie.

»Muss sie auch nicht«, sagte Alec scharf. »Ich bin schließlich da. Und bist du nicht ihre engste Freundin?«

Blanche zuckte wegen seines Tonfalls zusammen. »Ja, aber ...«

»Mir ist schon aufgefallen, dass er ständig ihre Nähe sucht. Ich wüsste nur zu gern, wie sie es findet.«

»Ich ...«, begann sie.

»Denkst du, es gefällt ihr?«, fragte er direkt.

Blanche zuckte erneut zusammen. Snow wirkte erst unangenehm berührt, nachdem sie sie aufgeschreckt hatte.

»Nun, ich ...«, setzte sie wieder an.

»Ich weiß, dass er es auf sie abgesehen hat, das war ja schon in der Großen Halle nicht zu übersehen.« Alec sah mit finsterer Miene auf die Stadt. Plötzlich legte er die Hand auf seine Brust und schauderte.

»Ist alles in Ordnung?«, fragte sie leise.

»Also? Was denkst du?«, wiederholte er die Frage.

»Ich denke, dass sie Sympathie für ihn übrig hat«, rang sie sich ab.

Alec schnaubte. »Sympathie ...«

»Alec, du hast es nicht nötig, dich deswegen aufzuregen«, sagte Blanche. Sie musste versuchen, ihn zu beruhigen.

Innerlich verfluchte sie sich. Sie hatte alles nur noch schlimmer statt besser gemacht.

Sie war so eine dumme Gans!

Sie trat an ihn heran und tätschelte seine Hand. »Du bist Tutor, alle bewundern dich. Jemand wie Damocles ist keine Konkurrenz für dich«, sagte sie ruhig und hoffte, dass sie nicht wieder etwas falsches sagte.

Er drehte sich zu ihr um und sah ihr voll ins Gesicht. Ihr Atem stockte. Beruhigte er sich wieder?

Plötzlich presste er sich an sie und ihre Münder berührten sich. Blanche erstarrte, fassungslos, was gerade geschah. Ihre Augen waren weit aufgerissen.

Sie musste ... Das durfte nicht ... Aber ...

Und doch ...

Etwas regte sich in ihr und ließ sie ihre Augen schließen. Sie spürte seine Lippen auf ihrem Mund. Die Wärme seines Körpers an ihrem.

Es fühlte sich gut an. Es war falsch, aber ...

Er legte die Hand in ihren Nacken und zog sie noch näher. Mit der Zunge teilte er ihre Lippen und nahm sie ganz in Besitz. Blanches Knie wurden weich und sie sah Sterne. Ihre Finger krallten sich in den Stoff seines Hemdes und ihr wurde schwindelig.

Entfernt hörte sie Schritte, dann schlug eine Tür.

Alec ...

Sie riss die Augen wieder auf und fuhr zurück.

Alec!

Sie starrten einander an. Alecs Wangen waren gerötet, doch Blanche wurde blass. Mit zitternden Fingern betastete sie ihre Lippen. Langsam schüttelte sie den Kopf. Was hatte sie getan?

Was hatte sie sich nur dabei gedacht? Tränen traten in ihre Augen.

Alec sah mindestens so schockiert aus, wie sie sich fühlte. Abermals griff er sich mit der Hand an die Brust.

»Wie konnte das passieren?«, flüsterte sie.

»Ich weiß es nicht«, erwiderte er genauso leise. »Es tut mir leid, Blanche.«

»Mir auch.«

Schritte näherten sich und sie fuhren schuldbewusst auseinander. Kassie schaute auf den Balkon.

»Kommt ihr noch zum Essen?«, fragte sie. Sie musterte die beiden und legte den Kopf schief. »Ist alles in Ordnung? Ihr seht nicht gut aus.«

»Ich bin nur hungrig«, sagte Blanche schnell und wandte den Blick ab.

»Ist Snow gar nicht bei euch?«, fragte Kassie weiter.

»Sie ist in unserem Schlafzimmer«, erwiderte Blanche.

Kassie schüttelte den Kopf. »Da habe ich schon nachgeschaut, es ist leer. Wo kann sie denn sein?«

Ein eiskalter Blitz fuhr durch Blanches Brust.

Sie hatte Schritte gehört. Und eine Tür.

Nein, das konnte doch nicht sein!

Bei den Neun Zirkeln, Snow durfte den Kuss nicht gesehen haben!

Verzweifelt sah sie Alec an. Er hatte den gleichen Gedanken wie sie.

Bitte, bitte nicht ...

Snow lief wie blind durch die Straßen. Ihre Augen brannten und ihr Körper fühlte sich taub an.

Sie bekam das Bild einfach nicht aus dem Kopf.

Blanche und Alec.

Er hatte sie an sich gerissen und geküsst.

Oder war es andersherum?

Sie hatte nach Blanche gesucht. Nach Alec.

Nie hätte sie damit gerechnet, beide zusammen zu finden.

Kurz zuvor hatte Alec sich an die Brust gefasst. Snow setzte ihren Magierstab hart auf den Boden auf. Dort hatte ihn die magische Falle getroffen.

Sie blieb stehen und sah sich um. Sie war losgegangen, ohne auf den Weg zu achten. Jetzt befand sie sich an einer unbekannten Kreuzung und auch die Häuser hatte sie noch nie gesehen.

Snow schluckte.

Hinter sich hörte sie Schritte. Ihr Herz pochte gegen ihre Rippen.

Waren das die Besitzer der Waffen? Hatten sie sie aufgespürt und wollten ihr Eigentum zurück?

Sie verkrampfte ihre Finger an den Stab und drehte sich um. Wenn sie angegriffen wurde, dann lieber frontal.

Statt Kriegern mit gezogenen Messern kam Damocles auf sie zu.

»Aber ...« Sie ließ ihren Stab sinken.

»Ich sah dich gehen«, sagte er zu ihr, als er sie erreichte. Sein Blick sprach Bände. Er hatte die beiden auch gesehen.

»Möchtest du darüber reden?«

»Nein.« Snow würde niemals hinter jemandes Rücken über ihn reden. Sie wollte nicht den gleichen Fehler machen wie Blanche. Das war ihre Angelegenheit. Und so schmerzhaft es auch war, sie musste sie allein klären.

Damocles wartete noch einen Moment ab, dann zuckte er mit den Schultern. »In Ordnung.«

»Kennst du den Weg zurück?«, fragte sie.

»Ja. Willst du umkehren?«

Sie schüttelte den Kopf. »Noch nicht.« Es war ausgeschlossen, jetzt zurückzugehen. Sie könnte es nicht ertragen, in ihre Gesichter zu sehen.

»Dann bleibe ich bei dir«, sagte er. Sie zögerte, doch dann nickte sie. Das war sicherer. Es wäre dumm, allein durch diese Stadt zu laufen, wenn die Besitzer der Waffen hier lauerten. »Vielleicht finden wir ja sogar einen Hinweis auf die Quelle.«

»Das wäre zu schön«, erwiderte sie und setzte sich in Bewegung, Damocles schloss zu ihr auf. Er schwieg, wartete, dass sie etwas sagte.

Sie wusste nicht, was. Zu viele Gedanken rasten durch ihren Kopf und sie fühlte einen Aufruhr, wie sie ihn noch nie erlebt hatte. Ihre Brust schmerzte und immer mehr Fragen tauchten auf.

War dieser Kuss der einzige oder hatte es schon mehr gegeben? Lag Alec überhaupt etwas an ihr? Lag Blanche etwas an ihr als Freundin? Was hatte sie falsch gemacht, dass die beiden sich so verhielten?

»Wenn du die Energiequelle besäßest, wo würdest du sie verwahren?« Damocles' Stimme riss sie aus ihren Gedanken.

Blinzelnd sah sie ihn an. »An einem sicheren Ort.«

»Zum Beispiel?«, hakte er nach.

Sie überlegte. Die Stadt war riesig und voller Menschen. In Starcity thronte der magische Kristall auf dem Turm des höchsten Gebäudes - der Magieakademie. Von dort aus sandte er sein Licht über das ganze Land. Das war hier nicht der Fall.

»Wenn es Magier gibt oder gab, dann haben sie sie versteckt. Vielleicht gibt es einen Ort, an dem sie zusammenkommen oder kamen. Einen Tempel oder eine Versammlungshalle.« Ihr Blick glitt über ein Straßenschild und sie stutzte. »Möglicherweise haben sie auch die Stadt geleitet.« Sie deutete darauf. Damocles folgte ihrem ausgestreckten Finger.

Er nickte. »Rathaus. Das ist eine Möglichkeit.«

Unter dem Wort und dem Pfeil stand eine Distanzangabe. Snows Mut sank. »Es sind fast zwei Kilometer dorthin.« Die Nacht hatte sich schon über die Stadt gesenkt.

»Du wolltest noch nicht umkehren«, erinnerte er sie.

Sie atmete durch und setzte sich in Bewegung. »Richtig. Lass uns hingehen.«

Sie fühlte sich besser, jetzt, da sie ein Ziel hatte. Der Weg führte sie durch Straßen voller Geschäfte, über einen großen Marktplatz. Um diese Zeit waren nur noch wenige Menschen unterwegs.

Die beiden Magiestudenten achteten darauf, ihnen nicht zu nahe zu kommen. Falls sie anderen Magiern begegneten, wollten sie das aus sicherer Entfernung tun.

»Wir haben vermutlich ganz andere Probleme als einen Magiezirkel«, sagte Damocles. »Die Besitzer der Waffen. Die Elfen, die Blanche gesehen hat.« Snow zuckte bei ihrem Namen zusammen. Diese Begegnung hatte sie schon vergessen.

»Die Elfen vermissen wohl keine Lanzen und Schwerter«, erwiderte sie matt.

Damocles schüttelte den Kopf. »Falls Blanche sich nicht irrt, halte ich das für unwahrscheinlich, aber nicht ausgeschlossen. Es ist besser, mit allem zu rechnen. Auch damit, dass mehrere Gruppen hinter der Quelle her sind.«

Snow fasste ihren Stab fester. »Du hast recht.«

»Zu dumm, dass der Zauber nicht gewirkt hat«, sagte er und rieb sich den Nacken. »Es lief perfekt. Nun ja, bis zum Erdbeben.«

»Den Zauber durchzuführen war eine dumme Idee«, erwiderte Snow. »Das Erdbeben hätte Gebäude zum Einsturz bringen und Menschen töten können. Wenn es hier Magier gibt, haben sie uns sicher bemerkt.«

Damocles schwieg betreten. »Auch Alecs Aufspürzauber war erfolglos«, murmelte er dann.

»Ich weiß. Ich habe es auch noch einmal versucht«, gestand sie flüsternd. Er riss die Augen auf.

»Hast du jemanden lokalisieren können?«, fragte er. Sie zögerte. Eigentlich wollte sie das für sich behalten. Allein war es besser gelaufen, als bei Alecs Versuch. Er hatte an irgendeiner Stelle einen Fehler gemacht.

»Zumindest konnte ich die Falle in der Kanalisation lokalisieren. Mit diesem Wissen als Basis habe ich festgestellt, dass die Stadt voller Fallen ist«, erwiderte sie leise.

Damocles blieb stehen. »Warum hast du noch nichts darüber gesagt?«

»Wollte ich. Heute Abend, wenn alle wieder da sind. Ich wollte euch Oberschüler bitten, den Zauber zu wiederholen und meine Annahme zu bestätigen«, sagte sie.

»Und dann hast du gesehen, wie ...« Er ließ den Satz unbeendet. Sie wussten beide, was gemeint war.

»Ja.« Sie wandte den Blick ab. Auf keinen Fall wollte sie darüber sprechen.

Wind kam auf und zerzauste ihre Haare. Vor lauter Eile hatte sie ihren Hut in der Wohnung vergessen. Ihre langen weißen Locken flatterten und der Wind zerrte an ihrem weißen Kleid.

Gänsehaut überzog ihre Arme und ein unangenehmes Prickeln breitete sich über ihren Rücken aus.

Ihre Sinne waren angespannt und sie spürte eine Gefahr wie zuletzt in der Kanalisation. Sie sah zu Damocles hinüber. »Spürst du das auch?«

Bevor er etwas sagen konnte, hörte sie Schritte.

Damocles drehte sich um und erstarrte.

*

Ciara und die Schattenkinder

*C*iara erwachte früh, noch vor Sonnenaufgang.

Leise wie eine Katze rollte sie sich von der Massageliege und suchte nach ihren Kleidern. Dank der neuen Kleidungsstücke gelang es ihr, sich allein anzuziehen.

Leise, um Nate nicht zu wecken, schlich sie aus dem Zimmer und ging hinunter zum Aufenthaltsraum, wo sich die Büste befand.

Bevan war bereits dort.

Sie blieb im Türrahmen stehen und sah ihn an. Jedes Mal machte ihr Herz diesen kleinen dummen Hüpfer.

Es war unnötig. Es war dämlich.

Sie konnte es nicht ändern.

Sie schloss die Tür hinter sich und trat zu ihm. Er stand auf, blieb aber stehen. Wartete auf ihr Signal.

Am liebsten wäre sie zu ihm gestürzt und hätte ihn geküsst.

Er roch Nate an ihr, genau wie Nate ihn riechen würde. Es war zu riskant.

Und da war noch etwas, das sie unbedingt klären musste.

»Was war zwischen Ride und dir?«, flüsterte sie.

»Ich habe sie geschützt, wie es meine Aufgabe ist«, erwiderte er.

»Mit vollem Körpereinsatz?« Ihre Stimme war scharf.

Sein Mund zuckte. »Was willst du jetzt hören?«

»Dass du sie nicht angerührt hast«, sagte sie schneller, als sie denken konnte.

»Ich habe sie nicht angerührt«, antwortete er ruhig.

»Kann ich dir glauben?«

»Das wirst du wohl müssen.« Seine Miene verriet nichts.

Sie biss sich auf die Lippe. Sie hatte kein Recht, ihn zu kritisieren, während sie jede Nacht mit Nate verbrachte.

»Ich bin froh, dass es dir gut geht«, sagte er. »Ich habe gehört, was im Rathaus geschehen ist. Ich wünschte, ich wäre dort gewesen, um dir beizustehen.«

»Ich habe es allein geschafft«, erwiderte sie rau.

»Ich weiß. Trotzdem.« Sein Blick fiel auf die Büste. »Was ist damit?«

Ciara ging vor der Skulptur in die Hocke und betrachtete sie finster. »Ride sagte, das sei nicht die Energiequelle. Ich war mir so sicher.« Abermals legte sie ihre Hand darauf und schloss die Augen.

Das Summen war noch da, schwach zwar, aber spürbar. Es war eigenartig, sie fühlte sich vertraut an.

Frustriert zog sie die Hand zurück. Sie hasste Rätsel, die sie nicht lösen konnte.

Bevan trat neben sie und berührte ebenfalls den Stein. Überrascht zog er die Hand zurück.

»Hast du das auch gespürt?«, fragte Ciara. Er nickte. »Da ist doch etwas. Das ist keine normale Marmorbüste. Sie fühlt sich an, als ...« Ihr fehlten die Worte.

»Als wäre sie ein Opal, der nur mir gehört?«, beendete er ihren Satz.

Sie riss die Augen auf. »Genau das.«

Sie legte ihre Hand auf den Stein. Plötzlich vibrierte er unter ihrer Berührung. Eine Erschütterung ging durch den Raum. Das Summen wurde stärker, es breitete sich aus und verursachte Ciara Gänsehaut. Das Atmen fiel ihr schwer und sie zuckte zusammen.

In ihrer Brust prickelte es, sie sah Bevan an, dass es ihm genauso ging.

Erschrocken ließen sie die Büste los.

»Wir sollten vorsichtig damit sein«, sagte er leise und machte einen Schritt zurück, dabei rieb er sich die Brust. Er hatte das Gleiche gespürt. Etwas war gerade geschehen.

Aber was? Und warum jetzt?

Ein beklommenes Gefühl machte sich in ihr breit.

»Denkst du, wir können die Büste nutzen, um die anderen Teile zu finden?«, fragte sie.

»Das wäre ideal«, hörte sie Rides Stimme. Sie betrat zusammen mit Echo den Raum und hockte sich neben sie. »Aber die Büste stellt mich vor ein Rätsel.«

»Wir brauchen die anderen Teile«, sagte Ciara fest. »Wenn wir alle haben, werden wir das Rätsel lösen.«

»Aber wir wissen nicht, wo sie sind und nach wie vielen wir suchen müssen«, hielt Echo dagegen.

»Die Theorie mit den Gründern der Stadt klingt plausibel«, sagte Ride. »Lasst uns davon ausgehen, bevor wir eines Besseren belehrt werden. Damit wären es vier Teile. Wir müssen schrittweise vorgehen und nach ihnen suchen.«

»Wir haben nicht viel Zeit.« Ciara starrte auf das steinerne Abbild. Es kam ihr vor, als verhöhne die Frau sie mit ihrem seelenlosen Lächeln.

»Desmond und die anderen halten den Schutzwall aufrecht und die Krieger schützen das Herrenhaus vor den Jägern«, sagte Ride tröstend.

Ciara sah auf und in Nates Gesicht, der gerade hereinkam. Er war der Einzige, der außer ihr von der Drohung der Sippenoberhäupter wusste.

Skyth hielt diese Information zurück, um die anderen nicht zu verunsichern.

In diesem Moment war Ciara sich nicht sicher, ob das die richtige Entscheidung war.

Trotzdem: Sie konnte sich nicht über den Befehl ihres Bruders hinwegsetzen. Nicht dieses Mal. Sie hatte schon genug angerichtet. Nate wusste das. Auch er schwieg.

Inzwischen waren auch Shelley und Doria eingetroffen, nur Lucia und Mason ließen auf sich warten.

»Also suchen wir wieder nach Gebäuden und Orten, die sich für die Aufbewahrung der Teile eignen«, sagte Shelley. »Gut, wir sind wieder zu neunt, wir sollten drei Gruppen bilden.«

»Ich gehe nicht mit Ciara!«, sagte Doria heftig. »Nein, mir reicht es! Wenn sie wirklich diejenige ist, die die Attacken auslöst, möchte ich nicht noch einmal in dieser Gefahr sein.«

»Keine Angst, Doria, ich hätte dich auch nicht erneut gebeten«, sagte Ciara schneidend. »Du solltest lieber hierbleiben und deine Nerven schonen.«

Doria wollte protestieren, hielt aber den Mund. Trotz aller Frechheiten hatte sie sich Ciara unterzuordnen. Sie war die Anführerin.

Ein unangenehmes Gefühl machte sich in Ciaras Eingeweiden breit. Wer konnte schon sagen, wie lange sie diese Position noch hatte? Wenn die Ablehnung in diesem Tempo weiterwuchs, bekam sie ein Problem.

Lucia und Mason kamen in den Raum. Das nächste Problem.

Ciara fällte eine Entscheidung und warf die mit Nate gefassten Pläne über Bord.

»Ride, ich bitte dich, mit Doria hierzubleiben. Versuch, noch mehr über die Magie der Büste zu erfahren. Shelley, du gehst mit mir. Nate, bitte geh mit Mason und Lucia und seht euch um. Bevan und Echo, ihr bildet die letzte Gruppe.« Das war heikel, denn die beiden Männer beäugten einander misstrauisch.

Sie hoffte, dass Ride Echos Zweifel ausgeräumt hatte.

Sie selbst musste dringend mit Shelley allein sprechen. Sie war die Einzige, der sie sich anvertrauen konnte. Und sie brauchte dringend Abstand von Nate und Bevan.

Ihr schwirrte der Kopf, dabei konnte ihr keiner der beiden helfen. Es gab Dinge, mit denen sie sich allein arrangieren musste. Dazu gehörte auch das seltsame Gefühl in ihrer Brust, das dort immer noch kribbelte.

Nate nickte unzufrieden. »Selbstverständlich.«

Sie machten sich fertig und verließen das Haus. Shelley lief schweigend neben Ciara, hielt es aber nicht lange aus.

»Möchtest du mir etwas sagen?«, fragte sie.

»Tausend Dinge. Ich weiß nur nicht, wo ich anfangen soll«, gab Ciara zu.

»Vielleicht bei Nate und Bevan?«, bot Shelley an.

Ciara schnaubte. »Ausgerechnet dieses Thema.«

»Aber das ist das einzige, bei dem ich dir einen Rat geben kann«, sagte Shelley achselzuckend.

Ciara mied ihren Blick. »Wie lautet er?«, fragte sie, obwohl sie ahnte, dass ihr die Antwort nicht gefiel.

»So wie gestern: Entscheide dich für Nate. Er ist der richtige Partner für dich. Er ist ein loyaler guter Mann, der etwas für dich übrig hat. Bevan ist ein Abenteuer, er bedeutet nur Ärger. Du hattest deinen Spaß. Ich weiß, dass du Nate magst. Jetzt gib dir einen Ruck und mach es dir nicht unnötig schwer«, sagte Shelley ruhig.

»Manchmal denke ich, es wäre leichter, mir Männer gänzlich aus dem Kopf zu schlagen«, seufzte Ciara.

»Zumindest hättest du weniger Ärger«, stimmte Shelley zu. Ciara wollte eben etwas erwidern, als ihre Sinne Alarm schlugen.

Sie blieb stehen und sah sich um.

»Nicht schon wieder«, stöhnte Shelley und drehte ihr den Rücken zu. »Wo sind wir hier bloß gelandet?«

»Das frage ich mich seit drei Tagen ununterbrochen«, erwiderte Ciara. Die Energie näherte sich ihr. Das konnte keine Büste oder Ähnliches sein. Dieses Mal waren es Lebewesen.

Ihre Hand tastete nach ihren Stahlklauen und glitt hinein. Sie war vorbereitet. Egal, was kam, sie nahm es mit allem auf. Mit Shelley hatte sie die beste Begleitung, sie waren ein eingespieltes Team.

Wer auch immer da kam, er hatte keine Chance.

»Da oben!«, zischte Shelley. Ciara sah hinauf. Das Haus, vor dem sie standen, hatte ein Metallgerüst mit Leitern und mehreren Ebenen. Ein ideales Versteck, denn die Beleuchtung vor dem Haus war defekt. Sie nickte und die beiden Schattenkinder kletterten hinauf. Dank der Hosen war das kein Problem.

Ciara ging in die Hocke, die Augen fest nach Süden gerichtet. Die Energie näherte sich. Sie war fast da.

»Wer mag das sein?«, flüsterte Shelley, die Armbrust im Anschlag. »Menschen? Jäger?«

Ciara schüttelte den Kopf. »Ich weiß es nicht. Aber wir werden es gleich erfahren.« Denn jetzt bogen zwei Personen um die Straßenecke.

Es waren eine Frau in weiß und ein Mann in einem braunen Mantel. Ciara blinzelte, als sie die mannshohen Stäbe in ihren Händen sah.

Waffen. Es mussten Waffen sein. Sie spürte dieses Summen, das auf Magie hindeutete.

Sie musste vorsichtig sein, doch ihr Ehrgeiz machte es ihr schwer. Ihre Muskeln waren angespannt, ihr Körper zum Sprung bereit.

Sie kamen näher.

Ciara wechselte einen Blick mit Shelley. Die Fremden hatten sie nicht bemerkt. Sie unterhielten sich leise, der Mann redete auf die Frau ein.

Ciara bekam Fetzen des Gesprächs mit, doch sie interessierten sie nicht. Bis sie das Wort ›Energiequelle‹ hörte.

»Den Zauber durchzuführen war eine dumme Idee«, sagte die Frau. Ihre Stimme war leise und freundlich, dennoch schwang eine gewisse Autorität darin mit. »Das Erdbeben hätte Gebäude zum Einsturz bringen und Menschen töten können. Wenn es hier Magier gibt, haben sie uns sicher bemerkt.«

»Auch Alecs Aufspürzauber war erfolglos«, murmelte er. Sie erwiderte etwas, doch es war zu leise, als dass Ciara es verstehen konnte.

Der Mann blieb stehen. »Hast du jemanden lokalisieren können?«, fragte er.

»Zumindest konnte ich die Falle in der Kanalisation lokalisieren. Mit diesem Wissen als Basis habe ich festgestellt, dass die Stadt voller Fallen ist«, erwiderte sie.

Ciara merkte auf und tauschte einen alarmierten Blick mit Shelley. Die Freundin sah so erschrocken aus wie sie.

»Warum hast du noch nichts darüber gesagt?«, fragte er.

»Wollte ich. Heute Abend, wenn alle wieder da sind. Ich wollte euch Oberschüler bitten, den Zauber zu wiederholen und meine Annahme zu bestätigen«, erwiderte die Frau. Adrenalin fuhr durch Ciaras Adern. Wenn diese Leute die Fallen aufspüren konnten, wussten sie, wo die Quelle war. Zumindest, dessen war sie sich sicher, hatten sie etwas damit zu tun.

»Und dann hast du gesehen, wie ...« Der Mann ließ den Satz unbeendet.

»Ja.« Die Weiße wandte den Blick ab. Das war eindeutig.

Ciara wechselte einen Blick mit Shelley. Es bedurfte keine Worte, Shelley erriet ihren Gedanken und nickte. Leise wie Schatten glitten sie hinter den beiden zu Boden und folgten ihnen.

Die Frau hatte langes weißes Haar, zusammen mit ihrer weißen Kleidung wirkte sie beinahe ätherisch. Wie aus einer anderen Welt. Ciara schluckte. Wie sie selbst auch.

Das Kribbeln, das von den beiden ausging, war nicht bedrohlich, auch nicht unangenehm. Dennoch blieb sie wachsam.

Die Stäbe stellten eine unkalkulierbare Gefahr dar, der sie sich nicht aussetzen wollte. Nicht schon wieder. Sie war es leid, dass auf sie geschossen, nach ihr gestochen und ihr der Boden unter den Füßen weggerissen wurde.

Die beiden waren für das Erdbeben verantwortlich, also beherrschten sie Magie. Das machte sie noch gefährlicher.

Shelley wusste das auch, ihre Schritte waren ebenso leise wie Ciaras.

Der Mann blieb stehen, als habe er etwas gehört. Er drehte sich um, zum ersten Mal sah Ciara sein Gesicht.

Es war, als fiele sie in endlose Tiefen.

Seine Augen waren dunkelgrün. Sie blickten sie aus einem freundlichen Gesicht an, das einen eigenwilligen Zug um den Mund hatte. Es war leicht schief, das konnten auch die braunen Bartstoppeln nicht verbergen.

Er sah sie.

Wie war das möglich? Seine Augen weiteten sich und seine Lippen öffneten sich leicht. Ciara durchzuckte es wie ein elektrischer Schlag. Ihre ganze Existenz verengte sich auf sein Gesicht.

Jetzt blieb auch seine Begleiterin stehen. »Damocles?«

Shelley packte Ciara und zog sie zurück.

»Wer ist da?«, rief die weiße Frau.

»Ciara, weg hier!«, zischte Shelley, da erklangen neue Schritte von schweren Stiefeln hinter ihnen. Die beiden Schattenkinder fuhren herum und sahen sechs Männer auf sich zukommen. Drei davon waren Ciara bestens vertraut. Sofort schmerzte ihre Schulter wieder, als wäre die Schusswunde noch frisch.

Was sollte sie machen?

Die Magier waren hinter ihr, die Rocker kamen auf sie zu. Sie streifte die Krallen über und fällte ihre Entscheidung. Sie würde sich rächen.

Heute Nacht.

Die Männer erblickten sie und blieben stehen.

»Wenn das nicht meine Freundin ist«, knurrte der eine und zog seine Waffe. »Dieses Miststück erkenne ich sofort wieder. Hat dein Freund dir also den Arsch gerettet.«

»Zu deinem Pech!«, fauchte sie und behielt die Waffe fest im Blick. Jetzt zogen seine Begleiter ihre Pistolen.

Hinter ihnen keuchte die weiße Frau auf. Sie erkannten die Gefahr ebenso wie Shelley, die die Sehne ihrer Armbrust spannte. Der Bolzen war schussbereit.

»Gleich zwei Miststücke und noch ein paar Freaks als Garnitur. Knallt sie ab!«, bellte der Mann und sie eröffneten das Feuer.

Ciara warf sich blind zur Seite, rollte sich ab und suchte nach Shelley. Diese war auf die andere Seite ausgewichen. Hinter ihnen wallte Magie auf und Ciara fühlte sich, als würde sie zu Boden gedrückt. Die Magier wirkten einen Schutzzauber.

Der Kugelhagel versiegte, doch die Männer waren noch da. Sie formierten sich neu. Drei gingen zu Shelley hinüber, drei kamen zu Ciara. Sie ignorierten die Magier, vielleicht lenkten sie von sich ab.

»Verdammt«, zischte Ciara.

Drei Menschen waren zu viel für sie, vor allem weil sie in der Defensive war.

Hier kamen sie nicht heil heraus. Es sei denn, sie hatte einen wirklich guten Plan.

In ihrem Kopf ratterte es, die Gedanken rasten nur so hindurch. Sie wollte schreien, doch das brachte ihr nichts. Sie brauchte jetzt einen kühlen Kopf. Nur List rettete sie, nichts sonst.

Ihre einzige Chance war ein Hinterhalt. Schwierig, nahezu unmöglich.

Sie musste es versuchen.

Sie duckte sich hinter eine Mülltonne und konzentrierte sich. Jeder Muskel war zum Zerreißen angespannt.

Ihr Kiefer mahlte und sie ließ das Raubtier die Kontrolle übernehmen. Ihre Sinne schärften sich nochmals, jetzt spürte sie den Herzschlag jedes einzelnen. Shelley war am Leben. Sie versteckte sich ebenfalls und lauerte.

Sie hatte nur einen Versuch.

Schlug er fehl, war sie tot. Und Shelley auch.

Sie zog die Ellenbogen an den Körper und ging in die Hocke, dann drückte sie sich ab und schoss um die Tonne herum. Sie schlug einen Bogen, sprang in die Luft und überschlug sich. Hinter ihrem Angreifer kam sie auf die Beine, holte mit der rechten Hand aus und grub ihre Stahlklaue in seinen Rücken. Er schrie gurgelnd auf, doch sie packte ihn und nutzte ihn als Schutzschild.

Die anderen Männer richteten ihre Waffen auf sie, da schlug einem ein Bolzen durch die Stirn und er fiel tot zu Boden. Dem anderen ging es genauso.

Shelley gab einen schrillen Laut von sich, da kam jemand angerannt und durchbohrte einen weiteren Mann mit seinem Degen.

Nate!

Ciara ließ ihren Angreifer fallen und sah Mason und Lucia den letzten Rocker erledigen. Sein toter Körper schlug auf den Asphalt und sein warmes Blut floss aus der hässlichen Stichwunde.

Ciara sah hinüber zu den Magiern. Sie hatten die Gunst der Stunde genutzt und waren verschwunden.

Ciara fluchte und wischte das Blut von ihrer Klaue. Ihre einzige Spur war verloren.

Sie schloss die Augen und sah wieder sein Gesicht.

Damocles.

Sie musste die Magier finden. Und herausbekommen, was er mit ihr gemacht hatte.

»Das war knapp«, sagte Shelley und kam aus ihrem Versteck. Ihre Armbrust hielt sie noch in der Hand.

»Was ist passiert?«, fragte Nate. Er drehte mit dem Stiefel einen der Männer um und erblickte die aufgerichtete Schlange auf der Lederjacke. »Das sind ja ...«

»Die Menschen, die mich verletzt haben.« Ciara warf ihnen einen hasserfüllten Blick zu. »Er hat mich erkannt und sofort geschossen.«

»Wo du gehst und stehst ...«, murmelte Lucia.

»Was willst du damit sagen?«, fuhr Ciara sie an.

Die Schneiderin rümpfte die Nase. »Das ist jetzt die vierte Nacht, die wir hier sind, und das vierte Mal, dass du Ärger am Hals hast. Wäre ich abergläubisch, würde ich denken, du seist verflucht.«

»Verflucht?« Ciaras Hand fuhr an ihre Stahlklaue, bereit, Lucia das Gesicht vom Schädel zu schälen.

»Halte dich zurück, Luce«, sagte Mason ungewohnt streng zu seiner Geliebten. »Es reicht.«

»Könnte doch sein, dass Thoas ihr ein kleines Souvenir mit auf den Weg gegeben hat, sodass sie Pech magisch anzieht«, machte Lucia dennoch weiter.

Nate hielt Ciara zurück. »Das glaube ich nicht. Ganz im Gegenteil. Mir sagt das, dass Ciara instinktiv auf der richtigen Spur ist, deswegen werden ihr Steine in den Weg gelegt.« Er sah ihr in die Augen. »Ich glaube, dass du näher dran bist, als du selbst ahnst.«

Ciara wusste nicht, ob Nate das nur sagte, um Lucia mundtot zu machen, oder ob er es glaubte.

Es war ihr egal. Sie nickte und schickte ihm all ihre Dankbarkeit für seine Unterstützung mit ihrem Blick.

Sie würde sich später bedanken.

»Die Magier sind weg«, stellte Shelley fest.

Das nächste Problem. Ciara fluchte.

»Welche Magier?«, fragte Nate.

»Sie waren zu zweit und sprachen über die Energiequelle«, sagte Ciara. »Wir müssen sie finden. Wenn sie etwas wissen, werde ich es aus ihnen herausquetschen.«

Doch das war nicht die ganze Wahrheit.

Der Wunsch, den Mann noch einmal zu sehen, war stark. Er war unvernünftig und sie konnte ihn sich nicht erklären. Hatte er sie verzaubert? Aber das war in der Kürze der Zeit doch unmöglich.

Oder?

Was auch immer es war, sie würde es herausfinden.

*

Snow und die Magier von Starcity

*S*nows Brust brannte vom Rennen wie Feuer. Ihr Körper war schweißüberströmt und sie bekam kaum Luft. Endlich kam ihr Haus in Sicht.
Die Schüsse hallten noch immer in ihrem Kopf nach.
Es war so knapp. Wenn Damocles keinen Schutzzauber gewirkt hätte, wäre das übel ausgegangen.
Die beiden Frauen ...
Ihre Gesichter hatten sich in ihr Gedächtnis gebrannt. Ihre Haut, die im fahlen Licht wie Perlmutt glänzte.
Die silbernen Augen.
Die scharfen Zähne.
Sie verlangsamte ihren Lauf und stützte sich keuchend auf ihren Stab. Mit brennenden Gliedern sah sie über ihre Schulter. Niemand war zu sehen. Trotzdem mussten sie vorsichtig sein.
Damocles blieb stehen und hob seinen Stab. Magie wallte auf, als er einen Zauber wirkte, der unfreundliche Augen ablenkte. Snow hatte schon von diesem Zauber gehört. Jetzt endlich verstand sie, warum es ihn gab.
Mit stechenden Seiten erklommen sie die Treppen des Wohnhauses und erreichten endlich das Appartement.
Sie stolperten in die Diele, sofort hörten sie Schritte. Rain stand im Flur.
»Da seid ihr ja!«, rief er aus. »Sie sind zurück.« Jetzt sah er sie genauer an. »Bei den Neun Zirkeln, was ist passiert?«

»Lass uns doch erst einmal hereinkommen«, keuchte Damocles. Rain begleitete sie ins Wohnzimmer. Trotz der späten Stunde waren alle noch wach.

Alec sprang auf, als er die beiden sah.

Schuld zeichnete sein Gesicht.

Und Wut.

Snow straffte sich. Wenn jemand ein Recht hatte, wütend zu sein, war sie das.

Jetzt kam er zu ihr herüber. »Geht es dir gut?«

»Ja, danke.« Sie mied seinen Blick. Er hatte die Hand schon nach ihr ausgestreckt. Jetzt ließ er sie sinken.

»Was ist passiert?«, wiederholte Rain seine Frage.

Damocles berichtete von den beiden Angreiferinnen und den Menschen, die dazugekommen waren. Die Gesichter der anderen wurden blass bei diesem Bericht.

Snow sah ihre Verzweiflung. Dabei hatten sie es nicht einmal selbst erlebt. Wenigstens bekam sie wieder Luft und ihre Hände zitterten nicht mehr.

»Gehören ihnen die Waffen?«, fragte Kassie mit dünner Stimme.

»Sie waren bewaffnet«, erwiderte Damocles. »Aber mit anderen Waffen. Ich vermute nicht, dass sie die Schwerter vermissen. Es könnte sein, dass sie anderen gehören.«

»Haben sie etwas gesagt?«, fragte Rain.

Damocles zögerte, seine Augen hatten einen seltsamen Glanz, der Snow stutzen ließ.

Sie schüttelte den Kopf, als Damocles schwieg. »Nein. Bevor wir reden konnten, kamen die Menschen dazu. Sie griffen sofort an.«

»Haben sie überlebt?«, fragte Savoy. Weder Snow noch Damocles konnten diese Frage beantworten. Müsste Snow eine Wette abschließen, würde sie auf die Frauen setzen.

Die Schwarzhaarige war so wütend.

Snow kannte den Begriff Mordlust nur aus Büchern. Jetzt hatte sie einen Gesichtsausdruck dazu.

»Gut, dass ihr es unbeschadet überstanden habt«, sagte Alec. Er stand noch immer nah bei ihr. Sie mied den Blickkontakt, doch sie spürte seine Unruhe. Er wollte mit ihr sprechen. Sie wusste nicht, ob sie dazu imstande war.

»Auch dank Damocles' Umsicht«, sagte sie. »Ohne deinen Verteidigungszauber wären wir nicht so glimpflich davongekommen.«

»Einer muss dich schließlich beschützen«, sagte er feixend. Snow spürte sofort, dass seine Worte Wirkung zeigten.

Alec trat zurück, dabei verbarg er seine Hände hinter dem Rücken. Sie sah trotzdem, dass sie zitterten. Sie sah ihm ins Gesicht und las seine Frage.

Sie wollte ihm nicht antworten.

Für seinen Betrug gab es einen Beweis.

Die anderen schwiegen, doch Snow reichte es.

»Bitte entschuldigt mich«, sagte sie. »Ich bin erschöpft und muss mich erholen. Lasst uns morgen früh darüber sprechen, was wir jetzt unternehmen.« Die anderen nickten und sie ging in ihr Schlafzimmer.

Eilig machte sie sich fertig und legte sich hin, bevor Blanche nachkam.

Am nächsten Morgen kamen die Magiestudenten im Wohnzimmer zusammen. Sie beratschlagten lange, ohne zu einem Ergebnis zu kommen.

Es blieb dabei: Sie mussten nach der Energiequelle suchen und dabei vorsichtig sein.

Snow bat die Oberschüler, den Ortungszauber zu wiederholen. Nur widerstrebend berichtete sie davon, dass sie ihn bereits versucht hatte.

Statt Empörung erntete sie Anerkennung.

»Das war eine exzellente Idee«, sagte Rain. »Natürlich können wir es ebenfalls versuchen, aber vermutlich mit dem gleichen Ergebnis.«

»Vielleicht können wir anhand der Fallen ein Muster erkennen, das uns einen Hinweis gibt«, sagte Savoy. »Wir haben nur ein Problem: Es fehlen ein paar Utensilien für den Zauber.«

Die Magier schwiegen betroffen, dann schnalzte Evelyn mit der Zunge. »Wir befinden uns in einer riesigen Stadt. Sie werden sich wohl auftreiben lassen.«

Der Meinung waren die anderen auch und sie machten sich fertig, um nach draußen zu gehen. Am Tag, so meinten sie, waren sie in Sicherheit. Snow wollte die Gruppen einteilen, doch Alec kam ihr zuvor.

»Ich muss allein mit dir sprechen. Bitte«, schob er hinterher, als sie sich abwenden wollte. Snow bemerkte, dass die anderen schweigend gingen. Sie spürte Blanches und Damocles' Blicke auf sich.

Gut, dann sprach sie eben mit Alec. Er sollte ihr erklären, was zwischen ihm und Blanche vorgefallen war.

Die Tür fiel hinter ihnen ins Schloss und sie waren allein. Snow wusste nicht, was sie sagen sollte, also wartete sie.

Alec nahm wieder auf dem Sofa platz, sein Gesicht war starr. »Ich muss dich um Verzeihung bitten«, begann er. Sie sah ihn an. »Ich habe einen großen Fehler gemacht, den du mir vielleicht nie verzeihen kannst.«

»Du hast Blanche geküsst«, sagte sie leise.

Alec nickte. Seine Hand wanderte wieder an seine Brust. »Ich weiß nicht einmal, wieso«, murmelte er. »Es war ein Impuls. Ich war wütend wegen Damocles. Weil er ständig in deiner Nähe ist. Ich habe mich gefragt, ob du das wünschst.«

»Damocles hat mir seine Unterstützung angeboten«, erwiderte sie. »Sonst nichts. Ich habe es Blanche auch schon gesagt: Es gab dieses Missgeschick in der Halle, seitdem scheint er sich für meinen Retter zu halten. Er ist ein Freund geworden, jemand, der verlässlich ist.«

Ihre Worte trafen ihn. Er kam auf die Beine und ging zu ihr herüber.

»Ich sollte das sein. Es tut mir leid.« Er strich mit den Fingern über ihren Arm. »Ich schwöre dir, dass dieser Kuss eine Ausnahme war. Ich habe kein Interesse an Blanche. Ich möchte dich an meiner Seite haben. Wenn du mich noch willst.«

Snow zögerte. Sie war nicht nachtragend, doch der Anblick war nur schwer aus ihrem Kopf zu vertreiben. Alec war der Mann, den ihr Vater für sie ausgewählt hatte. Er hatte einen Fehler gemacht, ihn eingestanden und bat sie um Verzeihung.

Sie nickte langsam.

Alec schloss die Arme um sie und zog sie an sich. »Darf ich dich küssen?«

Abermals nickte sie und hoffte, das Bild so vergessen zu können. Als sich seine Lippen auf ihre legten, wurde es besser. Dieser Kuss war nicht so blind, nicht so unkontrolliert wie in der Kanalisation, als sie sich in seine Arme geworfen hatte.

Er fühlte sich gut an.

Er hielt sie fest und streichelte ihre Arme. Ihre Schultern. Sie waren einander so nahe, dass sie die Wärme seines Körpers spürte. Sie roch ihn, nahm seinen Geruch nach einem Bach im Mondlicht in sich auf.

Undeutlich bekam sie mit, dass er ihr die Jacke von den Schultern streifte.

»Was tust du da?«, flüsterte sie an seinen Lippen.

»Wir sind allein«, erwiderte er. »Wir haben sonst so wenig Zeit füreinander. Lass sie uns nutzen. Snow«, er hob ihr Kinn mit seinen Fingern an. »Ich bin dein. Gehörst du zu mir?«

Sie schluckte und rang sich zu einem Nicken durch.

Diese Art von Nähe überforderte sie. Damit hatte sie keinerlei Erfahrung. Doch sie wollte ihm beweisen, dass seine Zweifel unbegründet waren.

Und dass sie ihm verzieh.

Er küsste sie wieder und drückte sich noch enger an sie. »Ab sofort werde ich immer bei dir sein«, flüsterte er. »Ich mag es nicht, wenn Damocles an deiner Seite ist. Ich werde auf dich aufpassen. Das ist meine Aufgabe.«

»In Ordnung«, erwiderte sie.

Sein Kuss machte sie schwindelig. Ihre Arme und Beine kribbelten. Es war beinahe egal, was er ihr sagte. Sein Körper war anders als ihrer, härter und weniger anschmiegsam. Sie wollte mehr darüber erfahren.

Seine Hand fuhr durch ihr Haar und hob ihr Kinn an, während die andere sie an ihn presste. Röte schoss ihr in die Wangen. Durfte sie ihn einfach so gewähren lassen?

Mit großen Augen sah sie den silbernen Stoff ihrer Jacke zu Boden fallen. Er holte Luft und sah ihr in die Augen, als er ihr die Träger ihres Kleides über die Schultern schob. Das Kleid rutschte über ihre Brüste und ihren Bauch die Beine hinunter auf den Boden.

Erschrocken versuchte sie, ihre Blöße zu bedecken. »Alec, nein ...«

»Wirklich nicht?«, fragte er und zog sie an sich.

Da spürte sie es.

Es war wie eine weitere Hand, die über ihre Haut glitt.

Sie war schmeichelnd, sanft.

Und gefährlich.

Alecs Hand strich über ihre Brust, doch sie bemerkte es kaum. Ihr Herz hämmerte gegen ihre Rippen.

Die Berührung war nicht physisch, es war, als griffe etwas Körperloses nach ihr. Sie bekam Gänsehaut. Alecs Lippen wanderten über ihren Hals, seine Hände umfassten ihr Gesäß.

Die körperlose Hand strich über ihr Gesicht. Der Schwindel nahm zu, sie hatte das Gefühl, zu schweben.

Schwarze Punkte tanzten in ihrem Blickfeld. Sie spürte ihren Körper nicht mehr.

Alec hob sie hoch und trug sie weg. Er legte sie auf den Rücken, dann waren seine Lippen wieder da.

Snow hörte ein Flüstern. Es rauschte in ihren Ohren. Sie verstand die Worte nicht. Ihre Gänsehaut intensivierte sich und Unbehagen stieg in ihr auf.

Die Berührung kehrte zurück, vertrieb die Angst.

Alecs Hände fuhren über ihre Hüften zu ihren Schenkeln und drückten sie sanft auseinander. Seine Finger verbanden sich mit der körperlosen Energie, die ihren Leib umhüllte. Sie seufzte, als das Streicheln zurückkehrte.

Alecs Lippen wanderten an ihren Hals zurück, seine Zunge glitt über ihre Haut. Sie seufzte erneut. Die Energie stützte sie, beanspruchte all ihre Sinne so sehr, dass sie sie und Alec nicht trennen konnte.

Wer machte was? Wer küsste sie? Berührte sie?

Sie verlor das Gefühl für ihren Körper. Es war, als versinke sie in Wolken. Warme Luft hüllte sie ein.

Ein kalter Hauch fuhr über ihren Rücken. Sie riss die Augen auf, doch sofort war die Energie wieder da und beschwichtigte sie. Sie kroch unter ihre Haut und floss durch ihre Adern wie ein süßes Gift.

Ein scharfer Schmerz riss sie aus der Benommenheit. Sie keuchte und suchte blind nach Halt.

Ihre Finger fanden glatte Haut. Erschrocken riss sie die Augen auf und stieß einen Schrei aus. Der Schmerz war noch immer da.

Jetzt endlich konnte sie ihn lokalisieren.

Fassungslos schaute sie an sich herunter. Ihr Körper war mit Alecs vereinigt. Er starrte sie an, seine Augen waren weit aufgerissen.

Er wirkte mindestens so erschrocken wie sie.

»Was hast du getan?«, stieß sie hervor.

»Aber ... du ...« Er drückte sie enger an sich. »Snow.« Er küsste sie, doch sie drehte den Kopf weg. Tränen sammelten sich in ihren Augen. Wie konnte das passieren? Wie konnte sie das zulassen?

Das hätte nie passieren dürfen.

Sie war kurz davor, die Kontrolle zu verlieren. Ihr Körper fühlte sich fremd an, das lag nicht nur an dem Eindringling zwischen ihren Schenkeln. Sie schluchzte leise.

»Aber du ...« Alec verstand nicht, was geschehen war. Sie musste zugestimmt haben.

Die fremde Energie war weg. Snow wurde eiskalt, als sie verstand, dass sie manipuliert worden war.

»Warst du das?«, fragte sie. Endlich richtete er sich auf und zog sich zurück. Sie zog die Beine an und legte ihr Kinn auf ihre Knie. Jetzt erst bemerkte sie, dass sie in seinem Schlafzimmer waren. Sie fröstelte und zog die Decke um ihre Schultern.

Alec war nackt. Ihr Blick saugte sich an seinem Körper fest. So hatte sie sich ihr erstes Zusammensein nicht vorgestellt. Bisher hatte sie jeden Gedanken daran verdrängt. Jetzt war es geschehen. Es war nicht rückgängig zu machen. Nie mehr.

»Was?«, fragte Alec endlich.

»Hast du einen Zauber angewandt?«

»Snow, ich ...« Sie sah ihm an, dass er es nicht getan hatte. Er wusste nicht einmal, wovon sie sprach.

Erneut fasste er sich an die Brust. Über seinem Herzen war eine Rötung.

»Was ist das?«, fragte sie.

»Dort ist die Falle abgeprallt. Snow, bitte, es tut mir leid.« Doch sie hörte ihn kaum noch. Schon war sie auf den Beinen und suchte ihre Kleidung. Dabei verdrängte sie ihr Schamgefühl. Er hatte bereits alles gesehen.

»Snow?«

Sie zog ihr Kleid über und drehte sich zu ihm um. Er saß wie ein Häufchen Elend auf dem Bett. Der Bluterguss auf seiner Brust schimmerte bedrohlich auf seiner hellen Haut. Sie wandte den Blick ab.

»Ich bringe das in Ordnung«, sagte sie und griff nach ihrer Jacke.

Endlich kam wieder Leben in ihn, er stand auf und zog sich an, dabei bat er sie, zu warten.

Doch sie wollte das allein tun. Sie brauchte Abstand, um zu verstehen, was geschehen war.

Und um sich klarzuwerden, welche Nähe sie von Alec noch zulassen konnte.

Sie hörte Alec ihren Namen rufen, doch sie ignorierte ihn. Wie von einer unsichtbaren Schnur gezogen eilte sie zur Haustür, griff nach ihrem Magierstab und Hut und verließ die Wohnung.

Die Tür fiel hinter ihr ins Schloss.

Ihr Körper fühlte sich seltsam an, doch sie verdrängte diesen Gedanken. Das war jetzt nicht wichtig. Später konnte sie sich alle Zeit nehmen, darüber nachzudenken.

Unten auf der Straße kamen ihr die anderen entgegen. Sie biss sich auf die Lippe. Das hatte sie vermeiden wollen.

»Snow? Wohin willst du?«, fragte Blanche.

»Ich muss ...« Snow stockte im Sprechen, ohne anzuhalten. Sie wollte sich nicht erklären müssen, doch hinter sich hörte sie Schritte.

Blanche folgte ihr und rief ihren Namen. Sie beschleunigte ihren Lauf, obwohl sie ahnte, dass Blanche sich nicht abschütteln ließ.

Wut stieg in ihr hoch. Warum musste immer jemand an ihrer Seite sein, ob sie es wollte oder nicht?

Blanche holte sie ein.

»Snow, herrje, was soll denn das?«, rief sie.

Snow gab es auf. Sie wurde langsamer und sah die Sternenmagierin an.»Ich gehe zurück in die Kanalisation.«

»Was? Warum?« Blanche wich ihr nicht von der Seite.

»Wegen Alec«, erwiderte Snow knapp.

»Ich verstehe gar nichts mehr.«

»Ich weiß. Musst du auch nicht. Geh zurück«, sagte Snow und mied ihren Blick. Blanche packte sie an der Schulter und hielt sie auf. Ihr schönes Gesicht war wütend.

»Rede nicht so mit mir! Was hast du bloß?«

»Ich will nicht darüber sprechen«, wies Snow sie ab.

»Das ist mir egal«, sagte Blanche wütend.

Snow funkelte sie an. »Das weiß ich, Blanche. Aber dieses Mal bekommst du nicht alles, was du willst. Ob du Alec nun geküsst hast, oder nicht. Er ist immer noch mein Verlobter.«

Blanche wurde bleich und ließ sie los. Ihre Hand zitterte. »Du hast es gesehen.«

»Ja, habe ich. Alec und ich haben das geklärt. Ausführlich«, sagte Snow beißend.

»Und das bedeutet?«

»Dass er sich bei mir für diesen Fehler entschuldigt hat. Er kommt nicht wieder vor.«

»Ich weiß, das würde ich auch nicht zulassen.« Blanche schluckte. »Mir tut es auch leid. Das hätte nicht passieren dürfen.« Plötzlich wirkte sie verloren, aller Trotz wich aus ihrem Gesicht.

Snow sammelte sich. Sie wollte es gut sein lassen und endlich ihr Ziel erreichen. »Danke.« Sie wandte sich zum Gehen, doch Blanche blieb an ihrer Seite. »Du brauchst mich nicht zu begleiten.«

»Doch. Nach deinem Erlebnis letzte Nacht ist es unklug, allein zu gehen«, beharrte Blanche. Dagegen konnte Snow nichts einwenden, also lief sie schweigend weiter.

»Was ist mit Alec?«, fragte Blanche schließlich.

»Die Falle hat etwas mit ihm gemacht. Ich will wissen, was es ist«, erwiderte Snow.

»Was heißt das?«

»Er hat einen Bluterguss auf der Brust und ...«

Blanche blieb stehen. »Darf ich fragen, woher du das weißt?«, fragte sie scharf.

Hitze stieg in Snows Wangen. Jetzt erst bemerkte sie ihren Fehler, doch so anklagend wie Blanche sie ansah, wurde sie ärgerlich.

Ausgerechnet sie wollte ihr einen Vorwurf machen?

»Weil ich ihn gesehen habe.«

Blanches Augen weiteten sich. »Aber das bedeutet, dass du ihn ohne Hemd gesehen hast.«

»Ja«, sagte sie kurz, doch sie wusste, dass Blanche sich damit nicht zufrieden geben würde.

»Erklär mir das«, verlangte Blanche folgerichtig. Sie stemmte die Hände in die Taille und betrachtete sie anklagend wie eine Richterin.

›Damit du es wieder allen erzählen kannst?‹, dachte Snow bitter. Sie wurde wütend und war alles so leid.

Dann konnte sie Blanche auch alles berichten, damit sich das Tratschen auch lohnte!

»Er hat sich entschuldigt und wir haben uns geküsst. Dabei ist etwas Seltsames passiert: Etwas kam zu uns, zu mir vielleicht auch nur, und hat versucht, mich zu manipulieren. Ich habe das Gefühl für meinen Körper verloren und es erst wiederbekommen als Alec ...« Sie brach ab. Blanche stand mit offenem Mund vor ihr, doch sie schaffte es nicht, die Worte auszusprechen.

Es gab Verhaltensregeln in Starcity, an die sich nicht jeder hielt. Solange es nicht zu auffällig war, hinterfragte es auch niemand, doch Snow und Blanche, deren Eltern im Stadtrat saßen, hielten sich daran.

Immer.

Sie wollten ihren Eltern keine Schande bereiten, indem sie Aufsehen erregten. Im schlechten Sinne.

Die Töchter der Stadträte sollten nicht »herumkommen«, wie ihre Mutter es einmal formuliert hatte.

Diese Worte klangen jetzt in Snows Kopf nach. Aber Alec war ihr Verlobter, der einzige, der ihr jemals so nahegekommen war. Sie war nicht »herumgekommen«.

Ein Blick in Blanches Gesicht sagte ihr, dass die Freundin das anders sah.

»Wie konntest du nur?«, fragte sie mit bebender Stimme.

»Ich habe dir doch gerade gesagt, wie es passiert ist«, erwiderte Snow rau.

Doch Blanche schüttelte den Kopf. »Snow, ich weiß wirklich nicht mehr, was ich von dir halten soll.«

»Das geht mir manchmal genau so.« Snow setzte sich wieder in Bewegung.

»Wie konntest du nur?«, wiederholte Blanche.

»Wie konntest du ihn küssen?«, fragte Snow.

Blanche holte Luft, doch da entdeckte Snow etwas und blieb stehen. Sie hob die Hand und Blanche verstummte.

Am Ende der Straße erschienen zwei Personen. Die Frau erkannte sie sofort.

Sie erkannte sie auch.

»Verflucht!« Snow wich zurück, doch da kamen sie schon auf sie zu. Dieses Mal hatte die schwarzhaarige Frau einen Mann dabei. Ihre Haut glänzte wie Perlmutt, doch sie wusste, wie gefährlich sie waren.

Blanche stieß einen entsetzten Schrei aus, doch sie blieb stehen. Sie hob ihren Stab.

»Stehenbleiben!«, rief sie schrill.

Die beiden Fremden verharrten. Ihre Körperhaltung war geduckt, sie waren bereit zum Angriff. Snow schluckte.

»Lasst uns in Ruhe!«, rief Blanche.

»Dann gebt uns die Energiequelle!«, zischte die Frau.

Blanche wechselte einen panischen Blick mit Snow. Sie suchten also auch danach.

»Können wir nicht. Wir wissen nicht, wo sie ist«, sagte Snow. Ihre Stimme war nicht laut, aber sie verstanden sie trotzdem.

»Lüge!«, rief die Frau zornig. Jetzt sah Snow die stählernen Klauen an ihren Händen. Der Mann trug einen Degen, den er jetzt zog.

Blanche hielt ihren Stab wie einen Schutzschild vor sich. »Keinen Schritt näher, ich warne euch! Ich gehöre dem Sternenorden an!«

Die Frau lachte und duckte sich noch tiefer. »Überlegt es euch gut. Entweder, ihr überlasst uns die Quelle freiwillig, oder wir holen sie uns.«

Blanche verlor die Nerven. Sie beschrieb einen Kreis mit der Spitze ihres Stabs und sammelte Energie.

Eine magische Woge ging über den Platz und ließ Snows Haut prickeln. Die Fremden wichen zurück.

»Lux astram!« Eine Kugel hellen Sternenlichts löste sich von dem grünen Stein an der Spitze und schoss auf die beiden zu. Der Mann stieß die Frau beiseite und entging dem Angriff nur knapp. Er keuchte auf, als das Licht seinen Arm traf. Snow sah Qualm aufsteigen. Sie rannte zu Blanche und stellte sich neben sie.

»Das werdet ihr büßen!«, schrie die Frau und sprang auf sie zu. In höchster Not sammelte Snow alle Energie, die sie aufbringen konnte, und feuerte sie ab.

»Lux solarem!« Der Ball aus Sonnenenergie war winzig, doch er traf die Angreiferin an der Schulter. Sie schrie auf und ging zu Boden. Dieses Mal roch Snow das verbrannte Fleisch.

»Ciara!« Der Mann rappelte sich auf und stürzte zu ihr hinüber. Er zerrte sie hoch und barg sie in seinen Armen. Sie schluchzte.

Snows Arme fühlten sich taub an, dennoch sammelte sie wieder Energie. Es war schon spät, lange nach Sonnenuntergang, und es fiel ihr schwer. Es musste sein. Langsam wichen sie und Blanche zurück.

Die Frau - Ciara - sah auf, in ihren Augen loderte der Hass. Snow fühlte sich, als fiele sie in unendliche Tiefen. Es war, als hätte sie sie schon einmal gesehen.

Unmöglich.

Eine weitere Falle. Die Stadt war voll davon, warum nicht auch in menschlicher Form? Oder was auch immer sie waren.

»Ich finde dich«, knurrte Ciara. »Und dann ...« Sie wimmerte und fasste an ihren verletzten Arm. Der Mann hob sie hoch und warf ihnen einen warnenden Blick zu, dann verschwand er plötzlich im Schatten.

Snow atmete auf.

»Das Sonnenlicht«, flüsterte Blanche. Das hatte Snow auch bemerkt. Sie konzentrierte sich und sammelte weitere Energie. Es erschien ihr beinahe töricht, einen Ball aus Sonnenlicht zu erschaffen, doch sie brauchte ihn auch in der Kanalisation. Wenn Ciara und ihr Begleiter dagegen allergisch waren, musste sie sich so schützen.

Die Kugel materialisierte sich in ihrer Handfläche. Das Licht war beruhigend. So lange sie nicht von hinten angriffen und auf sie schossen, musste es sie retten.

Ihre Hand zitterte, doch sie biss die Zähne zusammen und ging weiter.

Blanche hielt sie auf. »Wohin gehst du?«

»In die Kanalisation.«

»Was? Snow, diese Leute ...«

»Ich passe auf«, unterbrach Snow sie. »Geh zurück, ich mache das allein.«

Doch Blanche schüttelte vehement den Kopf. »Auf gar keinen Fall. Das ist Wahnsinn. Komm zurück! Wir können morgen am Tag immer noch hingehen.«

»So lange kann ich nicht warten«, beharrte Snow. »Was auch immer mit Alec passiert ist, es wird schlimmer. Ich weiß das.«

»Das ist doch dumm«, rief Blanche. »Es ist ja schön, dass du ihn liebst, aber dein Leben zu riskieren ist unnötig.«

Snow wandte den Blick ab und lief weiter.

Liebte sie Alec?

Ihre Finger verkrampften sich an ihrem Stab. Die Lichtkugel zitterte.

Was auch immer es war, er hatte ihr das Leben gerettet und es war ihre Pflicht, es ihm zu vergelten.

Der Weg zurück in den Park erschien ihr dieses Mal noch länger als vor zwei Tagen. Das Adrenalin hielt sie aufrecht und ließ sie weiterlaufen.

Blanche ging neben ihr. Seit einiger Zeit hatte sie aufgehört, ihr Vorwürfe zu machen.

Endlich.

Stattdessen zuckte sie jetzt bei jedem Geräusch zusammen. Ihnen kamen Menschen entgegen und sie blieb stehen. Ihre Miene war starr.

Snow spürte, dass sie Energie sammelte.

»Warte«, sagte sie ruhig. Blanche hielt inne und starrte die Menschen an. Sie warfen ihnen unsichere Blicke zu und beschleunigten ihre Schritte.

Keine Gefahr. Diesmal nicht.

Endlich erreichte sie die Rasenfläche. Eine merkwürdige Energie lag in der Luft. Ihre Haut prickelte. War es Magie? Lauerte hier eine weitere Gefahr? Blanche blieb neben ihr stehen. Ihr Körper bebte.

»Willst du das wirklich tun?«, flüsterte sie. Ihr Ärger war verflogen, Snow schöpfte Hoffnung. Vielleicht hatte ihre Freundschaft noch eine Chance. Aber am wichtigsten war jetzt, ihrer Intuition zu folgen.

»Ich muss«, erwiderte sie. »Es lässt mir keine Ruhe.« Blanche nickte knapp und sie lenkte ihre Schritte zu der Unterführung. Das seltsame Gefühl blieb, doch es veränderte sich nicht. Niemand war zu sehen.

In der Unterführung war es kalt und ein eisiger Wind fegte hindurch. Snow fröstelte. Ihre Sinne schlugen Alarm und sie spürte den Unwillen, erneut in die kalte Schwärze zu gehen.

Sie straffte sich und legte die Hand an die Klinke. Die Tür war offen und schwang mit einem Quietschen auf, das ihr durch Mark und Bein ging.

»Snow ...«, sagte Blanche leise. »Bitte.«

Das gab ihr den letzten Stoß und sie schritt hinein. Die Sonnenkugel zitterte in ihrer Hand und sie musste sich konzentrieren, um sie vor dem Verlöschen zu bewahren.

Das unangenehme Gefühl verstärkte sich und Gänsehaut überzog ihren Körper.

Hinter ihr holte Blanche zitternd Luft.

Ihr war, als krieche etwas über ihren Rücken hinauf zu ihrem Nacken und setzte sich dort fest. Es war kalt, es kratzte. Kein Vergleich zu dem Schmeicheln, das sie bei Alec gespürt hatte. Dieses Mal versuchte es offensichtlich, sich ihrer zu bemächtigen.

Sie schloss die Augen und sammelte sich.

Es durfte nicht gewinnen. Wenn es eine weitere Falle war, musste sie behutsam vorgehen. Sie musste versuchen, es von sich fernzuhalten, ohne die Falle zuschnappen zu lassen.

Und wenn es etwas anderes war?

»Sei vorsichtig«, raunte sie Blanche zu. Die Sternenmagierin nickte, ihr Gesicht sah im Licht der Sonnenkugel fahl aus.

Snow setzte ihre Schritte bewusst und achtete auf jedes Tropfen, jeden Hall, der durch die Gänge zu hören war. Ihr Herz schlug ihr bis zum Hals und das Gefühl einer kalten Hand in ihrem Nacken war noch da.

Sie ignorierte es, so gut es ging, und stählte sich gegen einen etwaigen Übergriff.

Er kam nicht, doch die Berührung wurde intensiver. Die Energie lauerte. Wartete auf die richtige Gelegenheit.

Sie durfte nicht unachtsam werden und dem Parasiten keine Chance lassen. Sie kämpfte die Angst nieder und ging weiter.

Endlich erreichte sie die Stelle, an der sie angegriffen worden waren. Blanche legte ihr die Hand auf die Schulter. »Und jetzt?«

Snow sah in die Ecke. Was jetzt?

Sie schloss die Augen und nahm die Energie des Ortes in sich auf. Der Parasit kroch nun schneller.

Der Parasit.

Ihr Herz machte einen Satz.

Das war ein Wagnis. Im schlimmsten Fall wurde sie ihn nicht mehr los. Doch bestenfalls konnte sie ihn benutzen.

»Blanche.«

Blanche zuckte zusammen. »Ja?«

»Ich muss ...«, sie zögerte. Wie sollte sie beschreiben, was sie vorhatte? »Ich muss etwas versuchen. Es ist riskant. Kannst du meine Aura beobachten und einen Reinigungszauber vorbereiten? Nur für den Fall?«

Blanche sah verwirrt aus, nickte aber. Sie wisperte den Aurenzauber und die Energie strich sanft über Snows Haut. Es war nicht optimal und sie wusste nicht, ob der Plan überhaupt aufging, aber sie hatte das Gefühl, dass ihr die Zeit davonlief.

Blanche beobachtete sie unruhig. Die Zusammenarbeit funktionierte noch. Snow fiel ein Stein vom Herzen. Gut, dass sie darauf bestanden hatte, ihr zu folgen.

Sie atmete tief ein und kämpfte gegen ihre Angst. Dann ließ sie los und öffnete ihren Geist. Sofort war der Parasit da und suchte nach Einlass. Sie hielt den Spalt in ihrem Kopf so gering wie möglich, kontrollierte, wie weit er eindrang.

Es war ein widerliches Gefühl, kalt und glitschig. Der Parasit verstellte sich nicht mehr, wie er es bei Alec getan hatte. Er wollte herein und ließ daran keinen Zweifel.

Sie beobachtete ihn genau und packte ihn. Es war ein alter Zauber, so alt, dass er seinen Erschaffer überdauert hatte. Die Zeit hatte ihn wild gemacht.

Unkontrolliert.

Er suchte nach einer Möglichkeit, seine Aufgabe zu erfüllen. Oder fortzubestehen.

So etwas hatte sie noch nie erlebt. Es war beinahe, als habe er ein eigenes Bewusstsein. Und er war nur noch ein Fragment. Der ursprüngliche Zauber musste gewaltig sein.

Vorsichtig tastete sie sich an seine Ränder und versuchte, zu ergründen, woher er kam. Er wehrte sich und sein Vordringen wurde aggressiver.

Snow wappnete sich und stellte sich dagegen.

Es war schwer, es verlangte ihr alles ab. Er war unkontrollierbar und so etwas hatte sie noch nie gemacht.

Blanche rief ihren Namen, sie konnte nur erahnen, wie ihre sonst hellblaue Aura aussehen musste. Blanche musste den Eindringling sehen.

Snow hörte sie den Reinigungszauber murmeln.

»Noch nicht!«, keuchte sie. Scharfer Schmerz durchzuckte sie, als die Energie sie angriff. Ihr lief die Zeit davon.

Blanche hielt inne. »Aber ...«

»Warte noch kurz!«

Sie griff nach dem Zauber und fesselte ihn mit ihrem Geist. Sie musste alle Vorsicht fahren lassen, sonst bekam sie ihn nicht mehr unter Kontrolle.

Er wehrte sich heftig und der Schmerz in ihrem Kopf nahm zu. Sie krümmte sich zusammen und klammerte sich an ihrem Stab fest.

Ein Bild erschien vor ihrem geistigen Auge. Sie sah in das Gesicht einer Frau. Ihre Lippen bewegten sich und ihre Miene war streng.

›Sie ist es!‹, erkannte Snow. ›Die Magierin, die den Zauber geschaffen hatte.‹ Sie stand in einem Raum mit hoher Decke, die von weißen Marmorsäulen gestützt wurde. Die Wände waren voller Bücher.

Eine Bibliothek!

Der Zauber griff sie mit voller Härte an. Sie schrie auf, als der grelle Schmerz durch ihren Kopf raste.

»Snow!«, rief Blanche verzweifelt. Eine Woge kam auf, als sie den Reinigungszauber wirkte. Snow ging in die Knie und umklammerte ihren Kopf. Sie verlor beinahe die Besinnung.

Der Zauber riss sich los und wütete in ihrem Geist. Sie bekam ihn nicht zu fassen. Er brachte sie um.

Lichtblitze explodierten vor ihren Augen und ihr blieb die Luft weg. Es war zu spät.

»Die Bibliothek!«, stieß sie hervor. Sie verlor das Gefühl für ihren Körper. Ihr Kopf barst.

»*Purga*!«, schrie Blanche.

Snow wurde zu Boden gerissen, ihr Kopf schlug hart auf. Eine neue Energie fuhr durch ihren Körper wie eine gewaltige Welle. Sie riss den Parasiten mit sich und verließ sie wieder.

Der Schmerz verschwand und hinterließ ein dumpfes Pochen. Neben ihr knallte etwas. Der Zauber hatte seine letzte Energie verbraucht. Er war verschwunden.

Endlich.

Snow lag auf dem Rücken und starrte in die Finsternis.

Langsam glomm ein kleines blaues Licht auf.

Blanche hatte Sternenlicht gesammelt. Ihr Gesicht war kreidebleich.

»Snow?«, fragte sie mit dünner Stimme. »Bist du noch da?«

»Gerade so«, flüsterte Snow. »Das war haarscharf. Ich danke dir.«

»Dafür ist eine Freundin doch da.« Blanche ging in die Knie und half ihr auf. »Du hast mich zu Tode erschreckt.«

»Ich mich auch.« Snows weißes Kleid war schmutzig und nass. Sie fröstelte.

»Ist wirklich alles in Ordnung?«, fragte Blanche.

»So weit es geht. Lass uns bitte von hier weggehen.« Blanche nickte und hakte sich bei ihr unter.

»Wir sollten beten, dass wir auf dem Rückweg nicht angegriffen werden.« Sie holte Luft. »Sobald wir draußen sind, schicke ich Rain einen Ruf. Vielleicht versteht er es und kommt uns entgegen.«

Snow nickte matt.

»Du hast Bibliothek gerufen«, sagte Blanche in die Stille der Kanalisation. »Warum?«

»Ich habe die Erschafferin des Zaubers gesehen«, murmelte Snow. Ihre Zunge fühlte sich dreimal größer an als sonst. Blanche riss die Augen auf. »Sie hat den Zauber in einer Bibliothek erschaffen. Wir müssen dorthin.«

»Einverstanden, aber nicht jetzt«, sagte Blanche. »Jetzt gehen wir zurück und du ruhst dich aus.«

Snow widersprach nicht.

Sie erreichten den Ausgang und sie war froh, wieder draußen zu sein. Schaudernd gab sie der Tür einen Stoß.

Die Kanalisation würde sie nie wieder betreten.

Mit schweren Gliedern trat sie den langen Rückweg an.

*

*Z*ara war wütend.

Wütend auf sich selbst und wütend auf alles, was um sie herum geschah. Sie stand mit Stroke, Cory und Nadie gegenüber der *Schlangengrube*. Die Fenster der Bar waren dunkel, die Tür verschlossen.

»Wie kann das sein?« Sie ballte die Fäuste. »Warum ist diese verdammte Kneipe ständig geschlossen?«

»Inventur«, sagte Nadie.

»Was?« Zara fuhr herum.

»Steht auf dem Schild an der Tür«, sagte Nadie. Zara stieß einen derben Fluch aus.

»Eine Sackgasse«, fasste Stroke zusammen.

»Ich weiß!«, fuhr Zara auf. Sie zügelte sich nur mühsam, Corys Blick gab ihr Halt. Den ganzen Tag hatte sie auf diesen Moment hingefiebert, hatte sich vorbereitet. Die Enttäuschung war riesig, jetzt vor verschlossener Tür zu stehen.

»Wir sollten gehen«, sagte Nadie. »Wenn jemand kommt, haben wir keine Deckung.«

Zara kämpfte ihre Wut hinunter. Nadie hatte recht, so wenig es ihr gefiel.

»Kommt.« Sie machte auf dem Absatz kehrt und lief los, da pfiff Nadie. Sie wirbelte herum und presste sich an die Hauswand. Die Tür der Kneipe öffnete sich und zwei Männer kamen heraus.

Zara spannte alle Muskeln an und wollte losstürmen, doch Nadie pfiff erneut. Ein Signal, abzuwarten. Zara schloss die Augen und kämpfte gegen das Adrenalin in ihren Adern.

Die Männer unterhielten sich, ihre Stimmen hallten von den Häuserfassaden wider und drangen zu den Priestern herüber. Zara spitzte die Ohren.

»Es war viel los, aber heute scheint es ruhig zu bleiben«, sagte der Erste, der die Tür abschloss.

»Was war da los? Weißt du mehr?«, fragte der Zweite. Er wirkte nervös und sah sich ständig um.

»Nein, nur, was in den Nachrichten kam.«

»Auch nicht von Ola?«

»Ola ist letzte Nacht getötet worden.«

Der zweite Mann wurde blass. »Was? Von diesen Frauen?«

»Nein.« Der Erste verstaute den Schlüssel in seiner Tasche und zündete sich eine Zigarette an. Die Glut glomm auf und beleuchtete sein hageres Gesicht. »Jemand hat ihn und drei andere regelrecht massakriert. Als wäre es ein Tier gewesen.«

Zara und die anderen wechselten einen alarmierten Blick. Ein Tier?

Corys Lippen formten das Wort »Dryaden«.

Zara schüttelte langsam den Kopf. Das konnte sie sich beim besten Willen nicht vorstellen. Wie sollten diese zarten Geschöpfe ...

Sie ballte die Hände zu Fäusten.

Die oberste Maxime eines Kriegers lautete, den Gegner niemals zu unterschätzen. Das brachte den Tod. Dieser Ola hatte ihn bereits gefunden.

Falls es die Dryaden waren, mussten sie umso vorsichtiger sein.

»Das war der dritte Angriff auf die Kobras.«

Der erste Mann nickte. »Und der zweite mit solchen Toten. In der Destille sind sie erschossen worden. Ein sauberer Bandenkrieg. Aber das ist etwas anderes.«

Der zweite Mann lachte unbehaglich. »Ich will gar nicht darüber nachdenken. Was, wenn hier Höllenbestien ihr Unwesen treiben?«

»Sei nicht dumm«, rügte ihn der Erste. »Da hat jemand eine Mordswut und ich möchte ihm lieber nicht über den Weg laufen.«

»Dann machst du morgen nicht wieder auf?«

»Ich muss, die letzten zwei Tage haben mich genug Geld gekostet.« Die Männer setzten sich in Bewegung und Zara gab den Priestern ein Zeichen, loszulaufen. Sie hatten alles erfahren, was sie wissen mussten.

»Beunruhigend«, sagte Cory und sah über seine Schulter zurück. »Was hat die Kobras getötet?«

»Das werden wir herausfinden müssen. Sill wird in ihrem Buch nachschauen, ob es Wesen gibt, die mit Vorliebe Rocker massakrieren.« Nadie griff nach ihrer Pistole. »Und wie man sie töten kann.«

Gotham war zurück in der Unterkunft und spürte Frust. So viel Frust. Er, Candle und Sill hatten den ganzen Park nach den Dryaden abgesucht.

Nichts.

Sogar in einem dunklen Tunnel schauten sie nach, doch abgesehen von Beklemmung, die ihn an den Aufenthalt im Tempel der Todesgöttin erinnerte, fanden sie dort nichts.

Er war erleichtert, als er die Schwärze verlassen konnte. Jetzt war er zurück in der Unterkunft und beobachtete Sill dabei, wie sie zum zehnten Mal durch ihr dummes Buch blätterte.

»Sie können sich ja nicht in Luft auflösen«, meinte sie. »Ich muss etwas übersehen haben.«

»Vielleicht verstecken sie sich nicht in Bäumen«, sagte Morgan vorsichtig. »Möglicherweise haben sie sich an die Umgebung angepasst.«

Gotham lächelte seine Schwester an, sprach aber ernsz weiter: »Ich traue dem Ganzen nicht. Nur, weil sie Zara nicht angegriffen haben, heißt das nicht, dass sie es nicht können oder beim nächsten Mal nicht versuchen. Wir müssen mit allem rechnen, aber ich denke, die Kobras sind unser größtes Problem.«

Candle kam zu den Dreien. Ihr missmutiger Blick verriet ihre Unzufriedenheit. »Madison hat mich weggeschickt. Sie sagte, ich könne ihr nicht helfen, sie muss auf Stroke warten. Er sei der Einzige, der ihre Schmerzen lindern könne. Kann mir schon denken, wie sie das meint.« Sie krauste die Nase.

»Nach deiner Miene zu urteilen, glaube ich das nicht. Geh noch einmal zu ihr und lass es dir erklären«, riet Gotham.

Candle stutzte und machte ein dummes Gesicht. Gotham gluckste und biss sich auf die Lippe. Jetzt hatte sie es und maß ihn mit einem vernichtenden Blick. Sill versuchte ihr Lachen mit ihrem Buch zu ersticken, doch ihr rannen Lachtränen über die Wangen. Beinahe wäre sie aus ihrem Sessel gefallen.

»Ich finde euch einfach nur Scheiße. Als wüsste ich nicht, dass sie Sex meint.« Wütend nahm sie die Stifte vom Tisch und bewarf die anderen damit. Sill ließ die Geschosse von ihrem Buch abprallen und Morgan wich ihnen geschickt aus, während Gotham sich noch immer vor Lachen ausschüttete.

»Ihr denkt, weil ich die Jüngste bin, verstehe ich nicht, was ihr meint. Ich bin nicht so unerfahren, wie ihr immer denkt, aber ich lasse mir den Kopf nicht von solchen Gefühlsduseleien verdrehen. Ich bewahre den Blick fürs Wesentliche und ihr lacht mich dafür aus. Wie blöd ihr seid!« Damit warf Candle Gotham den letzten Stift an den Kopf, griff ihre Pistole und stürmte aus dem Haus. Die Tür schlug hinter ihr zu.

Sill wischte sich die letzte Lachträne aus dem Gesicht. »Die Arme, jetzt haben wir es zu weit getrieben.« Sie stand auf. »Ich suche sie und entschuldige mich bei ihr.«

Gotham legte ihr die Hand auf die Schulter. »Schon in Ordnung. Ich habe sie am meisten geärgert. Ich hole sie zurück.« Er stand auf und drückte Sill zurück in den Sessel. »Dauert nicht lange.«

»Aber passt auf euch auf«, rief Morgan ihrem Bruder nach. Er winkte und verließ das Haus.

Gotham fand Candle nur wenige Meter von der Haustür entfernt auf einer Bank.

Sie saß auf der Lehne, die schweren Lederstiefel auf der Sitzfläche. Mit ihrer Lederjacke und den kurzen blonden Haaren sah sie auf den ersten Blick wie ein Junge aus, wären da nicht ihr voller Mund und die großen Augen.

Gotham musste lächeln, als er sie so schlecht gelaunt dasitzen sah. Er liebte sie wie eine Schwester. Dank der er eine Schramme auf der Stirn hatte.

»Du bist ja nicht weit gekommen.« Er schlenderte zu ihr hinüber. Candle schnaubte und blies eine Haarsträhne aus ihrem Gesicht.

»Immerhin laufen hier Leute herum, die etwas gegen uns haben. Aber ich hätte gerade große Lust, mich abzureagieren«, entgegnete sie, ohne aufzublicken. Gothams Mundwinkel zuckte.

»Wollen wir ein Stück gehen?«, bot er an. »Zu zweit sind wir stärker und wenn wir doch jemandem begegnen, kannst du mich ja beschützen.« Er sah, dass Candle lächelte, obwohl sie sich verzweifelt bemühte, zu schmollen. Schließlich nickte sie.

»Dann komm.« Er zog sie hoch und sie gingen die Straße entlang. Gotham unterdrückte ein Grinsen und sah auf sie hinunter. Sie war zu komisch, wenn sie sich aufregte.

Schweigend ließen sie die Straße mit ihrer Unterkunft hinter sich und wandten sich nach Süden. Beide hielten Ausschau nach Kobras, Polizisten und Dryaden, doch es war niemand zu sehen.

Mittlerweile war es mitten in der Nacht.

»Das hat doch alles keinen Sinn. Wir können hier ewig herumlaufen, ohne etwas zu finden«, knurrte Candle. »Hier ist niemand, das siehst du doch auch.«

»Das stimmt, aber ich dachte, wir laufen ein Stück, damit deine Laune besser wird«, erwiderte er.

»Meine Laune *ist* gut«, moserte Candle, doch er schnaubte nur.

»Und wie.« Gotham rieb sich das stoppelige Kinn, während er an der kommenden Kreuzung die Richtung wählte.

Menschen kamen ihnen entgegen. Eine Gruppe Männer, offensichtlich betrunken. Einer taumelte und rempelte Candle an. Er drehte sich zu ihr um und stammelte eine Entschuldigung, dann brach er ab und starrte sie an.

»Hey, du bist ja ein Mädchen! Na Hübsche, alles klar? Bist mir doch nicht böse, oder? Ich mach's wieder gut, wenn du willst«, lallte er und versuchte, den Arm um sie zu legen.

Candles Mundwinkel zogen sich herab und sie kniff die Augen zusammen. Gotham befürchtete kurz, sie würde den Kerl einfach kaltblütig erschießen.

Sie tat es nicht.

Zwar zog sie mit einer blitzschnellen Bewegung die Pistole, doch statt auf ihn zu feuern, schlug sie das Magazin so heftig gegen seine Schläfe, dass er ohnmächtig zu Boden sank. Anschließend gab sie ein entrüstetes Schnauben von sich und schritt hoheitsvoll voran.

Gotham konnte nicht anders, er lachte. Candle war eine begnadete Kriegerin, doch wenn ihr Temperament mit ihr durchging, war mit allem zu rechnen. Er wollte sich auch nicht mit ihr anlegen.

An der nächsten Straßenecke blieb sie stehen und sah ihn ungeduldig an. Schnell holte er sie ein, bevor sie ihre schlechte Laune an ihm auslassen konnte.

»Der steht so schnell nicht mehr auf«, sagte er neckend.

»*Nie* wäre auch in Ordnung«, entgegnete sie knurrend.

»Unerträglich. Er dachte, ich wäre eine wehrlose Frau, die er einfach so anfassen kann.«

»Ich denke, er hat begriffen, wie falsch er damit lag«, meinte Gotham und verbiss sich das nächste Lachen.

»Wenn noch so einer kommt, knalle ich ihn ab«, drohte sie. Er zweifelte keine Sekunde an ihr.

Schnellen Schrittes gingen sie weiter, bevor noch jemand auf die Idee kam, ihnen zu folgen. Sie drangen in den südlichen Teil der Stadt vor, in dem es noch ruhiger wurde.

Als sie um eine Hausecke bogen, entdeckte Gotham etwas. Er blieb wie angewurzelt stehen und packte Candle am Arm, um sie anzuhalten.

»Was ist denn?«, fragte sie ungeduldig und laut, so laut, dass die Ursache für Gothams Erstarren aufsah und sie erblickte.

Es waren zwei Frauen.

Beide trugen bodenlange Kleider, eine in weiß, die andere in türkis, außerdem hatten sie lange Stäbe bei sich. Die Frau in Türkis war blond und wunderschön, doch nicht sie war es, die seine Aufmerksamkeit fesselte: Das Haar der anderen schneeweiß, als sie ihn ansah, erblickte er große schwarze Augen.

Ihr Blick traf ihn, ließ ihn erstarren und erschütterte sein Innerstes. Er verlor die Kontrolle über seinen Körper, sogar Luft zu holen war außerhalb seiner Möglichkeiten.

Undeutlich bemerkte er, dass er Candle noch immer am Arm gepackt hielt und sie versuchte, sich aus seinem Griff zu befreien, doch er konnte nicht loslassen.

Die beiden Frauen blickten erschrocken zurück.

Er fühlte sich, als verengte sich seine ganze Welt nur auf die weiße Frau, er sah nichts anderes mehr als ihr Gesicht. Ihr Blick war beinahe greifbar, sie spürte es auch, das wusste er. Ihr Blick sagte alles.

Er musste zu ihr.

Sofort.

Schon machte er einen Schritt auf sie zu.

Candle ging dazu über, auf seine Hand einzuschlagen. Dabei beschimpfte sie ihn wüst und plötzlich spürte er, wie sie ihm gegen das Schienbein trat.

Leben kam in ihn zurück und er zuckte vor Schmerz zusammen. Endlich erwachte er aus seiner Starre und lockerte seinen Griff.

Die Blonde packte ihre Freundin am Arm und zog sie weiter, dabei hob sie ihren Stab wie einen Schutzschild.

Sie sprach ein Wort und ein Licht zuckte über die Straße. Dann waren die beiden verschwunden.

Fassungslos starrte Gotham auf das leere Pflaster.

Er musste sie suchen.

Er musste sie wiedersehen.

Herausfinden, wer sie war.

Er musste sofort ...

»Verdammt, Gotham, was sollte das, bei allen Göttern? Bist du völlig übergeschnappt?«, schrie Candle und riss sich endgültig von ihm los. »Warum hast du mich festgehalten, du Riesenidiot?«

Er hatte keine Erklärung, nur sein Herz, das wie ein Hammer gegen seine Rippen schlug. Candle boxte ihn in die Seite.

»Weil das keine Dryaden waren«, sagte er benommen.

»Na und? Diese beiden waren ebenso wenig aus dieser Welt wie du und ich! Warum hast du mich nicht zu ihnen gelassen, ich hätte kurzen Prozess mit ihnen gemacht, verdammt noch mal!«, fuhr Candle ihn an.

»Weil ich nicht wusste, ob sie Feinde sind«, versuchte er es ruhig, doch Candle war bereits so aufgeregt, dass das nicht half. »Wir haben schon genug Ärger am Hals. Wenn wir noch mehr Leichen verursachen, sind uns bald alle auf den Fersen.«

»Na toll«, sagte Candle frustriert und trat nach einem Kieselstein auf der Straße, der klirrend gegen eine Fensterscheibe in einem Geschäft flog.

Sie zuckte nicht einmal zusammen.

»Was ›na toll‹?«, fragte er und beobachtete, wie sich ein Riss in der Scheibe bildete und wie ein Spinnennetz ausbreitete. Sie sollten besser gehen. Candle sah ihn an, als wäre er der dümmste Mensch der Welt.

»Kapierst du denn nicht, was das bedeutet?«

Als er nichts erwiderte, blies sie die Backen auf und ließ die Luft langsam entweichen.

»Wenn das *nicht* die Dryaden waren, die Frauen aber auch nicht von hier sind, haben wir ein Problem. Und wenn ich die langen Stäbe und das Verschwinden richtig deute, sind das Magier. Verstehst du es jetzt?«

Gotham verstand es. Und es machte nichts besser.

Im Gegenteil.

Ende des zweiten Bandes

Die Charaktere[1]

Die Schattenkinder:
Ciara
Nate
Shelley
Doria
Ride
Echo
Lucia
Mason
Bevan

Die Dryaden
Bell
Tyler
Cora
Helly
Feliné
Saw
Brooke
Cyntha
Albion

Die Magier:
Snow
Alec
Blanche
Chelsea
Evelyn
Rain
Kassie
Savoy
Damocles

Die Kriegsgottpriester
Zara
Cory
Madison
Candle
Nadie
Stroke
Sill
Morgan
Gotham

---

[1] Das Alter der Schattenkinder, Dryaden und Magier ist auf menschliche Lebensspannen umgerechnet, da ihr Alter ansonsten schwer zu schätzen ist.

Die Schattenkinder:

Ciara:
Schwester des Anführers Skyth, ca. 24 Jahre alt, eisblaue Augen, glattes schwarzes Haar, sehr eigensinnig und oft unüberlegt in ihren Entscheidungen, kämpft mit stählernen Klauen, mit Nate verlobt, heimliche Affäre mit Bevan.

Nate:
Skyths bester Krieger, ca. 31 Jahre alt, braune Augen, dunkles Haar, perfekter Soldat, bedingungslos loyal, deswegen hält er an der Beziehung zu Ciara fest. Er kämpft mit dem Degen.

Shelley:
Musikerin, ca. 25 Jahre alt, goldene Augen, lockiges rotes Haar. Ciaras beste Freundin unterstützt sie und vertraut in sie als Anführerin, auch wenn es schwerfällt. Ihre Waffen sind Dolche und ihre spitze Zunge.

Doria:
Schneiderlehrling, ca. 18 Jahre alt, rote Augen, blondes Haar, spielt ihre Rolle als Jüngste aus, permanent hungrig und heimlich in Nate verliebt. Möchte ernst genommen werden, verfällt aber oft in kindische Verhaltensmuster.

Ride:
Künstlerin und Magierin, ca. 24 Jahre alt, hellgrüne Augen, nachtblaues Haar. Mit Echo liiert, will optimistisch an die Mission herangehen, kommt aber an ihre Grenzen.

Lucia:
Schneiderin, ca. 26 Jahre alt, schwarze Augen, rotblondes Haar, ist mit Mason liiert und lebt diese Beziehung sehr ausschweifend aus. Ist vorlaut und scheut sich nicht, ihren Unmut kundzutun.

Echo:
Waffenschmied, ca. 31 Jahre, blaue Augen, weißblondes Haar, Shelleys Exgeliebter, hält sich meistens zurück, weil ihm Frauen zu anstrengend sind, zweifelt an Ciaras Eignung als Anführerin, vertraut aber auf Nate. Will Ride beschützen.

Mason:
Waffenschmied, ca. 29 Jahre alt, graue Augen, braunes Haar, Lucias Geliebter, ist eher zurückhaltend, will ihr aber alle Wünsche erfüllen. Zweifelt an der Mission und vor allem an Ciara, ist aber loyal.

Bevan:
Krieger, ca. 30 Jahre alt, grüne Augen, schwarzes lockiges Haar, eher ein Außenseiter und Ciaras heimlicher Geliebter, aber in der Riege der Krieger sehr geschätzt, da er intelligent und vorausschauend agiert, er erkennt Ciaras Stärken und Schwächen und akzeptiert die Natur ihrer Beziehung. Noch.

Die Dryaden

Belladria (**Bell**):
Die Anführerin, eine Cellistin, ca. 24 Jahre alt, blaue Augen, langes hellbraunes Haar, das sie meistens zum Zopf gebunden trägt, hat Angst, falsche Entscheidungen zu fällen, ist mit ihren Gefühlen für Tyler überfordert, neigt zu unüberlegten Aktionen, will unbedingt erfolgreich sein.

Tyler:
Kontrabassist, ca. 26 Jahre alt, graue Augen, rotes Haar, ist Bells Verlobter und wünscht sich eine intimere Beziehung, sehr gerecht und behandelt alle gut.

Cora:
Bratschistin, ca. 23 Jahre alt, braune Augen, tannennadelgrünes Haar, oft mit Blüten und Bändern verziert, ist mit Saw verlobt, mit ihren Gefühlen überfordert, will Bell unterstützen und ist verunsichert, als diese strauchelt.

Helliana (**Helly**):
Violinistin, ca. 19 Jahre alt, blaue Augen, hellgrünes Haar, ist unverlobt, aber sehr aufgeräumt und hat nichts für Albernheiten übrig, vertraut Bell vollkommen.

Feliné:
Lyristin, spielt die Leier, ca. 25 Jahre alt, braune Augen, rotbraunes Haar, klug und loyal, unterstützt Bell wo sie nur kann, sehr scharfsinnig und ehrlich.

Brooke:
Gambistin, ca. 21 Jahre alt, blaue Augen, haselnussbraunes Haar, temperamentvoll und meistens gut gelaunt, vertraut Bell bedingungslos und will sie unterstützen und ist sehr flexibel, auch, was ihre Moralvorstellungen angeht.

Saw:
Paukist, ca. 27 Jahre alt, blaue Augen, schwarzes Haar, eher ruhig und gesetzt, liebt seine Verlobte Cora so sehr, dass er sie vor allem beschützen will, misstraut Albion und zweifelt an Bell, nicht aber an Tyler.

Cyntha:
Ukulelistin, ca. 18 Jahre alt, grüne Augen, rotblondes lockiges Haar, redet sehr viel und ist oft sehr aufgeregt und ängstlich, sie fürchtet sich vor den meisten Dingen und folgt loyal den Anweisungen von Bell und Tyler.

Albion:
Gitarrist, ca. 27 Jahre alt, braune Augen, hellbraunes Haar, eher ein Außenseiter und recht still, hat Vertrauen in Bell, ist aber mit der Umsetzung der Pläne nicht einverstanden.

Die Kriegsgottpriester:

Zara:
Hohepriesterin, 24 Jahre alt, braune Augen, feuerrotes kurzes Haar. Sie geht in ihrer Rolle an Orans Seite auf und versucht, das Land zum Besseren zu wenden. Außerdem liebt sie Cory. Sie ist sehr gerecht und hat ein großes Ehrgefühl, will aber vieles mit sich allein ausmachen.

Cory:
Krieger, 28 Jahre alt, grüne Augen, schwarzes Haar, wurde Zara als Geliebter zur Seite gestellt und soll auf sie aufpassen, in sie verliebt. Sehr loyal und leicht erregbar, würde für sie sterben.

Madison:
Spionin, 25 Jahre alt, braune Augen, langes rotbraunes Haar, Zaras beste Freundin, ist sehr überlegt und versucht, klug zu handeln, unterstützt Zara bedingungslos und verzweifelt manchmal an deren Sturheit. Arbeitet gut mit Nadie zusammen und ist in einer unverhofft ernsten Partnerschaft mit Stroke.

Candle:
Kriegerin, 19 Jahre alt, rote Augen, kurzes blondes Haar, sehr frech und aufmüpfig, kann es nicht leiden, wenn man über sie lacht und hat oft schlechte Laune. Sehr gute Schützin.

Nadie:
Spionin, 26 Jahre alt, schwarze Augen, hellblondes kurzes Haar, schweigsam und in sich gekehrt, effizient und tödlich, findet für jede Situation einen Ausweg.

Sill:
Kriegerin, 22 Jahre alt, blaue Augen, orangerotes kurzes Haar, sehr ungeduldig, sehr von sich überzeugt, keine feste Partnerschaft, hat es aber auf Gotham abgesehen, ist beliebt bei den anderen.

Stroke:
Krieger, 28 Jahre alt, rote Augen, dunkelbraunes Haar, der größte und muskulöseste der Krieger, einer der stärksten Männer, sehr ernst und gefasst, nur Madison ist in der Lage, ihn aus der Ruhe zu bringen, weiß schon länger als sie, dass sie einander lieben, Unterstützung für Cory.

Morgan:
Priesterin, 24 Jahre, braune Augen, schwarze Haare, hat einen sanften Charakter und verabscheut das Kämpfen. Sie kümmert sich eher um Verpflegung und Wundversorgung, hängt an ihrem älteren Bruder Gotham.

Gotham:
Krieger, 28 Jahre, blaue Augen, schwarzes kurzes Haar, hat ein loses Mundwerk und einen Schlag bei Frauen, lässt selten etwas anbrennen und liebt Morgan und Candle wie Schwestern, ist bedingungslos loyal und meistens optimistisch, wünscht sich ein besseres Leben für Morgan.

Die Magier von Starcity

Snow (Niva Nivea):
Sonnenorden, ca. 24 Jahre alt, schwarze Augen, langes weißes Haar, findet in ihrer Aufgabe als Anführerin eine unerwartete Kraft. Wächst immer mehr über sich hinaus.

Alec (Ales Alienus):
Mondorden, ca. 27 Jahre alt, gelbe Augen, hellgrünes Haar, meist zu einem Pferdeschwanz im Nacken zusammengebunden, von sich selbst überzeugt, stolz auf seine guten Leistungen an der Akademie, will unbedingt gesellschaftlich aufsteigen. Snows Verlobter.

Blanche (Blanditia Basiata):
Sternenorden, ca. 25 Jahre alt, grüne Augen, blondes Haar, ausgesprochen schön, kann Bevormundung nicht ausstehen und akzeptiert keine Autoritäten. Steht gern im Mittelpunkt.

Chelsea (Calora Calida):
Alchemieorden, ca. 17 Jahre alt, gelbe Augen, langes rotes Haar, eher zurückhaltend, überraschend tiefe Stimme und ist meistens mit Evelyn und Kassie zusammen, kann Großtuerei nicht leiden.

Evelyn (Evidentia Exacta)
Juwelenorden, ca. 26 Jahre alt, blaue Augen, blondes Haar, ist als einzige der Freundinnen aus einer nichtmagischen Familie, beharrt auf den Kodex und lebt nach strengen Moralvorstellungen. Sehr klug, aber intolerant.

Kassie (Candela Casta):
Flammenorden, ca. 23 Jahre alt, rosafarbene Augen, fliederfarbenes Haar, lange Locken, Frohnatur, die in allen das Beste sieht, sie schätzt Snow und ist neuen Dingen gegenüber offen und interessiert. Schon lange in Savoy verliebt und hofft, ihm auf der Mission näher zu kommen.

Rain (Rivus Ravus):
Quellorden, ca. 28 Jahre alt, braune Augen, hellblaues Haar, guter Magier, etwas von Blanche überfordert. Zurückhaltend und bescheiden. Ist loyal und hat den Wunsch, sich einzubringen.

Savoy (Savium Scaber):
Windorden, ca. 27 Jahre alt, blaue Augen, graues Haar, ausgeglichen und ruhig, aufgeschlossen und akzeptiert Damocles als Freund, hat Vertrauen in Snow als Anführerin. Mag Kassie.

Damocles:
Erdorden, ca. 28 Jahre alt, grüne Augen, kinnlanges braunes Haar und immer Bartstoppeln auf den Wagen, verschmitztes, leicht anzügliches Grinsen und liebt es, andere zu provozieren, gefällt sich in der Außenseiterrolle, ist jedoch von Snow fasziniert und will sie unterstützen.